Sara, eine erfolgreiche Drehbuchautorin, fliegt während der Arbeiten an einer bekannten Westernserie zu einem Cowboy-Festival nach Nevada. Gerade als sie beschließt, genug von der Cowboywelt gesehen zu haben, trifft sie auf einen äußerst interessanten Mann: Zack ist fünfzehn Jahre jünger als sie. Schon der erste Blick lässt Sara beide die außergewöhnliche Anziehungskraft und Faszination des Anderen spüren.
Doch Sara ist eine gutverdienende geschiedene Frau mit Collegeausbildung und Mutter zweier Kinder und Zack ein mittelloser Cowboy ohne Schulabschluss. Sie passen überhaupt nicht zusammen, das wissen sie beide. Sara fliegt nach Hause und ist sich sicher, dass das Abenteuer damit beendet ist.
Aber dann kommt Zack für ein Wochenende zu ihr nach Kalifornien – ein Wochenende, das ihr bisheriges Leben ins Wanken bringt.
Sara Davidson erzählt die Geschichte einer leidenschaftlichen Liebe, voller Begehren und Zärtlichkeit, und entwirft zugleich das Bild einer modernen, selbstbewussten Frau, die zu ihren Gefühlen steht, mit wenig Rücksicht auf gesellschaftliche Konventionen.

Sara Davidson hat mehrere Drehbücher geschrieben und als Koproduzentin bei der bekannten Fernseh-Serie ›Dr. Quinn, Ärztin aus Leidenschaft‹ mitgewirkt. Ihre Artikel sind in zahlreichen Publikationen erschienen, darunter *Harper's*, *Esquire* und *New York Times Magazine*. Seit zwanzig Jahren arbeitet sie als Schriftstellerin und hat seither mehrere Sachbücher veröffentlicht, u. a. ein Buch über Rock Hudson. Sie lebt in Santa Monica, Kalifornien. ›Ein verdammt gutes Gefühl‹ ist ihr erster Roman.

Unsere Adresse im Internet: www.fischer-tb.de

Sara Davidson

Ein verdammt gutes Gefühl

Roman

Aus dem Amerikanischen
von Sigrid Gent

Fischer Taschenbuch Verlag

Veröffentlicht im Fischer Taschenbuch Verlag,
ein Unternehmen der S. Fischer Verlag GmbH,
Frankfurt am Main, August 2002

Lizenzausgabe mit Genehmigung des
Wolfgang Krüger Verlags, Frankfurt am Main
Deutschsprachige Ausgabe:

Die amerikanische Originalausgabe erschien 1999
unter dem Titel ›Cowboy‹ im Verlag
HarperCollins, New York und London

Druck und Bindung: Clausen & Bosse, Leck
Printed in Germany
ISBN 3-596-15392-1

Danksagungen

Ich möchte Ken Topolsky, meinem TV-Partner, danken, der mir vorschlug, dieses Buch *Even Cowboys Get the Jews* (Die Juden kriegen sogar Cowboys) zu nennen.

Dank an Tom Robbins, der erwiderte: »Wenn der Held gerne kokst und sich viel beklagt, kannst du es *Whine, Stoned Cowboy* (Jammere, bekiffter Cowboy) nennen.«

Aber es war nicht immer so fröhlich. Es gab eine Zeit, da hatte ich einen ersten Entwurf, der nichts taugte, keinen Agenten, keinen Verleger und keinen Freund, der eine Idee hatte, wie ich den Entwurf umarbeiten könnte. Ich wäre nicht imstande gewesen, diese trostlose Zeit bis heute zu überstehen ohne das Vertrauen und die Hilfe von Schlüsselfiguren: Jo-Ann Mapson, eine meiner Lieblingsautorinnen, die sich das Buch vorstellte, als ich dazu nicht fähig war; Dennis Palumbo, der weiß, wie man als Autor seinen Weg geht; Caradoc King, mein britischer Agent, der nach zwanzigjähriger Pause mit nie ermüdender Begeisterung wieder in mein Leben trat und mich zu Joy Harris führte, meiner neuen Agentin und Freundin, die mir den entscheidenden Rat gab, der mich zum Weiterschreiben ermutigte.

Dankbar bin ich den langjährigen Weggefährten Kathy Goodman, Dan Wakefield, Karen Sperling, Andrew Weil und Winnie Rosen, die mich ebenso ermunterten wie Betsy Carter, Robin Schiff, Matthew Burke und Beth Sullivan. Ich danke meiner Familie, Terry, Gary und Summer Jennings und Alice Davidson, für ihre unerschütterliche Unterstützung und Nina Zimbelman, die mir half, mir treu zu bleiben. Einen besonderen Dank an Diane Reverand, meine Lektorin, für ihren Rat und ihre außerordentliche Einfühlsamkeit. Schließlich danke ich meinen außergewöhnlichen und begabten Kindern Andrew und Rachel Strauss. Gott segne euch alle.

Anmerkung der Autorin

Dieses Buch beruht auf einer wahren Geschichte – meiner Liebesaffäre mit der Person, die ich Zack nenne. Zur Wahrung der Intimsphäre habe ich diese Geschichte jedoch in einen fiktiven Zusammenhang gestellt. Für die große Familie der Hauptperson, einschließlich Jeff, Rose, Veronica und der Kinder Sophie und Gabriel, habe ich Figuren frei erfunden. Zwischen diesen Figuren im Buch und lebenden Personen sollte keine Beziehung hergestellt, noch sollten Episoden über sie als tatsächlich geschehen gedeutet werden.

Die Geschichte spielt in einer Zeit, als ich an der Fernsehserie *Dr. Quinn. Ärztin aus Leidenschaft* schrieb. Ich habe wahre Begebenheiten und die tatsächlichen Namen von einigen der herausragenden Personen bei der Produktion verwendet: Jane Seymour, Joe Lando, James Keach, Beth Sullivan, Jim Knobeloch, Jeanne Davis, Josef Anderson, Toni P., Toni G., Julie, Brian, Bobby Roth und Ozzie Smith. Alle anderen im Zusammenhang mit *Dr. Quinn* beschriebenen Personen sind frei erfunden.

S. D.

1

Cowboys habe ich schon immer geliebt. Vor allem, wie sie aussehen. Wenn ich auf meinem Weg zur Arbeit dem Verkehrsstrom folge, kann der Anblick des Marlboro-Mannes auf einer Reklametafel eine Sehnsucht in mir auslösen, die mich wie ein Schock durchfährt. Wenn ich einen Mann in Cowboyhosen sehe, reagiere ich vermutlich genauso wie manche Männer auf den Anblick einer Frau, die Strümpfe mit Nähten und Strapse trägt. Das raue Leder lenkt das Auge von den Beinen aufwärts bis zu der Stelle, wo das Leder aufhört, genau unterhalb der Leiste. Die eng sitzenden Jeans, die Stiefel mit Sporen, selbst der Hut in seiner verwegenen, verspielten Form tragen zu einem Bild bei, das ich höchst attraktiv finde.

Es ist ein Bild, das an Vitalität und Wildheit, Großspurigkeit, Sinn für Spaß und eine geheime Macht über Tiere denken lässt. Bis zum Sommer 1993 verband ich dieses Bild allerdings nicht mit hoch entwickelter Intelligenz. Ich erwartete von einem Cowboy nicht, dass er sich gewählt ausdrücken konnte und belesen war, vielmehr erwartete ich von ihm, dass er eine primitive, rechts gerichtete Dummheit besaß und daher eine Liebesaffäre mit einem Cowboy für eine Frau mit einer gewissen Bildung eine Mesalliance wäre.

Damals erwachte meine Neugier, als ich von Cowboypoeten hörte. Ich schrieb und produzierte gerade eine Western-Fernsehserie, *Dr. Quinn. Ärztin aus Leidenschaft*, als einer der Wrangler, die bei den Dreharbeiten mitwirkten, mir ein Plakat für ein Festival mit Cowboypoesie und Cowboymusik in Elko, Nevada, zeigte.

Der Wrangler, Earl McCoy, hatte Pausbacken und einen Bauch, der sich über seinem Gürtel wölbte, doch die Cowboys auf dem Plakat, die mit ihren in die Stirn gezogenen Stetsons auf einer Zaunstange hockten, waren schlank und muskulös.

»Diese Männer schreiben Gedichte?«

»Teufel, ja«, sagte Earl. »Gute Gedichte.«

»Wo liegt Elko, Nevada?«

»Ungefähr vier Stunden östlich von Reno.« Das war vier Stunden östlich von nicht viel.

Er gab mir Bänder, auf denen sie sangen und ihre Gedichte vortrugen, und nachdem ich sie mir angehört hatte, wusste ich, dass ich hinfahren musste. Ich überredete meine Freundin Jeanne Davis, eine Kollegin bei der Serie, mich zu begleiten, und vereinbarte, einen Artikel über das Festival zu schreiben, damit ich, falls sich das Ganze als Katastrophe herausstellen sollte, kein Wochenende vergeudete. Die anderen Produzenten der Serie witzelten, dass ich nur nach Elko führe, »um mich von einem Cowboy bumsen zu lassen«, und natürlich steckte darin ein Körnchen Wahrheit. Ich hatte zwar das Gefühl, dass irgendetwas in Elko geschehen könnte, aber ich maß diesem Gefühl keine große Bedeutung bei; ich packte keinerlei Verhütungsmittel ein.

Zwei Wochen später stand ich in meinem Ankleidezimmer und überlegte, was ich anziehen sollte. Jeans natürlich, aber meine Jeans waren von Calvin Klein, und ich würde wie eine Großstädterin aussehen, doch das war nicht zu vermeiden. Ich wusch mir die Haare und ließ sie, während ich sie mit den Fingern aufschüttelte, an der Luft trocknen. Meine Haare waren lockig, und als ich jünger war, verbrachte ich qualvolle Stunden damit, sie zu zähmen, sie trocken zu fönen, sie mit einem Bügeleisen zu glätten oder mit Haarfestiger auf riesige Wickler zu drehen, doch jetzt ließ ich sie, wie sie waren. Alles, was ich für meine tägliche Pflege tat, war auf Effizienz und Schnelligkeit getrimmt. Ich schminkte mich nicht. Ich legte Feuchtigkeitscreme mit Sonnenschutz auf, zog Jeans an, eine grünblaue Hemdbluse von Banana Republic und italienische Stiefel, und ich war zum Ausgehen bereit.

Ich fuhr meine Tochter Sophie, die elf war, und meinen Sohn Gabriel, zehn, zu ihrem Vater und öffnete die Fondtür des Kombis, um Sophie mit ihrer Katze Butterball aussteigen zu lassen. Sie trug ein braunes Top, braune Kordjeans und braunen Nagellack mit goldenen Tupfen.

»Warum kann ich nicht mit dir kommen?«, sagte sie.

»Du weißt, warum. Es ist euer Wochenende bei Dad.«

»Wenn er nichts dagegen hat, kann ich dann mitkommen?«

Ich umarmte sie. »Ich bin Sonntagabend wieder zurück. Ich bringe euch ein Geschenk mit.«

Gabriel zog sein Skateboard zusammen mit einer Tasche voll CDs aus dem Wagen. »Kann ich statt eines Geschenks Geld haben?«

»Nein.«

»Dann nehme ich das Geschenk.« Er beugte sich vor und küsste mich auf die Wange. »Hab dich lieb, Mom.«

»Ich dich auch.« Ich sah zu, wie sie zur Tür marschierten und darauf warteten, dass sie geöffnet wurde. »Vergesst nicht, eure Bücher zu lesen!«

Als ich vor Jeannes Haus hielt, wartete sie schon mit zwei großen Einkaufstaschen auf dem Bürgersteig. Sie war einmal Flugbegleiterin gewesen, und ich wusste, dass sich in diesen Einkaufstaschen alles befand, was wir möglicherweise brauchten: ein Reisewecker, drei Schachteln Heftpflaster in drei verschiedenen Größen, Büchsen mit gesunden Sun Chips, normales und Grillgewürz, Kräuterteebeutel und ein Tauchsieder für das Teewasser.

»Warum tun wir das?«, sagte ich.

»Es wird urkomisch werden«, sagte sie und schloss ihren Sicherheitsgurt.

»Wir haben keine Ahnung, was uns da erwartet.«

Zur Einstimmung stellte sie das Radio auf KZLA ein, den Sender für Countrymusik. »Earl fährt jedes Jahr hin.«

»Earl ist ein komischer Kauz.«

Die Leute wandten die Köpfe nach uns um, als wir durch den Flughafen von Nevada schritten, um unseren Mietwagen abzuholen. Jeanne war einen Meter achtundsiebzig groß und hatte lange, glänzende blonde Haare, wie man sie bei Schwedinnen findet, und ich war ebenso groß, nur dunkelhaarig, und keiner von uns beiden trug einen Büstenhalter. Wir sahen nicht aus, als kämen wir aus Elko.

Wir fuhren quer durch die Stadt, vorbei am Red Lion Motel, vor dem zwei riesige Plastikstiere standen, am Commercial Hotel, über dessen Eingang sich ein weißer Königseisbär aufbäumte, vorbei an zahlreichen Futterläden und an Brenda's Wedding Chapel, wo man ohne Bluttest und ohne Wartezeit heiraten konnte.

Als wir auf dem Festplatz von Elko eintrafen, stellten wir jedoch fest, dass die Zuschauertribünen nicht, wie wir erwartet hatten, mit Cowboys, sondern stattdessen mit Familien voll gestopft waren – Touristen, die Bermudas trugen und Big-Gulp-Drinks mitgeschleppt hatten. Auf der Bühne sang gerade eine Gruppe geriatrischer Cowboys »Tumbling Tumbleweed«, und einer begann zu jodeln. Jeanne sah mich an. »Amerika, wie es leibt und lebt.«

Wir verließen die Tribünen und spazierten durch eine Ausstellungshalle, wo Cowboy-Kunsthandwerk und -ausrüstung verkauft wurden. Wir kauften gepunzte Ledergürtel und Silberketten, sahen uns handgearbeitete Stiefel und Sättel an und näherten uns gerade dem Ende der Ausstellung, als mir ein Mann etwas zurief.

»*New York Times*«, sagte er, als er das Schild las, das ich an meine Hemdbluse gesteckt hatte. »Was ist das denn?«

Ich wandte mich um und sah ihn an. Er trug einen hellbraunen Stetson und eine dunkle Pilotenbrille und hatte lockige braune

Haare, die ihm auf den Kragen fielen. Wusste er das wirklich nicht?

»Eine Zeitung.«

»Oh. Ich dachte, ein mathematisches Problem.«

Ich sah zu Jeanne und verdrehte die Augen.

»Was tun Sie für die Zeitung«, fragte er.

»Ich schreibe.«

Er nickte. »Passt. Sie haben diesen ausgeschlafenen Blick.«

»Ausgeschlafen?«

Jeanne sagte: »Sie meinen nicht etwa durchdringend?«

»Das auch«, sagte er.

Ich wandte mich ab und sagte leise zu Jeanne: »Dieser Typ ist ein Idiot.« Sie sah näher hin. »Ich weiß nicht. Er könnte ein ganz schlaues Bürschchen sein.«

»Würden Sie gern meine Arbeit sehen?«, fragte er. Er zeigte uns Zaumzeug und Zügel, die er aus Rohleder hergestellt hatte, das er selbst behandelte und zu komplizierten Mustern flocht. Für mein ungeschultes Auge sahen sie wie all die anderen Rohlederarbeiten aus, die ich hier gesehen hatte, aber eines seiner Stücke erregte meine Aufmerksamkeit. Es war ein ulkiges Ding, das ich später als Konzeptkunst betrachten sollte: eine Fliegenklatsche mit drei Haarbüscheln aus Schwänzen von drei verschiedenfarbigen Pferden – Fuchs, Palomino, Rappe –, zusammengebunden mit Rohlederknoten und wunderschönen alten Lassostücken. »Funktioniert auch gut«, sagte er und klatschte sie mit einem scharfen Zischlaut gegen einen Pfosten.

Er reichte sie mir, und ich befühlte die fein geflochtenen Knoten, die die Haarbüschel umgaben. »Wie viel kostet sie?« Er überlegte einen Moment. »Zweihundert Dollar.« Ich lächelte und legte sie auf den Tisch zurück.

»Da steckt die Arbeit von zwei Wochen drin«, sagte er.

»Davon bin ich überzeugt.«

»Sie ist toll«, sagte Jeanne.

»Die Damen schauen auf dem Rückweg nochmal vorbei. Mein Name ist Zack.«

»Ich bin Sara. Das ist Jeanne.«

Er tippte an die Krempe seines Hutes, und wir zogen weiter.

Am nächsten Morgen versuchten Jeanne und ich, unseren Flug umzubuchen, um Elko früh zu verlassen, aber es war nicht möglich. Wir beschlossen, den Fiedel-Workshop, den A-cappella-Chor der Cowboys und die Dichterlesung, bei der jeder ans Mikro treten konnte, zu schwänzen, und fuhren zum Wandern in die Ruby Mountains hinauf. Obwohl es Juni war, waren die Berge mit Schneefeldern bedeckt. Überall floss Wasser, und wir hörten, wie es über die Felsen plätscherte, Bäche hinuntersprudelte und in Wasserfälle schoss, die geradewegs über die Wanderwege fluteten.

Wir kehrten in der Pine Lodge zum Essen ein, wo sich neben unserer Nische ein Diorama befand: ein ausgestopfter Berglöwe, der auf einem Felsen kauerte, bereit, sich auf einen ausgestopften weißschwänzigen Hirsch zu stürzen. Wir bestellten das Sonntagsbüfett – gebratenes Hähnchenfilet, Barbecuebohnen, Bratkartoffeln, Schinken, Speck und Brötchen mit Wurstsoße – eine Fettorgie, die uns in einen Schockzustand versetzte.

Als wir zum Festplatz von Elko zurückkehrten, ging gerade der Mond auf, und die Stimmung hatte umgeschlagen. Es waren jetzt weit mehr Cowboys da – »buckaroos« aus Nevada und Idaho –, die den Cowboys bei unseren Dreharbeiten überhaupt nicht ähnlich sahen. Sie hatten lange, dünne Schnurrbärte, die aus ihrem Gesicht herausstachen und zu scharfen, gewichsten Spitzen gezwirbelt waren. Sie trugen grellrosa und purpurrote Tücher um den Hals, hohe Hüte mit Rosshaarkordeln, die ihnen über den Rücken baumelten, und frisch gebügelte, in kniehohe Stiefel gestopfte Wrangler-Jeans.

Im Tanzsaal gab der Cowboysänger Ian Tyson gerade einen seiner Hits aus den Sechzigern, »Some Day Soon«, zum Besten. Tysons Stimme – honigsüß mit einem Schuss Melancholie – verzauberte den Saal, und die Leute strömten auf die Tanzfläche, um Twostepp zu tanzen. Ich kämpfte mich gerade durch den Raum, als ich Zack sah. Monate später sollte er mir erzählen, dass er, als er mich auf sich zukommen sah, dachte: »Ärger am Huf. Lass den Kopf unten, vielleicht sieht sie dich ja nicht.« Und schon war er auf den Beinen.

»Heda.« Er zeigte mit dem Finger auf mich.

»Wie geht's?«, sagte ich.

»Oh, ich steh irgendwie unter Schock.«

»Warum?«

Er trug ein hellblaues Hemd mit schwarzer Westernstickerei und in babyblaue Stiefel gestopfte Jeans. »Ich bin's nicht gewohnt, mich irgendwo außerhalb von Casa Grande aufzuhalten.«

»Wo liegt das?«

»In Arizona. Im Süden, bei Mexiko.«

Er bat mich um einen Tanz. Ian Tyson sang das Lied von dem Mädchen, dessen Rodeocowboy an diesem Abend von Kalifornien nach Hause fuhr. Zack hatte seine Sonnenbrille nicht auf, und als wir tanzten, sah er mich unablässig mit seinen grünen Augen an, unverblümt und ohne zu blinzeln. Seine Augen waren von einem so intensiven Grün, wie man es außerhalb des Katzenreiches nur selten sieht, und er starrte länger, als es sich gesellschaftlich schickte. Ich starrte geradewegs zurück; für wen, zum Teufel, hielt er sich? Sein Gesicht war durchaus attraktiv, alles gradlinig wie die Gesichtszüge griechischer Statuen, abgesehen von einem kleinen Höcker auf der Nase, wo sie mit Sicherheit einmal gebrochen war. Aber er war ein Bauer, ein unverschämter Bauer. Als das Lied zu Ende war, entschuldigte ich mich in der Hoffnung, weitere Kontakte verhindern zu können, und verbrachte den Rest des Abends damit, Dichter und Sänger zu interviewen, während Jeanne, wie mir nicht entging, mit Zack draußen auf den Stufen saß und Bier aus langhalsigen Flaschen trank.

Als ich zum Aufbruch bereit war, winkte ich ihr.

»Tust du mir einen Gefallen?«, fragte sie. »Sag Zack gute Nacht. Er hat sich nach dir erkundigt. Er ist ganz schön verknallt –«

»Ich weiß, deswegen geh ich ihm ja aus dem Weg. Tut mir Leid, wenn du nicht klargekommen bist.«

»Nein, ich habe mich gut unterhalten –«

Jeanne verstummte. Zack marschierte auf uns zu.

»Wir brechen gerade auf«, sagte ich.

»Kann ich Sie zu Ihrem Wagen begleiten?«

»Das ist nicht nötig. Er steht ganz in der Nähe.«

Er packte meinen Arm unterhalb der Schulter. »Dann kommen Sie mit mir, nur eine Minute. Ich möchte Ihnen etwas zeigen.«

Ich sah zu Jeanne, die mir mit dem Kopf ein Zeichen gab. »Nun geh schon. Ich treffe dich dann am Wagen.«

Als ich mit Zack auf die Kunsthandwerkshalle zuging, erzählte er mir, dass er mit seinem Sohn, der zwanzig war, in einem Wohnwagen auf einer Ranch lebte, wo Pferde zum Viehhüten ausgebildet wurden.

»Wie alt sind Sie?«, fragte ich.

»Neunundddreißig.«

»Wissen Sie, wie alt ich bin?«

»Nein, Ma'am. Das geht mich nichts an.«

Ich lachte. »Älter als Sie.«

»Sie haben sich gut gehalten.«

Er knipste die Lichter in der Halle an, und wir gingen zu seinem Stand zurück. Er nahm die Fliegenklatsche in die Hand und hielt sie mir hin. »Das möchte ich Ihnen schenken.«

»Danke, aber das kann ich nicht annehmen.« Ich wollte keine Verpflichtungen eingehen.

»Wie wär's, wenn wir ein Tauschgeschäft machen?«

»Gegen was?«

»Etwas, was Sie geschrieben haben?«

Ich schlug vor, ihm einen meiner Artikel zu schicken, aber das schien kein fairer Tausch für die Fliegenklatsche zu sein. Er sagte, dafür würde er mir einen Gürtel anfertigen. »Lassen Sie mich mal messen.« Er nahm ein Band aus Rohleder, schlang es um meine Taille und schnitt es mit seinem Messer durch. Ich schrieb ihm meine Adresse auf, aber nicht meine Telefonnummer. Als er mich zum Wagen begleitete, erzählte er mir, dass er kein Telefon habe. »Ich bin nicht reich. Ich fahre einen Achtundsechziger Chevy-Pick-up.«

»Das geht mich nichts an«, sagte ich.

Er lachte und legte mir den Arm um die Schultern.

Als wir zu Jeanne kamen, hockte sie auf der Haube des Mietwagens und sang »Jingle Jangle Jingel« mit einer Gruppe von Männern mit Cowboyhüten. Zack fing an, meine Schultern zu massieren. Seine Finger waren ungewöhnlich lang, fest und stark.

»Sie haben gute Hände«, sagte ich und wandte den Kopf, damit sich unsere Blicke trafen.

»Bescheiden ausgedrückt«, sagte er, »ich habe magische Hände.«

Eine Woche später erhielt ich mit der Post einen handgeschriebenen Brief und einen von Zack aus Rohleder gefertigten geflochtenen Schlüsselanhänger, mit meinem Namen, an dem an einem Ring ein Schlüssel aus Leder baumelte. »Ach, du lieber Gott, ich tue nichts anderes, als von Ihnen zu träumen«, schrieb er. »Ich habe eine Menge Bedenken, aber in aller Bescheidenheit biete ich Ihnen meinen Schlüssel an. Ich kann nicht sicher sagen, wo er passt oder ob er überhaupt noch funktioniert. Dieses Risiko werden Sie wohl eingehen müssen. Möge Gott uns beiden gnädig sein.«

Ich schauderte, als ich den Brief las, nicht allein wegen seiner schauerlichen Gefühlsduselei, sondern auch, weil jedes dritte Wort falsch geschrieben war. Als ich ihn Jeanne zeigte, hielt sie ihn hoch und sagte: »Dir ist doch wohl klar, dass eine Rechtschreibprüfung das Einzige ist, was zwischen dir und diesem Mann steht!«

Ich räumte den Brief und den Schlüsselanhänger weg mit der Absicht, niemals darauf zu antworten. Ich konzentrierte mich aufs Schreiben und die Vorbereitungen zu den Dreharbeiten für eine Folge von *Dr. Quinn*, in der ihre erste, lange Zeit für tot gehaltene Liebe plötzlich wieder in der Stadt auftaucht, gerade als sie im Begriff ist, einen anderen zu heiraten. An den Wochenenden, an denen meine Kinder bei mir waren, fuhr ich sie zu ihren Fußballspielen und Tanzstunden und nahm sie zu Fahrradtouren am Meer mit. Wenn sie bei ihrem Vater waren, ging ich mit einem Schallplattenproduzenten namens Terrence aus. Er war intelligent und geistreich, hatte eine Silberhaarmähne und fuhr einen Porsche Carrera, aber ich hatte Mühe, irgendeine emotionale Beziehung zu empfinden, und war besorgt, dass bei mir etwas nicht stimmte. Er drängte mich, mit ihm zu schlafen, und ich dachte: Vielleicht wird dadurch das Eis gebrochen. Als wir jedoch in sein antikes Eisenbett stiegen, zerkratzten mir seine Bartstoppeln die Haut. Was auch immer er ausprobierte, ich war empfindungslos, trocken, tot. »Das klappt nicht«, sagte ich.

Er machte ein verwirrtes Gesicht.

»Tut mir Leid.« Ich versuchte es mit einem Scherz. »Wenn ich ein Kerl wäre, bekäme ich keinen hoch.«

»Das ist mir noch nie passiert.«

»Ich weiß, mir auch nicht. Aber es ist nicht deine Schuld, glaube mir. Es ist ... mein Problem. Lass mich ein Taxi nach Hause nehmen.«

»Nein, ich fahre dich.« Wir fuhren schweigend zu meinem Haus, und am nächsten Tag fand ich auf dem Boden meines Arbeitszimmers ein Fax, das ich nicht anfassen wollte. Das Papier wellte sich; es schien radioaktiv zu strahlen. Es war ein Brief, der mich wegen meiner charakterlichen Mängel heftig kritisierte und mich davon in Kenntnis setzte, dass ich eine dieser Jüdinnen sei, »die große Probleme hätten, sich hinzugeben, ausgenommen inkonsequenten Männern«, und endete mit: »Ich wünsche dir ein produktives Leben, Sara.«

In den folgenden Tagen war ich deprimiert, nicht wegen Terrence, sondern weil es mir in den Jahren seit meiner Scheidung nicht gelungen war, eine Zuneigung zu einem Mann zu entwickeln, die länger als ein paar Monate hielt. Ich schwankte zwischen Selbstmitleid über die Tatsache, dass mir das Talent, das Gen, das Geschick fehlte – nicht jeder hat es, nicht jeder kann Skilaufen –, und der Zwangsvorstellung, ausgehen zu müssen und ihm noch eine Chance zu geben. Ich hatte sogar für Elizabeth Taylor Verständnis, als sie am Vorabend ihrer achten Heirat sagte: »Ich möchte es richtig machen.«

Unter diesem hin und her schwankenden Druck hatte ich auch die Anzeige in der Rubrik ›Partner gesucht‹ aufgegeben und so Terrence kennen gelernt. Viele meiner Freunde – obwohl nur wenige es zugaben – hatten schon mit dieser Rubrik experimentiert. Es war wie ein geheimes Laster. Man benutzte falsche Namen (ich benutzte den meiner Tochter) und geriet gelegentlich in eine peinliche Situation, wenn jemand, den man kannte und mit dem man zusammenarbeitete, auf die Anzeige antwortete. Ich setzte meinen Text auf und ließ ihn der *L.A. Weekly* zukommen, die angeblich die kreative Bevölkerungsgruppe ansprach. »Hochgewachsene, schlanke, erfolgreiche Autorin, 44, geschieden, zwei Kinder, sucht Partner mit lebhaftem Verstand und ruhiger Hand.« Ich war neunundvierzig, aber in den Partnerschaftsanzeigen log jeder.

Männer, die antworten wollten, konnten eine 900er Nummer anrufen und sich ein Tonband anhören, das ich aufgenommen hatte. *Die L.A. Weekly* gestand eineinhalb Minuten zu, um sich selbst und das, was man suchte, zu beschreiben. Das Ziel war, verführerisch, attraktiv zu klingen und trotzdem die kaputten und verrückten Typen zu entmutigen. »Ich arbeite hart«, sagte ich,

»und wenn ich nicht arbeite, mag ich Musik jeder Art, Tanzen, Bücher, gute Gespräche, Komödien, Natur und frische Luft.« Ich möchte einen Mann kennen lernen, sagte ich, »der sich für das, was er tut, begeistert, der auf seinem Gebiet respektiert wird, finanziell unabhängig ist und der zudem verspielt und zu Abenteuern aufgelegt ist«. Wenn den Männern meine Aufnahme gefiel, konnten sie für mich auf Band eine Nachricht mit ihrer Telefonnummer hinterlassen.

Ich verbrachte Wochen damit, den geisterhaften Stimmen von absonderlichen, exzentrischen, verlorenen und in wenigen Fällen auch faszinierend viel versprechenden Männern zuzuhören. Terrence hatte mir am Telefon erzählt, dass er mit einer bekannten Sängerin verheiratet gewesen wäre, dass seine Kinder erwachsen seien und dass er gerne wanderte, kochte und junge, unbekannte Musiker entdeckte, deren Werk er produzieren konnte. Ich sprach am Telefon auch mit einem Drehbuchautor, dessen Eltern Brasilianer waren und der in Harvard und als Korrespondent in El Salvador gewesen war und der gerne Salsa tanzte. Aber das Vielversprechende und Faszinierende hatte sich kurz nach unserem ersten wirklichen Treffen in Luft aufgelöst. (Im Falle des brasilianischen Drehbuchautors hatte er den schlappen Pimmel.) Es schien typisch für die Neunziger zu sein: Man lernt sich unter ›Partner gesucht‹ kennen und trennt sich per Fax.

Unentschlossen, wie ich war, entdeckte ich das Kästchen mit dem Schlüsselanhänger von Zack. Ich öffnete es und befühlte den Lederschlüssel. Ich schickte ihm ein paar Zeilen, die ich für unverbindlich hielt, und eine Kopie des Artikels, den ich über Elko geschrieben hatte. Später sollte er mir sagen: »Dass du eine Briefmarke auf den Umschlag geklebt hast, hat mir genügend Mut gemacht.« Er setzte sich hin und schnitt schwarzes Leder für einen Gürtel zurecht, verschnürte ihn mit Rohleder und schickte ihn per Post. Der Gürtel war elegant, einzigartig und passte perfekt. Ich rief an, um ihm zu danken – er hatte mir eine Nummer gegeben, unter der ich eine Nachricht hinterlassen konnte –, aber die Frau, die sich am Telefon meldete, sagte, er sei nicht da.

Eine Woche später rief er von einem Münzfernsprecher am Highway außerhalb von Casa Grande an. »Was machen Sie gerade?«, fragte er. Ich sagte, dass ich eine Episode schrieb, die auf dem Leben des Naturforschers John Muir basierte. Er sprach über die Pferde, die er gerade trainierte, und den einjährigen Rehbock, den er mitten in der Jagdsaison in der Wüste gesehen hatte. »Ich kam um ein Dickicht herum, und da stand er, mucksmäuschenstill. Er war so schön, so wild und so verängstigt.« Als wir auflegten, spürte ich eine Wärme, die mich überraschte.

Ein paar Wochen später zog er in ein Haus in Phoenix, das Telefon hatte, und unsere Anrufe wurden länger und häufiger. Wir sprachen über unsere Kinder; Zack hatte mit achtzehn geheiratet, und mit einundzwanzig hatte er schon zwei Töchter und einen Sohn. Das zweite Kind, Nathan, wurde mit einer seltenen Krankheit geboren, dem Hallermann-Streiff-Syndrom, durch die er körperlich missgebildet war und eine so geringe Sehkraft besaß, dass er so gut wie blind war, trotzdem malte er mit Begeisterung und gewann Kunstwettbewerbe. Als Zack geschieden wurde, zog seine Frau aus und nahm die beiden Mädchen mit, er jedoch behielt den Sohn bei sich und half ihm, ins College zu gehen. »Er ist etwas Besonderes«, sagte Zack. »Ich finde ihn wunderbar.«

Als wir das nächste Mal miteinander sprachen, sagte Zack, dass er die Fluggesellschaften angerufen habe, um sich zu erkundigen, wie viel ein Flug nach Los Angeles kostete. Ich nahm das tragbare Telefon mit ins Schlafzimmer und legte mich aufs Bett. Ich war mir immer noch nicht klar über Zacks Absichten. In den Neunzigern ging es seltsam zu: Ich hatte schon Männer kennen gelernt, die mit mir flirteten und mir nachstiegen und dann nicht mit mir ins Bett wollten. Er erzählte mir, dass er an diesem Morgen ein Lied gehört habe, das ihn an mich erinnerte, »First Kiss«.

»Was halten Sie vom Küssen?«

»Oh, jede Menge. Ich mag Küsse, die zwei oder drei …«

Er hielt inne, und ich dachte, er wollte sagen »Stunden dauern«.

»… Tage dauern.«

Ich lud ihn zu einem Besuch über den Labor Day ein. Meine Kinder würden bei ihrem Vater sein, und wir hätten drei Tage.

»Dann soll ich also meine Zahnbürste mitbringen?«, sagte Zack.

»Wenn Sie sich die Zähne putzen wollen.« Danach wurde ich immer nervöser: Es war Monate her, seit wir uns in Elko kennen gelernt hatten, und wir waren nicht länger als eine Stunde zusammen gewesen. Am nächsten Morgen raste ich in Jeannes Büro im Autorenwohnwagen und bat sie, mir die Fotos zu zeigen, die sie in Elko gemacht hatte. »Ist er groß? Ich kann mich nicht mehr erinnern.«

»Klar, ist er groß.« Sie fischte die Bilder aus ihrem Schreibtisch, und ich starrte auf eines, das ein anderer Cowboy von uns dreien gemacht hatte.

»So groß ist er gar nicht«, sagte ich.

»Na ja, er hat neben uns gestanden, und er stand gebeugt da.«

Am Tag vor seinem Flug rief Zack an und sagte: »Ich komme mir wie ein Schuljunge vor, dem sein erstes Rendezvous bevorsteht. Kann ich Sie etwas fragen, ohne Sie zu beleidigen?«

»Ich weiß nicht.«

»Mal sehen.« Er holte tief Luft. »Ist das ein Forschungsprojekt?«

»Sie?«

»Ja, Ma'am.«

»Nein, Sir.«

»Danke, ich musste danach fragen.«

2

Was habe ich angerichtet? Was, zum Teufel, habe ich nur angerichtet? Drei Jahre lang hatte ich, einsam, sehnsüchtig, die Angel ausgeworfen, war auf Partys gegangen, hatte Freunde gebeten, ihre Rollkarteien nach verfügbaren Männern durchzusehen. Und nun dieser Cowboy. Es war absurd. Verrückt. Ich hatte eine idiotische Linkskurve gemacht, die geradewegs in einer Sackgasse enden würde. Trotzdem fühlte ich mich unerklärlich glücklich, als ich am Dienstagmorgen nach Labor Day den Pacific Coast Highway entlangfuhr, vorbei an der Lagune, wo niedrig fliegende Schwärme von Pelikanen mit ihren seltsamen Schnabelsäcken auf das Meer herunterstießen und mit Fisch wieder auftauchten. Im Malibu Canyon bog ich landeinwärts ab, und die Landschaft wechselte schlagartig von der Küste zu goldenen Gebirgsausläufern, die mit Heidekraut und Steineichen bedeckt waren. Schon oft hatte mich bei diesen morgendlichen Fahrten ein Glücksgefühl durchströmt: Ich wurde gut dafür bezahlt, durch diese wunderschöne Gegend zu fahren und meine Zeit damit zu verbringen, Fernseh-Western zu schreiben. Und dann gab es wiederum Tage, an denen ich mich deprimiert und entmutigt fühlte und auch die Pelikane nichts daran ändern konnten.

Wenn ich mich deprimiert fühlte, dann deswegen, weil ich zum ersten Mal in zweiundzwanzig Jahren für jemand anderen arbeitete – für Beth Sullivan. Ich hatte Beth gern und bewunderte ihre Arbeit, aber *Dr. Quinn* war ihr Werk, sie sagte, wo es langging, und ich saß hinter ihr und ruderte. Zweiundzwanzig Jahre lang hatte ich stets allein gearbeitet, Zeitschriftenartikel, Bücher und Drehbücher geschrieben. In den achtziger Jahren hatte ich zwei Serien für ABC verfasst, aber zu Beginn der neunziger stellte ich fest, dass ich Probleme hatte, einen Produzenten für meine Sendungen zu finden. Ich war mitten im Scheidungsverfahren und unterschrieb einen Vertrag, der sich als Katastrophe herausstellen sollte. Ich kaufte meinem Mann seinen Anteil an dem Haus, das wir gebaut hatten, ab und setzte dafür mein gesamtes verfügbares Vermögen ein, weil ich die Kinder nicht aus dem Gleichgewicht bringen wollte, während wir uns auf die Scheidung und das gemeinsame Sorgerecht einstellten. Ich gedachte, ein Jahr zu warten und dann, wenn ich mich wieder kräftiger fühlte, etwas Erschwinglicheres zu suchen und das Haus zu verkaufen. Doch das war ein schwerer Fehler. Keine dreißig Tage nachdem ich den Vertrag unterschrieben hatte, brach der kalifornische Immobilienmarkt zusammen, und der Wert meines Hauses sank um vierzig Prozent des Preises, den ich gerade meinem Exmann bezahlt hatte. Zwei Wochen später, genau an meinem Geburtstag, rief meine Lektorin aus New York an, um mir mitzuteilen, dass der erste Entwurf des Buches, den ich ihr vorgelegt hatte, eine Dokumentation über die »Baby Boomer«, die geburtenreiche Nachkriegsgeneration als Eltern, nicht das sei, was sie wollte, und dass sie den Vertrag kündigen werde.

Ich war ohne Absicherung. Ich hatte im Moment kein Einkommen in Aussicht, aber eine riesige Hypothekenrückzahlung zu leisten, mein ganzes Geld war im Haus festgelegt, und es bestand keine Möglichkeit, es zu verkaufen, weil niemand etwas kaufte. Monatelang schlief ich kaum, wälzte mich zuckend im Bett herum, als steckte ich auf einem Spieß und gäbe Zischlaute von mir, wenn mein Saft ins Feuer spritzte.

Freunde schlugen vor, dass ich bei einer anderen Produktion

einen Job annahm. Zufälligerweise hatte ich gerade Beth bei einer für Hollywood typischen Veranstaltung kennen gelernt.

Eine Gruppe mit dem Namen Creative Coalition hielt Versammlungen zur politischen Bewusstseinsbildung ab, um die Leute im Show-Business über Schlüsselfragen wie Gesundheitsfürsorge zu informieren. Soweit ich wusste, ging es darum, die Stars so zu schulen, dass sie in Talkshows eine Meinung vertreten und sich intelligent äußern konnten. Ich ging zu der Versammlung, die im Haus des Schauspielers Richard Masur stattfand, weil ich dachte, dort vielleicht ein paar interessante Männer zu treffen. Ich weiß nicht, warum Beth dort war, aber ich bezweifle, dass sie den äußerst langweiligen Vortrag über den kanadischen Alleinzahler-Plan hören wollte.

Wir lernten uns am Büffet kennen, und noch während wir Engelshaarpasta mit sonnengetrockneten Tomaten auf unsere Teller löffelten, hatten wir unsere Telefonnummern ausgetauscht. Beth war intelligent, stark, lachte gern und kämpfte wie eine Tigerin für das, woran sie glaubte. Blond und robust, wie sie war, liebte sie das Leben in all seinen Aspekten. Wir begannen, gemeinsam spazieren zu gehen und zu Abend zu essen, und sprachen über eine Zusammenarbeit an einem künftigen Projekt. Zu der Zeit schrieben wir beide Pilotsendungen für CBS, aber wir wussten, dass die Chancen gegen uns standen. Die Sendeanstalt hatte über sechzig Drehbücher in Auftrag gegeben, und nur einige wenige würden es schaffen, auch gesendet zu werden. Als die Liste der Durchgefallenen verkündet wurde, stellte sich heraus, dass meine Pilotsendung zusammen mit fünfundfünfzig anderen auf dem Müllhaufen gelandet war, doch Beth erhielt einen Produktionsauftrag.

Ich stand gerade am Herd und bräunte Zwiebeln für ein Truthahnchili, als Beth anrief und fragte, ob ich bei *Dr. Quinn* mitarbeiten wollte. Genau auf dieses Angebot hatte ich gehofft, aber ich spürte einen schmerzhaften Druck in der Brust. Verabschiede dich, dachte ich, von deiner eigenen Zeiteinteilung, von den selbst ausgewählten Projekten, den Fahrradtouren oder Büchereibesuchen mit den Kindern nach der Schule.

»Der Verdienst wird nicht umwerfend sein«, sagte sie, »aber wenn wir auf Sendung bleiben, kann ich mehr für dich herausschlagen.«

»Es geht nicht um den Verdienst«, sagte ich. »Es geht um ... mein Privatleben.«

Sie stieß ein kehliges Lachen aus. »Na ja, ich habe auch kein Privatleben.«

»Ich fürchte, dass ich meine Kinder kaum mehr sehen werde.«

Beth schwieg. »Dafür könnten wir eine Lösung finden.«

Ich goss Tomatensoße in die Zwiebelmischung und rührte sie um. »Wo dreht ihr?«

»In Agoura. Auf der Paramount Ranch. Eine halbe Stunde Fahrt.«

Die Schlinge zog sich zu. Nach Agoura brauchte man keine halbe, sondern über eine Stunde mit dem Auto, für eine Strecke.

»Wie wär's damit«, sagte sie. »Komm von zehn bis vier her. Und erledige den Rest deiner Schreiberei zu Hause.«

»Ist das dein Ernst? Meinst du, das würde klappen?« Die meisten angestellten Autoren blieben bis acht oder neun Uhr abends am Drehort; manchmal sogar bis Mitternacht.

»Klar. Solange du die Arbeit erledigst. Was kümmert's mich?«

Ich fühlte mich erleichtert, schwindlig. Das war ein Abkommen, das mir kein anderer beim Fernsehen angeboten hätte, und ich griff zu.

»Was war mit dem Cowboy? Hat er sich blicken lassen?«, rief Jeanne. Sie stand auf den Stufen des Autorenwohnwagens, als ich am Morgen nach dem Labour Day vorfuhr.

»Ja. Tut mir Leid, wir wollten dich eigentlich anrufen.«

Sie eilte die Metallstufen hinunter. »Wie war's?«

Ich holte meinen Aktenkoffer vom Rücksitz. »Toll.«

Sie stieß ein triumphierendes Lachen aus, »Ha-ha!«, und hakte mich unter. »Ihr hattet keine Probleme, Gesprächsstoff zu finden?«

»Überhaupt keine.«

»Ich wusste doch, dass er ein schlaues Bürschchen ist.«

»Klug.«

»Sehr klug. Wie war der Sex?«

»Zuerst eine Katastrophe, aber er hat seine Rolle schnell gelernt.«

Sie stieß ein neuerliches »Ha-ha!« aus.

»Wir verdanken dir eine Menge. Aber, Jeanne, es ist unmöglich.«

»Komm schon, so was passiert nicht alle Tage. Und Phoenix ist doch gar nicht so weit.«

»Das ist das geringste Problem:«

Um ein Haar hätte Zack es nicht geschafft, das Flugzeug zu verlassen. Ich stand am Flugsteig 19 der Southwest Airlines, bekleidet mit einer rosafarbenen Baumwollbluse, die meiner Meinung nach wunderbar zu meinen besten Jeans passte, und beobachtete die Passagiere, die aus dem Flieger aus Phoenix schwärmten. Ob er wohl den hellbraunen Stetson aufhatte? Ja, um sich sicher zu fühlen. War ich am richtigen Flugsteig? Der Strom der Passagiere ebbte ab und versiegte dann. Hatte er das Flugzeug verpasst? Seine Meinung geändert? Die Stewardessen kamen heraus, ihre Rolltaschen im Schlepptau. Ich hielt eine an und fragte: »Sind alle Passagiere von Bord?« Sie drehte sich um und starrte den Gang hinunter zum Flugzeug. »Nein, einer ist noch da.«

Zack kam um die Ecke und schritt langsam und bedächtig heraus, den Stetson auf dem Kopf, schwarze Stiefel mit roten Blitzen an den Füßen und über der Schulter einen Ledersack. Er zeigte mit dem Finger auf mich, so wie damals in Elko. Er wirkte kleiner, und sein Gesicht war wettergegerbter und faltiger, als ich es in Erinnerung hatte. Mich verließ der Mut. Wie sollte ich das Wochenende überstehen?

Wir gingen aufeinander zu, streckten die Hände zu einer Umarmung aus, und ich wandte das Gesicht ab. Seine Lippen streiften meine Wange. Er legte mir eng den Arm um die Taille und ließ ihn dort, als wir uns zum Ausgang des Terminals begaben.

»Haben Sie daran gedacht, im Flieger zu bleiben und zurück nach Phoenix zu fliegen?«

»Ich habe es in Erwägung gezogen.« Er schaute mich von der Seite an. »Wie geht's Ihnen?«

Ich erzählte ihm, dass ich in der Stunde bevor ich zum Flughafen kam, meinen Sohn angeschrien hatte, weil er nicht rechtzeitig fertig war, und meine Tochter, weil sie eine Dose Campbell's Hühnernudelsuppe auf dem Boden verschüttet hatte. Wir waren alle gereizt und durcheinander gewesen, als ich sie bei ihrem Vater absetzte.

»Kinder kriegen es mit, wenn man nervös ist«, sagte Zack. »Sie haben Radar. Und wenn man's eilig hat, tun sie alles, um einen aufzuhalten.«

»Ich bin deprimiert. Ich hasse es, sie so zurückzulassen.«

»Rufen Sie sie an und entschuldigen Sie sich. Ich hab mich schon bei allen meinen Kindern für meine Versäumnisse entschuldigt.« Er zog mich näher an sich, und seltsamerweise ging es mir besser.

Ich fuhr vom Flughafen direkt zum Strand, weil ich meinte, wir sollten uns den Sonnenuntergang ansehen und uns erst einmal wieder von Angesicht zu Angesicht näher kennen lernen, bevor ich ihn mit nach Hause nahm. Ich hatte Strandstühle, eine Decke und eine Flasche Dom Perignon in einem Kühler in den Kofferraum des Wagens gepackt, einem silberblauen, sechs Jahre alten Mercedes-Kombi mit Kindermüll am Boden – Haarspangen, Heftpflaster, Kartoffelchipskrümel.

»Schönes Fahrzeug«, sagte Zack.

Er trug die Stühle und den Kühler zum Wasser hinunter, und wir ließen uns auf dem Sand nieder. Ich mühte mich mit dem Korken ab. Er griff nach der Flasche. »Im Auseinandernehmen von Sachen bin ich Fachmann«, sagte er. Er legte die Daumen an beide Seiten des Korkens, lockerte ihn behutsam und ließ ihn knallen. »Wow! Ich habe noch nie Champagner getrunken.« Wie war das möglich?

Allmählich entspannten wir uns. Der Himmel glühte rosig, während Zack unsere Plastikbecher mit Dom Perignon auffüllte. Ich weiß nicht mehr, worüber wir sprachen oder an welchem Punkt er mich küsste, aber es war ein behutsamer, sinnlicher, angenehmer Kuss. Keine Stoppeln zerkratzten mir die Haut. Er glitt von seinem Strandstuhl, zog mich mit sich hinunter, und wir wälzten uns im Sand, bis es dunkel und zu kühl war, um noch länger zu bleiben.

Wir fuhren zu mir nach Hause, zu dem Bungalow in der Straße, mit den Palmen, die sich alle zum Meer hin neigten. Als ich Zack durch die weiß gestrichenen Räume mit den großen Fenstern führte, wirkte er wie ein Wesen, das von einem weit entfernten Planeten auf der Erde gelandet war. »Ist irgendwie anders«, sagte er, als er zu den gläsernen Häuserblocks hinaufschaute. Er spazierte behutsam umher, bis er auf dem Balkon eine Ecke für sich gefunden hatte, wo er sich hinsetzen und eine Zigarette rauchen konnte. Er wandte sich um und lächelte.

»Warum lächelst du?«

»Ich bin rundum zufrieden – es läuft so gut.«

Er zog den Reißverschluss seiner Ledertasche auf und holte ein Stück butterfarbener Elchhaut heraus, die zusammengerollt und mit einer Peitschenkordel zugebunden war. Er begann sie aufzuschnüren, und ich wusste schon, was sie enthielt: die Fliegenklatsche. »Ich habe nach einem Zuhause für sie gesucht«, sagte er. »Ich habe lange gewartet.«

Ich erwärmte die Delikatessen, die ich für das Abendessen zusammengestellt hatte – Penne mit italienischer Soße, Focacchia und Babykopfsalat mit Ziegenkäse und Balsamico-Vinaigrette – eine schlechte Auswahl, wie sich herausstellte. Italienisches Essen hielt er für »ausländisch«, alles Grüne war verdächtig, und: »Lass mich in Ruh mit Käse von einer Ziege!« Wenigstens schmeckte ihm der Dom Perignon. »Können wir noch eine Flasche knallen lassen?«

»Ich habe keine mehr.« Ich erklärte ihm, dass man ihn nicht im Sechserpack bekam. Aber ich hatte einen Merlot, den wir ins Wohnzimmer trugen. Dort streckten wir uns auf der Couch aus und küssten uns weiter. Er erforschte, neckte, sondierte, und es war wundervoll erregend, wie die Küsse, an die ich mich erinnerte, als ich sechzehn war und mit meinem ersten Freund in seinem Chevy Impala in den Bergen parkte, während die Zikaden zirpten und der Jasmingeruch in der Nachtluft lag. »Ich bin neugierig«, sagte ich. »Benutzen Cowboys Kondome?«

»Ja, Ma'am. Ich habe mich vorbereitet. Ich schaue mir Oprah Winfrey an.«

Ich lachte, sagte ihm jedoch, dass ich zu dieser Art von Intimität noch nicht ganz bereit wäre. »Würde es dir etwas ausmachen, im Gästezimmer zu schlafen?«

»Das wäre prima.« Wir gingen hinauf und sagten uns gute Nacht, aber er schlief nicht im Gästezimmer. Er begann mich einzukreisen, langsam, stetig auf das Schlafzimmer zu, und dann lagen wir auf den Laken, und er bewegte sich so grob und hastig, dass es wehtat und ich mir das Ende herbeiwünschte. Er seufzte und kuschelte sich an mich, um zu schlafen. Was für eine Enttäuschung, dachte ich. Aber beim Küssen war er so sinnlich und geschickt. Vielleicht kannte er sich in der weiblichen Anatomie nicht aus, vielleicht verfügte er nicht über die grundlegenden Kenntnisse.

Ich lag wach, lauschte seinen unbekümmerten Atemzügen und überlegte, ob ich mit ihm darüber sprechen sollte. Nach zwanzig

Jahren Frauenbewegung fand ich es immer noch peinlich und heikel, das Thema bei einem neuen Mann anzuschneiden. Im vorangegangenen Sommer hatte ich eine Affäre mit dem Präsidenten einer Fernsehgesellschaft gehabt, der in Scheidung lebte und mich für sein erstes Rendezvous anrief. Wir waren etwa zur gleichen Zeit in Berkeley gewesen und schwärmten beide für die Romane von Thomas Hardy. Er führte mich in eine Vorstellung von Eric Bogosian und anschließend zum Essen ins Ivy. Als ich versuchte, mich zwischen dem chilenischen Seebarsch und dem Lendenfilet mit Knoblauchkartoffelpüree zu entscheiden, sagte er: »Bestelle doch beides.« Aber seine Darbietung zum Thema Liebesspiel dauerte, wie ich feststellte, gerade mal zehn Minuten. Ich konnte ihn mit List und Tücke – durch Schmeicheleien, Anspielungen, Neckereien – dazu bewegen, es auf dreißig Minuten auszudehnen. Ihn direkt darauf anzusprechen, traute ich mich nicht, weil ich von der Zukunft träumte und er auswich. Ich fürchtete, er könnte beleidigt und eingeschüchtert sein, nervös werden und Reißaus nehmen. (Was er so oder so tat; er ging zu seiner Frau zurück.) Aber bei Zack hatte ich nichts zu verlieren. Da gab es keine Zukunft; wir hatten drei Tage, und wenn der Verlauf unseres Liebesspiels sich nicht änderte, dann würde ich ihn genauso schnell zum Flughafen zurückfahren.

Morgens, als er seinen Kaffee trank, fragte ich ihn, ob es ihm Spaß gemacht habe.

»Oh, das wollte ich dir schon sagen. Es war toll. Ich hoffe, für dich war's annehmbar?«

Ich lächelte. »Die Küsse waren wunderbar, aber danach hast du mich irgendwie verloren, und … wenn du möchtest, könnte ich dir Dinge zeigen … Möglichkeiten, wie du mich mitnehmen kannst.« Ich durchforschte sein Gesicht nach Anzeichen, dass er beleidigt oder gekränkt war, aber seine Augen leuchteten interessiert auf. Später sollte er mir sagen: »Ich hatte noch nie eine Frau, die so mit mir geredet hat. Ich war tatsächlich in Kalifornien. Ich war nicht nur zum Bumsen da, ich sollte auch noch erzogen werden. Ich dachte: Du willst mir was zeigen, was ich noch nicht weiß? Dann mal los.«

Meine Vermutung war richtig: Mit achtzehn hatte er eine Frau geheiratet, die unerfahren und schüchtern war. In den folgenden Jahren hatte er zahlreiche Affären, die nicht länger als eine Nacht dauerten, aber keine Frau hatte ihm viel von ihrer Sexualität gezeigt oder erzählt. Wir gingen wieder ins Schlafzimmer hinauf, und ich murmelte oder stammelte nicht, wie ich es vielleicht bei dem Präsidenten des Senders getan hätte. Sondern es lief so: Schau her, da ist die Stelle, hier passiert's. Und du musst nicht direkt auf die Zielgerade zu sprinten, das Vergnügen liegt auf den Umwegen.

Das war ungefähr alles, was ich sagen musste. Er reagierte darauf wie die sprichwörtliche Ente auf Wasser, der Vogel auf Luft, der kleine Hund auf einen Garten, wo unter Farnen und Beeten Leckerbissen versteckt sind und er die Erlaubnis zum Graben erhalten hat. Eine der Frustrationen bei dem Versuch, mit einem Mann über Sex zu sprechen, liegt darin, dass du ihm zwar zeigen kannst, was dir gefällt, und du lernen kannst, was ihn erregt, du aber keinem beibringen kannst, sinnlich, phantasievoll zu sein, es sei denn, er ist dazu veranlagt, und das war Zack. Er griff die Informationen, die ich ihm gegeben hatte, auf und setzte sie auf eine Weise um, die mich nach Luft schnappen ließ, entdeckte dabei Zonen und erfand Variationen, die ich mir nie hätte träumen lassen. Und ich hatte schon eine Menge erlebt.

»Ich weiß, dass die meisten nicht gern mit Tieren verglichen werden«, sagte Zack, »aber deine Füße sind wie Pferdehufe.«

Wir lagen auf dem Bett, auf meiner mit grünem Weinlaub und lila Rosen gemusterten Laura-Ashley-Bettdecke, und er schnitt mir gerade sorgfältig und kunstvoll die Zehennägel. Dann benutzte er eine Papiernagelfeile, um sie zu feilen und in Form zu bringen. Ich hatte mir beim Öffnen einer Schublade versehentlich einen Fingernagel abgebrochen, und er hatte angeboten, ihn zu schneiden. Aber dabei hatte er es nicht belassen können, sondern machte sich daran, alle Fingernägel an beiden Händen zu stutzen, und nahm sich dann die Fußnägel vor.

»Die Hufe sind aus dem gleichen Material gemacht wie dein Zehennagel. Es ist totes Material, wenn du's schneidest, tut's nicht weh, wenn du aber zu weit schneidest, dann tut's weh und blutet. Darum musst du echt aufpassen.«

Zack sagte, dass er sechs Wochen lang zur Hufschmiedeschule gegangen sei, »damit ich lernen konnte, meine Pferde selbst zu beschlagen. Aber ich hatte nicht das Zeug dazu. Ein guter Hufschmied ist mit einem Pferd in fünfundvierzig Minuten fertig, aber sosehr ich mich auch beeilte und versuchte, die Sache abzukürzen, ich brauchte rund zwei Stunden dazu.«

Er hielt inne, um den Zehennagel zu überprüfen, den er gerade feilte. Dann lächelte er. »Aber die Hufeisen, die ich machte, waren modelliert. Und sie waren ausgewogen.«

Ich sah ihm zu, wie er mit liebevoller Präzision meine Füße bearbeitete, und ich dachte über die Cowboys nach, die in volkstümlichen Geschichten und Liedern porträtiert wurden: der charmante Teufel, der seiner Wege reitet, der flirtet und betrügt, der nie zu Hause bleibt und immer einsam ist, »selbst bei denen, die er liebt«. Ich dachte auch an die Cowboys, die Pam Houston in ihrem Sammelband *Cowboys Are My Weakness* beschrieb. Ich hatte ihre Geschichten gelesen und ihren Stil und Witz bewundert, mich jedoch zunehmend über die Aneinanderreihung von Cowboys aufgeregt, mit denen sich ihre Heldin einließ: Männer, die betrogen, logen, nicht zuhörten und unzuverlässig waren. Sie gingen mit Nebenbuhlerinnen in Urlaub und ließen ihre an Krebs sterbenden Freundinnen im Stich.

Doch hier war Zack, das Original, und er hatte nichts mit diesen Cowboys gemein. Er äußerte seine Gefühle, zeigte sein Herz.

Bei nahezu jedem anderen Mann, den ich gekannt hatte, hatte ich das Gefühl gehabt, dass er sich in einem Labyrinth aus Fluren und Wänden verbarg und ich ständig schmeichelte, bohrte, warb, um das Geschöpf herauszulocken. Aber bei Zack schien nichts zwischen meinen und seinen Augen zu stehen.

Ängste schüttelten mich. Warum gerade diese Person? Er ist ein Wesen von einem anderen Planeten, er trägt keine Uhr und liest keine Zeitung. Er hat noch nie von *König Lear* gehört. Wenn mir ein Zitat aus dem Stück einfällt und ich es ihm vortragen will, muss ich zunächst erklären, wer Shakespeare war und worum es bei *König Lear* ging, um ihm dann das Zitat aufsagen und seine Bedeutung klarmachen zu können. Ich habe die Geduld nicht dazu, ich werde noch den Verstand verlieren.

Als wir am nächsten Morgen aufwachten, wollte ich, dass er meine Kinder kennen lernte. In den drei Jahren seit meiner Scheidung hatte ich keinen Mann mehr bei mir im Haus wohnen lassen, während die Kinder da waren, aber ich wollte es einmal ausprobieren.

Vermutlich wollte ich auch, dass sie mich mit einem Mann erlebten, der mich so behandelte wie Zack. Er öffnete Autotüren und stand geduldig da, bis ich bequem saß, dann schnallte er den Sicherheitsgurt um mich herum. Er bestand darauf, meine Einkäufe zu tragen, mir die Hand zu küssen, mir den Stuhl zurechtzurücken. Zuerst hatte es mich nervös gemacht, nicht aufgrund irgendeiner feministischen Prüderie gegenüber altmodischer männlicher Höflichkeit – ich genoss das. Aber Verehrung und Rücksichtnahme waren Dinge, die mich normalerweise Reißaus nehmen ließen.

Als ich ihm sagte, dass ich die Kinder holen wollte, zog Zack ein frisches weißes Hemd an und saubere, gebügelte Jeans. Er putzte sich an meinem Waschbecken die Zähne und rasierte sich. Es rührte mich, zu sehen, welche Mühe er sich gab. Ich schlang die Arme um seine Taille und schaute in den Spiegel. Mein Kindertraum – mein sehnlicher Wunsch als Achtjährige – war, mein eigenes Pferd zu haben. Als mein Geburtstag heranrückte, flehte ich meine Eltern an, mir eines zu kaufen, doch meine Mutter erklärte, dass es zu viel kosten würde und wir es nirgendwo unterbringen könnten. »Wir leben in Los Angeles«, sagte sie. »Wir können kein Pferd im Garten halten.«

»Dann möchte ich einen Cowboy kennen lernen, einen echten Cowboy.«

»Kinder sind wichtig«, sagte Zack. »Sie sind ein Teil des Ganzen. Und sie werden ihre Ansprüche auf ihre Mom verteidigen.«

Ich holte die Kinder bei ihrem Vater ab, und auf der Fahrt nach Hause erzählte ich ihnen eine Geschichte über das Abrichten eines jungen Pferdes, die Zack gerade erzählt hatte. »Wann immer ich aufstieg«, hatte Zack gesagt, »versuchte es wegzulaufen. Ich zog seinen Kopf nach hinten, damit es mich ansah, aber es stürmte weiter vorwärts. Also ließ ich es gegen eine Wand rennen. Ich wusste, wenn ich es überlebte, dann würde es mir nie wieder davonlaufen. Und so war's auch.«

Die Kinder waren schockiert und fasziniert. Ich beendete die Geschichte, als wir in die Garage fuhren, und sie gingen mit großen Augen und mit einem nicht geringen Maß ängstlicher Erwartung ins Haus, um ihn kennen zu lernen. Er hatte auf dem Tisch seine Werkzeuge, Leder und Rohleder ausgebreitet und zeigte ihnen, wie man einen kreisförmigen Knoten flocht.

Sie saßen zu beiden Seiten von ihm und fingen an, Lederschnüre um einen Dübel zu wickeln. Sophie war mit ihrem Knoten als Erste fertig und reichte ihn ihm. »Gute Arbeit«, sagte Zack. »Und du bist so hübsch wie deine Mutter.«

Sie runzelte die Stirn. »Willst du mich auf den Arm nehmen? Ich bin viel hübscher als Mom.«

Ich lachte, ich gab ihr Recht. Sophie hatte lange, weißblonde Haare, die sie von ihrem Vater geerbt hatte, große braune Augen und eine Figur, die sie von mir geerbt hatte, die ich aber nicht mehr besaß – gertenschlank und Beine bis zum Hals.

»Kannst du zum Beispiel eine Kuh mit dem Lasso fangen?«, fragte sie.

»Ja, Ma'am.«

Sie stand hastig auf und lief zur Garage.

Gabriel hatte den Kopf über die Lederschnüre gebeugt und war ganz in seine Arbeit vertieft. Obwohl er ein Jahr jünger war als Sophie, hatte er mehr Geduld und konnte sich länger konzentrieren. Wie ein Kolibri war sie ständig in Bewegung und ließ sich immer nur auf der Stuhlkante nieder, als wollte sie gleich davonfliegen. Sie hatte diese Energie zum Tanzen nutzen können, und schon seit ihrem sechsten Lebensjahr nahm sie Unterricht: Ballett, Jazz, Hip-Hop.

Gabriels Liebe galt der Musik. Er spielte Schlagzeug und baute gerade mit zwei anderen Zehnjährigen eine Band auf. Seine dunklen Haare hatte er so geschnitten, wie es bei Jungen im westlichen Los Angeles Mode war – ein Surfschnitt, oben lang und darunter rasiert. Er trug mit Vorliebe zu weite Shorts und ein Portemonnaie an einer Kette, die aus seiner Hosentasche baumelte, und ohne sein Skateboard ging er nirgendwohin.

»Da«, sagte er und hielt den Knoten hoch, der enger und symmetrischer war als der von Sophie.

»Du hast das Zeug zu einem großen Flechter, obwohl ich dir's nicht wünschen würde.«

»Was machen wir als Nächstes?«

»Ich hatte eigentlich nichts geplant«, sagte Zack. »Meine eigenen Kinder haben nie so viel Interesse gezeigt.«

Ich holte die Fliegenklatsche, die Zack gemacht hatte, und fragte Gabriel, wo wir sie aufhängen sollten.

Er nahm sie und studierte die Konstruktion. »In meinem Zimmer.«

»Das ist ein Geschenk für deine Mutter«, sagte Zack.

»Kannst du für mich auch eine machen?«

»Ich kann eine mit dir machen.«

»Gleich?«

»Ich habe nicht alle Materialien da.«

Sophie kam mit einem alten Stück Wäscheleine zurückgerannt. Zack formte sie zu einer Schlinge, wirbelte sie in der Luft herum und ließ dann seinen Arm nach vorn schießen. Die Schlinge glitt über ihren Kopf, und er zog sie fest um ihre Taille. Sie schrie auf. »Das will ich probieren.« Zack zeigte ihr, wie man das Seil hielt und schwang. Dann versuchten sie und Gabriel abwechselnd, Gartenstühle mit dem Lasso einzufangen, aber ich wurde nervös. »Wenn wir nett zu ihm sind«, sagte ich, »kommt Zack vielleicht ein anderes Mal wieder.«

»Morgen?«, sagte Gabriel.

»Morgen nicht«, sagte Zack.

»Warum nicht?«

»Ich bin nur zum Labor Day gekommen.«

»Ich erkläre morgen zum Labor Day.«

Zack legte Gabriel die Hände auf die Schultern. »Ich muss morgen nach Phoenix zurück, aber deine Mom braucht jemanden, der auf sie aufpasst, wenn ich nicht hier bin, und das ist deine Aufgabe. Kapiert?«

Gabriel nickte.

»Frauen sagen immer, dass sie einen Cowboy wollen, aber in Wahrheit wollen sie einen Viehzüchter«, sagte Zack. Wir waren auf der Fahrt zur Paramount Ranch hinaus, wo *Dr. Quinn* gedreht wurde, und er erklärte mir gerade, dass ein Cowboy ein Lohnarbeiter, ein Tagelöhner sei, der viele Stunden für ein geringes Entgelt und ohne Versicherungsschutz arbeitet. »Du hast keine Chance, jemals genug zu verdienen, um dir eine eigene Ranch zu kaufen. Du musst dich immer um die Rinder und Pferde anderer Leute kümmern.«

Zack sagte, dass die Cowboys auf den Ranches und Mastplätzen, wo er fünfzehn Jahre lang gearbeitet hatte, um vier Uhr morgens auftauchen und bis fünf Uhr nachmittags arbeiten, sechs Tage in der Woche, ohne einen Tag Urlaub. »Du bringst dein Essen, ja sogar den Kaffee selbst mit.«

»Es gibt keinen Proviantwagen?«

»Himmel, nein.«

»Was geschieht, wenn du krank wirst?«

»Am besten wirst du nicht krank.« Er sagte, wenn sich ein Cowboy eine Rippe bricht oder einen Muskel zerrt, behandelt er sich selbst mit Tierheilmitteln, weil er nicht versichert ist. Wenn er Zahnschmerzen bekommt, muss er sich den Zahn ziehen lassen.

»Und warum tun die Leute dann so etwas?«

Er setzte die dunkle Pilotenbrille ab. »Aus Leidenschaft.«

Wir hielten vor dem Eingangstor zur Ranch, wo ein Dutzend Touristen versuchte, die Westernstadtattrappe zu fotografieren. Ich winkte José, dem Wärter, zu.

»Am Feiertag arbeiten?«, rief er.

»Nein, wir wollen nur einen Ausritt machen.«

Er winkte die Touristen beiseite, schloss das Tor auf, und wir fuhren hindurch. Dann schloss er es wieder hinter uns.

»So sieht das aus«, sagte ich, während ich die Westernstraße entlangfuhr, die mit Ladenfassaden gesäumt war: der Saloon, das Telegrafenbüro, Dr. Quinns Praxis. Alle Gebäude waren so gestrichen und armselig hergerichtet, dass sie aussahen, als wären sie in den sechziger Jahren des neunzehnten Jahrhunderts gebaut worden. »Im Fernsehen sieht das aber erheblich größer aus«, sagte Zack.

Ich fuhr den Hügel zur Remonte hinauf, einer Reihe aus Aluminiumplatten errichteter Korrals, in denen wir vierzig Pferde hielten, die meisten waren braun, damit man sie immer wieder austauschen konnte. Ich hatte Mike Riggins, den Boss der Wrangler, der Viehtreiber, angerufen und gefragt, ob wir zwei Pferde ausleihen könnten. Er hatte den Wärter, der sich am Wochenende um die Pferde kümmerte, angewiesen, sie für uns zu satteln, und sie standen schon, an ein Geländer gebunden, bereit, als wir anhielten.

Zack schnallte seine Sporen um und ging hinüber, um die Pferde zu inspizieren. Er zog die Sattelgurte enger und richtete die Riemen der Kandaren. Mit einer einzigen eleganten Bewegung setzte er einen Fuß in den Steigbügel, richtete sich kerzengerade auf und schwang das andere Bein über das Pferd. Ich hievte mich ruckweise in den Sattel. Er guckte amüsiert zu. »Auf- und Absteigen werden wir später üben«, sagte er.

Ich folgte ihm, als wir quer durch die Ranch ritten und den Pfad zum Malibu Creek State Park einschlugen. Sein Körper war entspannt, er hob sich nicht aus dem Sattel, als wir durch ein Feld mit hohem Gras trabten. Zack hielt an. »Lust auf einen Galopp?«

Ich starrte auf den Pfad vor uns. Er lief senkrecht den Berg hinunter in eine Schlucht und kletterte dann an dem gegenüberliegenden Felsen wieder hinauf. »Ich habe gelernt, dass man Pferde nie bergab laufen lassen soll.«

»Stimmt, sollte man nicht.« Zack zwinkerte, und während ich noch zusah, zog sein Pferd die Hinterbeine ein und sprang, und mein Pferd sprang hinterher. Ich hielt den Atem an: Wir stürzten in abgehackten, harten Sätzen senkrecht den Steilhang des Felsens hinunter. Die Pferde schienen sich nach vorn zu werfen und zu bremsen, sich nach vorn zu werfen und zu bremsen, und ich umklammerte den Sattelknauf und stemmte meine Absätze nach unten, als wir den Boden der Schlucht erreichten und den gegenüberliegenden Berg hinaufjagten.

Zack hielt an und wandte sich zu mir um. »Alles in Ordnung bei dir?«

Ich brachte Solomon zum Stehen und klopfte mir auf die Brust, um den Adrenalinfluß einzudämmen. »Das möchte ich gleich noch einmal machen.«

Er lachte. »Das ist mein Mädchen.« Er schwang den Arm nach vorn, und wir begannen mit dem Aufstieg in die zerklüfteten roten Berge des Staatsparks.

»Wie ist dein Pferd?«, fragte ich.

Zack lächelte schwach. »Es ist in Ordnung. Aber ich reite lieber junge Pferde, bevor jemand anderes sie besteigt. Bei meinem letzten Job war ich dafür verantwortlich, Zweijährige zuzureiten. Je mehr Zeit ich mit dem Zureiten junger Pferde verbrachte, umso mehr drang ich in den Zen der Sache ein.«

Es faszinierte mich, dass er keine Ahnung von Shakespeare hatte, aber über Zen Bescheid wusste. »Was meinst du mit dem Zen der Sache?«

»Ich schloss die Augen, ließ meine Füße locker und entspannt und spürte genau, was sie wollten – springen oder tänzeln –, und ging mit ihnen mit. Nach einer Weile beruhigten sie sich und vertrauten mir. Danach brauchte ich sie nur noch ganz leicht zu berühren, und schon reagierten sie.«

Ich hatte das Gefühl, dass er das Gleiche mit mir tat. Er brauchte nur mit dem Finger über die Innenseite meines Handgelenks zu streichen, und schon war mein Körper hellwach. Er lenkte sein Pferd neben meines, und wir küssten uns, während die Pferde unter uns in einem langsamen, steten Rhythmus schaukelten. Die Sonne wärmte unsere Rücken, und wir knöpften einander die Hemden auf und hörten meilenweit, wie es schien, nicht auf uns zu küssen. Der herrliche Geruch der Pferde und Salbeibüsche, unsere Hände, mit denen wir einander und die kraftvollen, im Gleichschritt laufenden Tiere berührten – noch nie in vielen Jahren war ich der Glückseligkeit so nahe gewesen.

Zu unserem letzten Abendessen machte ich ihm eine gebackene Kartoffel und ein Steak, das er trotz meiner Bitten, es blutig zu probieren, gebraten haben wollte, bis es trocken und grau war.

»Alles, was ich will, ist Pferde reiten, Sachen flechten und mit dir schlafen«, sagte er. »Aber du bestehst aus zwei verschiedenen Personen. Wenn du in deinen feinen Klamotten steckst, in deiner Arbeitsmentalität, wie in Elko, bist du zum Fürchten. Aber ich mag das.«

»Warum bin ich zum Fürchten?«

»Weil du mich mit Worten vernichten kannst, wann immer du willst.« Er lächelte. »Wenn du aber mit mir allein bist, bist du wie ein Kind und sanft. Dann kann ich gut mit dir umgehen.«

Abgesehen vom Besuch der Kinder waren wir das ganze Wochenende allein gewesen, und wir schliefen miteinander, bis es Zeit war, zum Flughafen aufzubrechen. Er vergaß seine Lederwerkzeuge, und ich musste ihretwegen zurückfahren, dann blieben wir auf der Autobahn im Verkehr stecken und mussten uns auf Rollsplittstraßen durchkämpfen. »Das machst du prima«, sagte er, griff nach meinem Nacken und rieb ihn. Fünf Minuten vor Abflug hielt ich vor dem Terminal. Er öffnete die Beifahrertür und stieg aus. Ich sagte, was ich drei Tage lang zurückgehalten hatte: »Ich liebe dich.«

Er machte ein überraschtes Gesicht und beugte sich hinunter, damit er in das Fenster des Kombis schauen konnte. »Das ist gut, weil ich nämlich selbst halb in dich verliebt bin.«

»Ich weiß, dass du mich liebst.«

»Woher willst du das wissen?«

»Ich weiß es einfach. Es ist vollkommen unsinnig.«

Er lachte, ein wunderbares tiefes Lachen. »Du hast Recht, in beiden Punkten.« Er tippte an die Krempe seines hellbraunen Stetson, warf seinen Sack über die Schulter und ging zum Flugsteig.

3

Ich konnte die Spannung spüren, als ich den Wohnwagen betrat. Beth sagte: »Hallo«, sah mich jedoch nicht an, ebenso wenig wie die anderen, die am Konferenztisch saßen. Abgesehen von einem einzigen Mann, Josef Anderson, bestand unser Mitarbeiterstab nur aus Frauen: Beth, ich, Jeanne, eine Wissenschaftlerin namens Julie und zwei junge Autorinnen, die wir Toni P. und Toni G. nannten. Zweimal im Monat brachte Beth eine koreanische Maniküre mit, der sie bei der Arbeitssuche behilflich war, und die junge Frau ging von Stuhl zu Stuhl, beschnitt die Nagelhaut und lackierte unsere Nägel mit Klarlack, während wir uns Geschichten ausdachten.

Am Kopf des Tisches saß Beth in ihrer Uniform: weißes T-Shirt, ausgebleichte Jeans, weiße Turnschuhe und Baseballmütze, in die sie ihre blonden Haare stopfte. Zusammengerollt zu ihren Füßen lagen ihre beiden großen Hunde, ein schwarzer Labrador und ein silbergrauer Weimeraner, und sie trank mit Vitamin C vermischtes Wasser aus einer Sportflasche.

Sie hielt ein Drehbuch von mir mit dem Titel *Das Rennen* hoch. »Daran müssen wir eine Menge arbeiten«, sagte sie. Ich erstarrte; ich hatte bereits drei Entwürfe für *Das Rennen* geschrieben und gedacht, es wäre abgeschlossen. »Es ist zu seicht«, sagte Beth, »es fehlt an Substanz. Wir brauchen eine bessere medizinische Story, und die B-Story muss geändert werden, sodass Brian sich zu dem Tortenwettbewerb anmeldet, um mit seiner Schwester zu konkurrieren.« Ich blickte um den Tisch herum; alle nickten zustimmend, und ich spürte, wie sich meine Muskeln verkrampften, ein Strang nach dem anderen. Heute begannen wir mit den Vorbereitungen, und in einer Woche würden wir drehen. Beth sagte, das Drehbuch weise so viele Mängel auf, dass sie beschlossen hätte, es nicht wie geplant zum Saisonauftakt der Serie im September zu verwenden. Sie würde es durch ein Drehbuch von Toni P. über die Armee ersetzen, die eine Pockenepidemie unter den Chayenne auslöst. Ich schaute kurz zu Toni P., die zwar den Blick senkte, aber kaum ihre Freude verbergen konnte. Monate später jedoch, als beide Folgen abgedreht und an die Sendeanstalt geschickt worden waren, entschied CBS, dass die Pockenfolge zu düster wäre. *Das Rennen* wurde doch als Saisonauftakt eingesetzt und zu einer der beliebtesten Episoden.

Nicht durch mich. Rückblickend wird mir klar, dass das endgültige Drehbuch stärker und interessanter war als der Entwurf, der an diesem Morgen auf dem Tisch lag. Aber damals fand ich nicht, dass wir die Story verbesserten; ich fand, dass sechs Personen mit Peitschen auf mich einschlugen.

Wir gingen das Drehbuch Seite für Seite, Wort für Wort durch und begannen mit allgemeinen Anmerkungen. Die Folge war eine »Hommage« an *National Velvet* – was hieß, dass ich die Handlung daraus klaute. Jane Seymour, die Dr. Quinn spielte, wollte sich als Mann verkleiden, um in einem Rennen, an dem Frauen nicht teilnehmen durften, ihr Pferd zu reiten. »Zum Schluss«, sagte Beth, »sollten wir sie nicht disqualifizieren lassen. Loren sollte ihr das Preisgeld überreichen, und erst dann setzt sie ihren Hut ab und zeigt ihnen, wer sie ist.«

»Okay«, sagte ich.

Toni G. mischte sich ein: »Loren versucht, das Geld wieder an sich zu reißen, aber sie wirft es in die Luft. Alle Bewohner der Stadt balgen sich, um es aufzuheben.«

»Das gefällt mir nicht«, sagte ich.

»Das ist stark!«, sagte Toni. Zur Demonstration warf sie einen

Stapel Notizkarten in die Luft, und die Karten rieselten auf den Boden.

»Das ist abgedroschen, und ich habe kein gutes Gefühl dabei, wenn jemand Geld wegwirft und die Leute sich wie Heuschrecken darauf stürzen.«

»Das ist dein Komplex«, sagte Toni.

»Das ist nicht der springende Punkt des Films. Bei diesem Rennen ging es nicht um Geld –«

Brian, unser Produktionsassistent, öffnete die Schiebetür. »Sara, deine Tochter auf Leitung vier.«

»Meine Tochter? Entschuldigt mich.« Ich ging in mein Büro und nahm den Hörer ab. »Sophie, was ist los?« Sie weinte so heftig, dass ich sie nicht verstand. »Hol erst einmal tief Luft«, sagte ich. »Und dann erzähl.«

Aus dem Konferenzraum hörte ich eine Lachsalve.

»Ich bin … aus dem Tanzunterricht geflogen«, sagte Sophie.

»Weswegen?«

»Kannst du mich gleich abholen, bitte?«

Ich sagte ihr, dass ich nicht von der Arbeit wegkönnte, dass ich aber Veronica, unsere salvadorianische Haushälterin anrufen und zum Tanzstudio schicken würde. »Was ist passiert?«

»Wirst du auch nicht sauer sein?« Ihre Stimme war kleinlaut.

»Nein, ich werde nicht sauer auf dich, wenn du die Wahrheit sagst.«

Ich hörte Beth etwas von einer »Enttäuschung« sagen.

Sophie schneuzte sich die Nase. »Ich habe die Beherrschung verloren … Ich habe Alison –« Sie fing erneut zu weinen an. »Ich habe Schimpfwörter gebraucht.«

»O Sophie, was hast du gesagt?«

Ihre Stimme war nur noch ein Flüstern. »Verdammtes Arschloch.«

Ich schwieg einen Moment. »Da musst du wirklich wütend gewesen sein.«

»Sie hat allen erzählt, dass ich nicht die Belle sein könnte. Ich wäre nicht gut genug.« Sophies Jazztanzlehrerin, Carmen De Long, hatte ihr den begehrten Part der Belle in der Schulaufführung von Musikstücken aus Disneys *Die Schöne und das Biest* gegeben. »Alison sagte, dass ich nicht einmal eine doppelte Pirouette könnte. Das stimmt nicht!, hab ich zu ihr gesagt: ›Ich finde das nicht nett. Bitte hör auf, Lügen zu erzählen‹, aber sie hat mich nur ausgelacht. Da hab ich … zu ihr gesagt. Und sie hat es Carmen erzählt. Und jetzt sagt Carmen, dass ich nicht die Belle sein darf!«

Ich hörte Beths Stimme laut werden, als sie mit Toni G. darüber stritt, ob Dr. Quinn Geld oder Rosen in die Luft werfen sollte.

»Jetzt sind sie richtig zufrieden«, sagte Sophie. »Ich dachte, wenn ich die Belle bekäme, dann würden mich alle mögen, aber das tun sie nicht. Sie sind froh, dass ich sie verloren habe. Wann kommst du nach Hause?«

»Ich fürchte, es wird erst nach dem Abendessen sein.«

»Mom!« Ihre Stimme brach.

»Es tut mir Leid, aber wir haben einen Notfall und müssen lange arbeiten.«

»Ich höre mit dem Tanzen auf.«

Jede Faser in mir wollte mich aus dem Wohnwagen und ins Auto zerren.

»Sophie, ich weiß, wie du dich im Moment fühlst. Du möchtest am liebsten da rauslaufen und nie mehr wiederkommen.«

»Ist dir das auch schon mal passiert?«

»Ja«, sagte ich. »Aber du hast wirklich hart gearbeitet, und du solltest nicht aufgeben. Möchtest du, dass ich Carmen anrufe?«

Sie antwortete nicht.

»Ich werde mit ihr reden. Sie weiß ja, wie ehrgeizig die Mädchen sind, und ich bin sicher, wenn du dich aufrichtig entschuldigst, gibt sie dir noch eine Chance.«

»Ich habe mich schon entschuldigt«, sagte Sophie.

»Wir werden eine Lösung finden. Mach dir bitte keine Sorgen, es wird alles in Ordnung kommen. Ich werde … sie von hier aus anrufen.«

Zwei Tage brüteten wir ohne Unterbrechung über *Das Rennen*, bauten die Story neu auf, ließen uns das Essen kommen, verließen den Tisch nur, um auf die Toilette zu gehen, verließen die Ranch nicht vor zehn Uhr abends. Dann blieben mir zwei Tage, das Drehbuch von Grund auf neu zu schreiben. Ich legte Pausen ein, um die Kinder anzurufen und um Carmen anzurufen, die damit einverstanden war, Sophie den Part der Belle »auf Probe« weitertanzen zu lassen. Wenn ich dann nach Hause fuhr, fühlte ich mich zerschlagen und wie durch die Mangel gedreht. Ich ging leise in die Zimmer der Kinder, stand neben ihren Betten und sah zu, wie sie friedlich und rhythmisch atmeten. Dann kroch ich in mein eigenes Bett.

In solchen Augenblicken in der Dunkelheit wanderten meine Gedanken zu Zack. Am Morgen nach dem Labor Day hatte ich das Gefühl gehabt, als wäre ein gezackter Blitz durch mich hindurchgefahren und hätte die chemische Zusammensetzung meiner Zellen verändert. Wenn ich aufwachte, sehnte ich mich nach ihm, versuchte, das Gefühl seiner Finger auf meinem Leib und seines neben mir ausgestreckten Körpers neu aufleben zu lassen. Ich wollte ihn auf der Stelle anrufen, doch dann zwang ich mich zu warten, abzuwarten, was er tun würde.

Im Laufe der Woche war ich jedoch so vollständig in die Belastungen und Anforderungen durch die Arbeit, die Kinder und die Aufrechterhaltung des Haushalts verstrickt, dass ich das Gefühl für ihn verlor. Die Erinnerung, das Körperliche ließ nach und löste sich auf, wie die Verbindung mit einem Münztelefon, wenn sie ins Stocken geriet und abbrach. Es war ein exotisches Abenteuer gewesen, ein einmaliges Ereignis. Ich hatte mich zu einem »Ich liebe dich« hinreißen lassen. Vorübergehender Wahnsinn. Bis zum Freitagabend, als ich das Drehbuch für *Das Rennen* abschloss, war Zack im Nebel verschwunden. Ich versuchte, mir sein Gesicht deutlich in Erinnerung zu rufen, und hatte nur noch ein vages Bild vor mir.

Am Samstagabend rief er von einem Münztelefon an. »Hallo, Schatz, ich musste einfach anrufen und sehen, ob du nur in meiner Phantasie existierst oder was.« Seine Stimme war warm und tief; sie erinnerte mich an frisch gesägtes Holz. Er sagte, er sei zu einem Münztelefon gefahren, weil er in seinem Haus einen Telefonanschluss gelegt hätte, mit dem er keine Ferngespräche führen und daher auch keine hohen Rechnungen machen könne. Während wir redeten, wurden wir von einer weiblichen Tonbandstimme unterbrochen, die Geld forderte, und vom Geräusch fallender Münzen: *Ding* für Vierteldollar-, *Ding-Ding* für Zehncentstücke.

»Hast du meinen Brief erhalten?«, fragte er. »Ich habe ihn vor ein paar Tagen abgeschickt.«

»Nein. Was steht darin?«

Er lachte leise. »Ich hab dich vermisst. Ich bin nicht bereit, jetzt schon Schluss zu machen.«

»Ich auch nicht.«

»Wie wär's, wenn ich dich wieder besuchen komme?«

Ich schwieg einen Moment.

»Viel zu tun?«

»Sehr viel.«

»Gut, dann komm ich dich eben für eine Nacht besuchen. Nur um dich in den Arm zu nehmen. Du brauchst jemanden, der das macht.«

»Vielleicht«, sagte ich, »sollte ich dich das nächste Mal besuchen.«

Er lachte wieder. »Mein Haus ist ziemlich unordentlich. Der Garten … na ja, ist überwuchert.«

»Unordnung mag ich nicht«, sagte ich.

»Ist mir schon aufgefallen.«

»Wahrscheinlich hast du auch einen Hund.«

»Hm.«

»Wo schläft er?«

»Auf dem Sessel.«

»Das Einzige, was ich genauso hasse wie Unordnung, sind Hunde.«

»Du hattest nie einen?«

»Gabriel wollte unbedingt einen haben, aber ich hab ihm gesagt: ›Einverstanden, wenn du dich um ihn kümmerst. Ich werde ihn nicht füttern. Ich gehe nicht mit ihm Gassi. Wenn er wegläuft, werde ich keine Zettel aufhängen.‹«

Er pfiff. »Du bist eine strenge Frau.«

»Ich habe Hunde einfach noch nie gemocht. Aber wir haben Sittiche und eine Katze, und Sophie hatte mal Mäuse.«

»Also, das ist etwas, was ich nicht dulde. Mäuse. Wo ich herkomme, versucht man, sie loszuwerden.«

»Es waren zahme Mäuse.«

»Mein Hund ist auch zahm. Nur ich und Nathan sind's nicht.«

Wir einigten uns, dass es das Beste wäre, wenn Zack wieder nach Los Angeles käme, aber da war noch das Problem mit dem Ticket. Er sagte, dass es noch eine Weile dauern könnte, bis er genug Geld dafür hätte. Ich bot ihm an, es zu bezahlen, aber er lehnte ab.

»Das letzte Mal bist du hergeflogen«, sagte ich. »Jetzt sollte ich mal an der Reihe sein.« Ich rief mein Reisebüro an und ließ ihm ein Ticket schicken.

Ich übte ein, was ich den Kindern sagen würde. Ich fragte Freunde und einen Kinderpsychologen, den ich früher schon zu Rate gezogen hatte, und sie schlugen vor, dass ich es unkompliziert machen solle. Ich setzte die Kinder an den runden Tisch in der Küche. »Zack kommt wieder zu Besuch.«

»Ja!«, sagte Gabriel.

»Kann er ein echtes Seil mitbringen, ein Lasso zum Beispiel?«, sagte Sophie.

»Kann er in meinem Zimmer schlafen?«, fragte Gabriel.

»Er wird in meinem Zimmer schlafen.«

Sie sperrten den Mund auf. Ich sagte ihnen, dass ich schon mit vielen Männern ausgegangen sei, »aber Zack ist der erste, der mir wirklich etwas bedeutet, dem ich etwas bedeute. Er ist liebenswürdig, er ist rücksichtsvoll –«

»Wirst du mit ihm Sex machen?«, fragte Gabriel.

Sophie sagte: »Es heißt ›Sex haben‹, Blödmann.«

»Sag nicht ›Blödmann‹ zu deinem Bruder.«

»Wirst du?«, sagte Gabriel.

»Das ist privat.«

Sie fuhren mit mir zum Flughafen, um ihn abzuholen. Er stand auf der Fußgängerinsel vor den Southwest Airlines – den Stetson entdeckten wir zuerst –, und als er auf uns zukam, mit klappernden Stiefelabsätzen, war ich verblüfft. Ich hatte es vergessen, und jetzt erinnerte ich mich wieder: die unverschämt grünen Augen, das lockige braune Haar, die geraden Linien seines Gesichtes, abgesehen von dem Höcker auf der Nase, wo sie gebrochen war. Ich stieg aus dem Wagen. Er ließ seinen Ledersack fallen und küsste mich, und ich spürte, dass die Kinder durch das Wagenfenster starrten. »He, Baby«, flüsterte er.

Er setzte sich auf den Fahrersitz und begann nervös, Geschenke zu verteilen: eine Apachentränenkette für Sophie, einen Bärenzahn an einer Rohlederkordel für Gabriel und Lassos für beide. »Stark! Danke«, sagte Sophie. Autos begannen zu hupen, und ein Bus rollte mit einem ungesunden Rauchschwall an uns vorbei. Ich sagte Zack, dass wir besser losfahren sollten.

Wir fuhren direkt zum Clover Park, wo Gabriel ein Fußballspiel hatte. Wir stellten Strandstühle auf den Grasstreifen, wo sich die Eltern zusammendrängten. Die meisten Eltern hatten Shorts oder Joggingkleidung an, und sie begafften Zack in seinem Stetson und seinen Jeans, die in schwarzen Stiefeln mit roten Blitzen steckten. Zack griff nach meiner Hand, hob sie an den Mund und küsste jeden Finger einzeln. Ich lächelte die Eltern an, und sie schauten weg.

Sophie holte einen Block und Buntstifte heraus und fing an, Tänzer zu skizzieren. Mein Exmann Jeff kam mit seiner Freundin Rose über das Spielfeld geschlendert. Jeff war aschblond und hatte einen modischen Haarschnitt. Er vertrat als Agent Schauspieler und Regisseure. Rose trug weinrote Leggings und einen Sport-Büstenhalter aus Stretchmaterial. Sie war Wirtschaftsanwältin bei Warner Brothers. Ich stellte sie Zack vor, der aufstand und Jeff die Hand schüttelte. »Guten Tag, Sir.« Rose begrüßte er, indem er an seinen Hut tippte. »Ma'am.«

Rose sah belustigt aus, aber Jeff war, wie ich merkte, perplex, dass man ihn »Sir« nannte. Er wandte sich an mich. »Wir haben nach dem Spiel ein Geschäftsessen. Kinder werden keine dabei sein. Könntest du sie bis ungefähr fünf behalten?«

»Sicher.«

Er schirmte die Augen ab und starrte auf das Spielfeld. »Wieso spielt Gabriel als Verteidiger?«

»Der Trainer hat eine neue Strategie«, sagte ich. »Während der ersten Halbzeit will er die stärksten Spieler – die am besten mit dem Ball umgehen können – in die Verteidigung stellen, damit der anderen Mannschaft kein Tor gelingt und sie frustriert und demoralisiert wird.«

Jeff machte ein zweifelndes Gesicht. »Das klingt ziemlich schwachsinnig. Man braucht doch auch einen starken Angriff.«

»Gabriel kommt damit klar.«

»Gut.« Er lächelte und ging mit Rose zum äußeren Ende der Elterngruppe, wo sie ihre Faltstühle aufstellten.

Die Strategie des Trainers funktionierte. Während der zweiten Halbzeit wechselte Gabriel in den Sturm und schoss zwei Tore, von denen das eine sich als spielentscheidend erwies. Zack und ich nahmen die Kinder zur Feier des Tages auf ein Eis im Fosters Freeze mit. Dann fuhren wir zum Einkaufszentrum, um Socken zu kaufen, und zu Super Cuts, um ihnen die Haare schneiden zu lassen. Drei Jahre lang hatte ich nicht mehr mit einem Mann und meinen Kindern gleichzeitig einen ganz gewöhnlichen Samstag verbracht, und ich genoss es. Der Friseursalon war laut und chaotisch, Musik dröhnte aus Lautsprechern: Tag Time sang: »Whoomp! There It Is!« Zack zog mich zur Tür hinaus und küsste mich, während Gabriel und Sophie die Haare gewaschen wurden. Dann fuhren wir nach Hause und machten Mittagessen: Schinken, Salat und Tomaten auf hellem Toast mit jeder Menge Mayonnaise. Wir leckten die Krümel auf. »Das ist das beste Mittagessen, was wir je hatten«, sagte Sophie.

Am Nachmittag zeigte Zack den Kindern, wie man gemeinsam mit dem Lasso arbeitete, indem sie ihre Lassos um Kopf und Füße eines imaginären Kalbs warfen, das sie aus einem Sägebock und Besen gebastelt hatten. Gabriel wollte, dass Zack ihn wie einen Banditen verschnürte. Zack band ihn an einen Stuhl, dann an einen Baum und knebelte ihn mit seinem roten Taschentuch. Jedes Mal, wenn Gabriel sich freigekämpft hatte, bat er Zack, ihm die Flucht noch schwerer zu machen, aber nach einer Stunde war Gabriel rot im Gesicht und überdreht. Er sprang auf Zack drauf und begann, ihn zu schlagen und zu treten. Als Zack seine Hände packte und ihn wegriss, brach Gabriel in Tränen aus.

»Du hast mir wehgetan!«

»Das wollte ich nicht«, sagte Zack.

»Aber du hast!«

»Ich hoffe, dass du mir verzeihst.«

Gabriel rannte in sein Zimmer hinauf, drehte Smashing Pumpkins auf und erschien erst wieder, als es Zeit war, zu seinem Vater zu fahren. Er gab mir einen Abschiedskuss, doch mit Zack wollte er nicht sprechen. Er ging ins Haus und schloss die Tür, öffnete sie wieder und winkte. »Bis bald, Zack.«

Zack winkte zurück. »Ich bin froh, dass er das getan hat.«

Allein zu Hause. Die Sonne ging unter und erfüllte das Haus mit aprikosenfarbenen Strahlen. Zack und ich lagen auf meinem Bett, auf der mit Weinranken und lila Rosen gemusterten Decke. Als ich noch mit Jeff hier wohnte, war das Schlafzimmer schwarz, weiß und grau gewesen, aber als er auszog, ließ ich die Wände in einem blassen Araukanergrün streichen und richtete es mit Blattpflanzen, dick gepolsterten Sesseln, Tagesdecken und Petit-Point-Kissen ein.

Zack hob meinen Arm hoch und legte ihn über meinen Kopf. »Lass ihn da.« Er öffnete den ersten Perlmuttdruckknopf meiner Bluse.

»Da ist eine Sache, über die wir reden sollten«, sagte ich.

»Und das wäre?«

»Kondome.«

Er öffnete den zweiten Perlmuttdruckknopf.

»Was hieltest du davon«, sagte ich, »einen Test machen zu lassen, damit wir sie nicht benutzen müssten?«

»Schatz, ich lasse jeden Test machen, den du willst, aber es ist nicht nötig.«

»Warum?«

Er löste den letzten Druckknopf und öffnete meine Bluse. »Weil ich seit fünf Jahren mit keiner Frau mehr geschlafen habe.« Er ließ seinen Finger in der Mitte meines Brustkorbs hinuntergleiten.

»Soll das heißen, dass ich die Erste bin … seit deiner Frau?«

»Ja, Ma'am.«

Er hob meinen anderen Arm hoch und legte ihn über meinen Kopf. Ich fühlte mich schutzlos, lang gezogen, wie ein Vogel mit zitternd ausgespannten Flügeln. »Fünf Jahre?«

»Ich war verrückt. Ich wollte mit Frauen nichts mehr zu tun haben, und als ich dann doch wollte, konnte ich keine finden, die meinetwegen stillhielt.«

»Das kann ich kaum glauben.«

Er küsste meine Brustwarzen, und die Vormilch der Freude

schoss in meine Brust. »Ich muss irgendeinen üblen schwarzen Rauch abgesondert haben. Eine Frau ekelte sich vor meinem Pick-up. Als ich sie um ein Treffen bat, sagte sie: ›Schlag dir das aus dem Kopf. Ich krieg Albträume von deinem Pick-up.‹«

»Glücklicherweise habe ich ihn noch nicht gesehen.«

Er lachte und harkte mit den Fingern über meine Brust.

»Danach habe ich mich gesehnt, und wie ich mich danach gesehnt habe«, flüsterte ich. Ich erzählte ihm, dass Jeff mich jahrelang nur umarmt hatte, wenn ich ihn darum bat. Wir schliefen so gut wie nie miteinander, wenn ich nicht die Initiative ergriff, und oftmals wies er mich zurück.

»Das wiederum kann ich kaum glauben«, sagte Zack. »Wie konntest du dir das gefallen lassen?«

Weil es bei der Heirat, erklärte ich, nie um Sex ging. Als ich Jeff kennen lernte, war ich siebenunddreißig und wollte verzweifelt Kinder. Der Sex war gut, nicht großartig, aber Jeff wollte unbedingt heiraten und eine Familie gründen, und ich dachte, dass er ein hingebungsvoller Vater und treuer Ehemann wäre. »Ich bin sofort schwanger geworden, aber dann hatte ich vorzeitige Wehen und musste sechs Monate im Bett bleiben, und während dieser Zeit durften wir keinen Sex haben. Sobald uns der Arzt nach Sophies Geburt erlaubte, miteinander zu schlafen, wurde ich wieder schwanger, und ein weiteres ganzes Jahr verging, in dem wir keinen Sex haben konnten. Gabriel wurde elf Monate nach Sophie geboren.«

»Das Gleiche ist uns passiert«, sagte Zack. »Zwei Kinder in den ersten beiden Jahren.«

»Du weißt, wie das ist – du hast zwei Babys in Windeln, zwei Geschöpfe, die ihre Flaschen brauchen, gebadet werden müssen und ständiger Aufmerksamkeit bedürfen, und du hast keinen Augenblick für dich, ausgenommen, wenn sie schlafen und du erschöpft bist.«

Also ging der Sex auf Wanderschaft. Jeff sagte ständig, dass er warten würde: bis die Babys die Nacht durchschliefen; bis er seine neue Agentur aufgebaut und in Gang gebracht hätte; bis wir gelernt hätten, besser zurechtzukommen; bis wir mit dem Bau unseres Hauses fertig geworden und eingezogen wären; und dann kam ein Moment, da wurde mir klar, dass wir den Rest unseres Lebens warten würden. Wir waren gerade in einer Vorstellung von *Lawrence von Arabien.* Wir hatten wunderbar chinesisch gegessen, und der Film hatte etwas Ehrfurchtgebietendes. Ich küsste ihn auf die Wange und sagte leise: »Wenn wir zu Hause sind, lass uns miteinander schlafen, ja?«

Ich spürte, wie sich sein Körper versteifte.

»Was ist los?«, flüsterte ich.

Er verschränkte die Arme und starrte auf die Leinwand.

»Was?«

Er zuckte mit den Schultern. »Es ist kein Saft da. Ich weiß nicht, was ich sonst sagen soll, Sara. Ich kann so tun als ob, aber … es ist kein Verlangen mehr da.«

Ich schlug vor, dass wir einen Berater aufsuchten, aber er sagte, dass er nicht interessiert wäre.

»Vermisst du es denn nicht?«, flüsterte ich. »Könnten wir nicht versuchen, das Verlangen wieder anzufachen?«

Den Rest des Films bekam ich nicht mehr mit. Ich starrte in einen langen, kalten Korridor: Jahre um Jahre ohne die Aussicht auf Sex. Und es war ja nicht nur der Sex, es gäbe auch keine Berührung mehr, keine Umarmung, keine Chance als Frau betrachtet oder begehrt zu werden. Ich kannte Leute, die mit diesem Verlust des Körperlichen ihren Frieden geschlossen hatten. Sie hatten ihn durch herzliche Freundschaft oder traute Partnerschaft ersetzt, aber ich konnte das nicht. In der Ehe gab es viele tiefe Risse, aber Sex – sein völliges Fehlen – stand letztlich für das gesamte morsche Gebilde.

So sauste ich denn aus dem Scheidungsgericht auf den Singlemarkt von 1990, bereit, mit dem ersten männlichen Körper, der einen Puls hatte, ins Bett zu hüpfen, aber ich konnte nicht bumsen. Die Welt hatte sich verändert. Sex bei der ersten Verabredung, so wie es früher in meinem Singledasein gewesen war, gab es nicht mehr. So kurios es auch scheint, aber in den Sechzigern und Siebzigern gab es Sex bei der ersten Verabredung, Sex, weil es Spaß machte, Sex, weil wir die Pille nahmen und niemand krank war und wir unverwundbar waren. Doch bis 1990 hatte Aids an jeden Bettpfosten einen Totenschädel genagelt. Es gab keinen Sex, bis du die Person gut genug kanntest, keinen Sex, bis du zu sagen bereit warst, dass du mit keinem anderen mehr Sex haben würdest.

»Können wir nicht einfach nur Spaß haben?«, fragte ich den ersten Mann, mit dem ich eine Verabredung hatte, einen geschiedenen Rabbi. Nachdem wir uns auf der Couch in seiner Wohnung geküsst und befummelt hatten, sagte er, dass er nicht bumsen wollte, weil »ich mich gefühlsmäßig zu schnell binde und ich noch nicht dazu bereit bin«. Dann legte er sich auf mich und fing mit Trockenbumsübungen an, indem er mit den Hüften durch zwei Kleiderschichten mahlte. Ich schaute zur Decke und dachte: Ich bin sechsundvierzig. Was soll das?

»Diesen Kerl sollte man auspeitschen«, sagte Zack.

»Von solchen Kerlen gab es eine Reihe. Ich ging mit einem Arzt aus, einem Börsenmakler – es gab sogar einen New-Age-Yogalehrer, der ein Elektroauto fuhr –, und alle sagten etwas in der Art: ›Ich möchte dich besser kennen lernen, damit wir aus Liebe miteinander schlafen, nicht miteinander ficken.‹ Das sollte unsere Grundlage sein.«

»Verdammt gut, dass du den Weg nach Elko gefunden hast«, sagte Zack.

»Verdammt gut.«

»Dann bin ich also der Erste … seit deinem Mann?«

»Na ja, nein. Nach einer Weile fand ich einen willigen Partner. Beim ersten Mal weinte ich, ich war so überwältigt, aber es dauerte nicht lange, bis ich erkannte, dass ich nicht nur nach Sex hungerte.«

Ich erzählte ihm, dass ich an Silvester mit einem Bühnenkomiker, der im Bett unermüdlich war und mir Unterwäsche kaufen wollte, nach Las Vegas geflogen war. Ich dachte, dass er feine Hemdhöschen aus Spitze und Seidenslips meinte, aber er erschien mit einem Kasten voller Halbschalen-BHs, die unter den Brustwarzen endeten, und Höschen ohne Schritt. Wir fuhren in einer Limousine zum Caesar's Palace, wo er im Salon auftrat, aber als wir in seine Suite gingen, überschwemmte mich eine Welle von Übelkeit. Ich wollte keinen Trick-BH und keine schrittlosen Höschen anziehen und in dem herzförmigen Bett gedrillt werden. Ich wollte nach Hause.

»Ich habe nachgedacht ...«, sagte Zack. Er streifte mir die Bluse ab und ließ sie auf den Boden fallen. »Über das, was du mir das letzte Mal gezeigt hast.«

»So viel habe ich dir gar nicht gezeigt.«

»Immer wenn ich an meinem Tisch gesessen und Knoten geflochten habe, schweiften meine Gedanken über das Terrain.« Seine Hände strichen über meinen Brustkorb und meinen Magen. »Und ich dachte: Was wird passieren, wenn ich das mache ...« Er nahm eine Rippe zwischen die Finger und verfolgte ihren gebogenen Weg. »Und gleichzeitig das ...« Ich seufzte und schloss die Augen; es war, als hörte man Musik über eine vorzügliche Hi-Fi-Anlage, die jeden Ton kristallklar wiedergab.

Ich erinnerte mich an eine Empfindung, als ich zehn war und bei meiner besten Freundin Linda übernachtete. Wir warteten, bis ihre Mutter gute Nacht gesagt und das Licht ausgeschaltet hatte, schoben dann die beiden Einzelbetten zusammen und legten uns auf die Bettdecken.

»Nimmst du dir meine Arme vor?«, flüsterte Linda. »Fünf Minuten?«

Wir strichen abwechselnd über Arme und Beine des anderen

und warteten ab, wie lange wir es aushielten, ohne zu zappeln und laut loszulachen. Es war ein sicherer Weg, mit den neuen Empfindungen, die sich in unseren Körpern regten, zu spielen.

»Ich bin dran.«

»Das waren keine fünf Minuten.«

»Doch.«

»Was willst du?«

»Die Rückseite meiner Beine, bitte?«

Wir streichelten uns stundenlang gegenseitig, und viele Jahre später, in einem abgedunkelten Theater, überkam mich eine verbotene Erregung, als ich zusah, wie Mariel Hemingway in *Personal Best* mit den Fingern über den Arm ihrer Geliebten strich. »Früher bin ich dafür bezahlt worden«, sagte die Hemingway. »Fünf Cent ein Arm, zehn Cent ein Bein, fünfundzwanzig Cent ein Rücken.«

Zacks Finger waren geschickt, näherten sich der Schwelle zum Kitzeln, aber überschritten sie nie, versetzten die Nerven, Strang für Strang, in Alarmbereitschaft, bis jede Fläche und Krümmung, jede Falte, jeder fleischige Hügel und jede knochige Spitze des Körpers entflammt war und zu dem Feuer beitrug. Sobald ich allerdings versuchte, ihn auf die gleiche Weise zu berühren, drehte er sich zur Seite. Er wollte gerieben und gekniffen, an den Haaren gezogen und mit den Fingernägeln auf dem Rücken gekratzt werden, bis rote Streifen entstanden. Je unsanfter ich mit ihm umging, umso sanfter ging er mit mir um. Manchmal bewegte er sich überhaupt nicht, sondern ließ nur einen Finger auf einem strategischen Punkt ruhen, und schon spannte sich mein Körper und zielte.

»Ich liebe deine Hände«, sagte ich.

»Ich pflege sie auch besonders gut. Früher habe ich sie wie einen Hammer benutzt. An der Maststation mussten wir drei- oder vierhundert Tore pro Tag öffnen, und wenn sie klemmten, dann hämmerte ich einfach auf sie ein.« Er schlug auf den Bettrand.

Er sagte, dass er am glücklichsten sei, wenn seine Hände etwas zu tun hätten – Flechten, Schneiden –, und wenn sie untätig seien, fingen sie an, beinahe gegen seinen Willen, jedes Geschöpf in der Nähe zu streicheln – eine Katze, ein Pferd, mich. »Marianne sagte, dass es ihr auf die Nerven gehe.«

»Wirklich?«

»Du hast nichts dagegen, wenn ich das tue?«

Ich schüttelte den Kopf.

»Du bist die erste Frau, die es mir erlaubt hat. Ich möchte dir nicht wehtun. Du sagst mir doch, wenn es dich stört, ja?«

»Ich möchte nicht, dass du aufhörst.«

Selbst wenn er in mir war, waren seine Hände in Bewegung und drehten die Hitze auf, als regulierten sie einen Rheostat. Er ließ es vor sich hin brodeln, dann stellte er es auf kleine Flamme und ließ es wieder kochen, auf voller Flamme kochen, heftig kochen, sodass das Wasser schäumte und spritzte und überzulaufen drohte. Dann hielt er inne, und ich zappelte wie ein gestrandetes Meerestier.

»Machen wir eine Pause«, sagte er.

»Nein.«

»Ich gehe in die Küche hinunter.«

»Bitte.«

»Tequila holen.«

»Nicht jetzt.« Ich packte ihn am Arm, doch er riss sich los.

»Ich bin gleich wieder zurück.«

»Warum tust du das?«

»Weil du es so willst«, flüsterte er.

Er war ein unruhiger Schläfer. Er warf sich hin und her und redete, und als ich gerade einschlief, hatte er einen Hustenanfall. Als ich morgens die Augen öffnete, stand er am Fenster und trank Kaffee. Die Sonne stand in seinem Rücken, und als er sich umdrehte, traf es mich wie ein Schock, er war so schön. Er war hager, dünner als ich, aber mit scharf ausgebildeten Muskeln an den Armen und

Hüften. Im Gegensatz zu seinem dauerhaft gebräunten Gesicht war sein übriger Körper erstaunlich weiß.

»Wozu hast du heute Lust?«, sagte ich.

Er zuckte mit den Schultern.

»Wir könnten eine Radtour machen. Am Strand spazieren gehen.«

Er antwortete nicht.

»Reiten gehen.« Ich wartete. »Den Tag im Bett verbringen.«

Er lächelte. »Das machen wir.«

Liegt es nicht nahe? Wir waren zwei ausgehungerte Geschöpfe, und wir veranstalteten eine Fressorgie. Wir hatten beide Speicher voll aufgestauter Begierde, und alle Schlösser, alle Riegel, alle Sicherheitsverschlüsse waren geöffnet worden. Wir konnten uns gehen lassen. Ich brauchte nicht so zu tun, als wäre ich ein verwöhnter Esser, ich durfte heißhungrig sein, ich durfte schlemmen. Der geschiedene Rabbi hatte mir gesagt, ich sei kampflustig und das mache ihm Angst, aber Zack kümmerte das nicht. Zack wollte Kampf.

Wir schauten aus dem Fenster, und die Sonne schien, und dann schienen die Sterne. Wir rasten zum Flughafen, um das letzte Flugzeug um Mitternacht zu erreichen – Zack trat aufs Gas, ich presste mich an ihn, wir küssten uns wie närrisch und kamen mit quietschenden Bremsen zum Stehen. Wir sprangen heraus und liefen um den Wagen, um die Plätze zu wechseln, und Zack stopfte sein Hemd in die Hose und rückte seinen Stetson zurecht. Ich war O-beinig und wund, und es war mir egal.

»Du bist ein Schatz«, rief er.

Ich winkte, als er ins Terminal rannte. Dann fuhr ich los, steuerte um das Kleeblatt herum und auf die Ausfahrt zum Highway 1, der mich nach Santa Monica zurückbringen würde.

Gut, dachte ich, das war gut. Ich bin es los.

4

Ich fuhr in die Tiefgarage, als ob ich mich dem Checkpoint Charlie näherte. Die Kinder stiegen aus dem Kombi und marschierten über den Beton dorthin, wo in der Dunkelheit ein dunkelgrüner Mercedes im Leerlauf wartete. Sie öffneten die Tür und kletterten auf den Rücksitz, und der Fahrer fuhr an und nickte mir unbewusst zu.

Das wiederholte sich jede Woche, aber es schien, als machten wir es ununterbrochen: vor Häusern, in Arztpraxen, vor Schulen. Einmal sogar im Grand Teton National Park. Ich war mit den Kindern nach Montana und Wyoming in Urlaub geflogen und traf mich mit Jeff zu einem verabredeten Zeitpunkt in Jackson Hole, wo er die Kinder zum Wildwasserfloßfahren abholte. Wir trafen uns bei einem Krämerladen in Moose, Wyoming. Ich fuhr vor, die Kinder stiegen aus meinem Leihwagen, sprangen in den Fond seines geliehenen Van, und schon fuhren sie weg, und ich war allein. In Moose.

Das Übergangsstadium – die Stunden vor und nach dem Austausch – war immer noch nervenaufreibend. An diesem Nachmittag war es schwierig gewesen. Ich hatte den Tag mit Sophie verbracht und sie ins Einkaufszentrum von Santa Monica mitgenommen, um ein Kleid für eine Party – ihre erste Tanzparty mit Jungen und Mädchen – zu kaufen. Sie zerrte wie ein kleiner Hund an der Leine, und ich bin beschämt darüber, wie glücklich und dankbar ich war, mit ihr zusammen zu sein. Wir gingen ins

Contempo, wo Mariah Carey gerade »Dreamlover« sang und die Kleiderpuppen die heißeste, wildeste Mode für Teenies anhatten.

Sophie begann die Ständer zu durchwühlen. Ich beobachtete sie und lächelte: Sie bestand nur aus Armen und Beinen, ihre aschblonden Haare waren zu einem Pferdeschwanz hochgebunden. Sie drehte sich um und sah mich an. »Sprich ja nicht mit den Verkäuferinnen.«

»Ich werde nur fragen, wo deine Größe zu finden ist.« Sie trug Größe 1, und davon gab es nie sehr viel.

»Mom, ich weiß, wo ich suchen muss. Bitte, es ist peinlich.«

»Okay.« Ich hielt ein hellblaues Kleid mit einer Spitzenjacke hoch. »Wie wär's damit?«

»Widerlich.« Sie verzog das Gesicht. »Nichts für ungut, aber du und ich haben echt nicht den gleichen Geschmack.«

Sie war überzeugt, dass man sich in Modeangelegenheiten nicht auf mich verlassen konnte. Ich schminkte mich nicht, ich hatte »schlimme Klamotten«, und, am unverzeihlichsten, ich trug keinen BH. Ich gehöre zu jener Schar von Frauen, die in den sechziger Jahren aufgehört hatten, einen Büstenhalter zu tragen, weil es Mode, sexy und eine politische Aussage war: Du wirfst den männlich-chauvinistischen Strick weg. Außerdem war es bequem. Ich liebte die Freiheit, keine Träger über der Brust zu haben, und selbst als es nicht mehr Mode war und sich heftiger Widerstand gegen die »BH-Verbrennerinnen« regte, habe ich seitdem nie wieder einen getragen. Zack sagte, als er mich in Elko gesehen hätte, »sind mir deine Haare und deine Augen aufgefallen und dass du keinen BH trugst. Und es war nicht nur beruhigend, dass du gesagt hast: ›Die Uniform will ich nicht tragen.‹«

Als ich in Sophies Alter war, trug ich allerdings einen Sport-BH. Ich erinnere mich, dass ich in der Schule zu einer Versammlung von Mädchen ging, bei der eine schmallippige, grauhaarige Frau einen Vortrag darüber hielt, wie man sich auf einen BH vorbereitet. Hake ihn zunächst am Rücken ein, dann beuge dich vor, damit sich die Schalen füllen, dann stelle die Träger nach. Mit hochrotem Kopf kauerte ich mich in meinem Sitz zusammen. Ich hatte nicht genug, um eine Schale füllen zu können, aber ich glaubte, wenn ich den Sport-BH trüge, würde ich schneller wachsen, und wenn sie da wären, wären meine Brüste »trainiert«.

Sophie wollte für alles, was sie anzog, einen BH kaufen. Bei Contempo suchte sie ein Dutzend Kleider aus und drei Büstenhalter in darauf abgestimmten Farben. Als sie in die Umkleidekabine steuerte, bat sie mich, draußen zu warten. Schon seit Monaten wollte sie nicht mehr, dass ich sie in die Kabine begleitete. Sie wollte nicht, dass ich ihre knospende Figur sah, und ich brannte natürlich darauf. Ich fand einen Stuhl, setzte mich, zog ein Skript aus meiner Aktentasche und machte mich daran, die nächste Folge, die wir drehten, *Cooper gegen Quinn*, zu überarbeiten. Ich hatte notgedrungen gelernt, meine Arbeit überallhin mitzuschleppen. Ich hatte schon auf der offenen Zuschauertribüne der Little-League-Spiele und im Wartezimmer des Kieferorthopäden geschrieben.

In *Cooper gegen Quinn* kehrt der Vater von Dr. Quinns adoptierten Kindern – der Mann, der sie im Stich gelassen hatte – zurück und sagt, dass er die Kinder nach San Francisco mitnehmen werde. Dr. Quinn geht vor Gericht, um die Kinder behalten zu können. Im Jahre 1865, so das Ergebnis meiner Recherchen über Familienrecht im neunzehnten Jahrhundert, spielte es keine Rolle, ob der Vater ein Säufer oder ein Dieb war oder ob er seine Kinder schlug, er besaß das uneingeschränkte Sorgerecht, und die Mutter hatte keinerlei Rechte. Die Gerichte waren der Überzeugung, dass sie sich nicht in die Privatsphäre der Familie einmischen sollten, indem sie zu entscheiden versuchten, wer als Vater eines Kindes geeignet war. »Das obliegt dem Allmächtigen«, schrieben die Richter.

Sophie kam aus der Umkleidekabine in einem mit Pailletten

besetzten, kurzen schwarzen Lycrakleid, das von den Schultern bis zu den Hüften an ihr klebte. Sie sah stolz, schüchtern, hingerissen aus, als sie sich vor dem dreiflügeligen Spiegel hin und her drehte. »Das finde ich toll!«

»Es ist schrecklich eng.«

»So? Das muss es ja auch sein. Das ist modern.«

»Ich halte es nicht für passend«, sagte ich ohne Überzeugung. Ich hatte selbst extreme Miniröcke und hautenge Jeans getragen, aber in der sechsten Klasse? Das Kleid wirkte zu aufreizend, aber ich wusste, dass ich einen aussichtslosen Kampf führte. Wir lebten in Kalifornien, in der Nähe von Hollywood, und die Mädchen in ihrer Schule, alle Models in Teenager-Zeitschriften und bei MTV kleideten sich wie Nutten, trugen knappe Tops, die ihre BH-Träger entblößten, und enge Röcke, die wie Slips aussahen, und hochhackige Plateauschuhe und aufgeklebte Tätowierungen.

»Ich finde mich wundervoll, ich bin richtig froh«, sagte Sophie. Aus den Lautsprechern tönten Boyz II Men mit »I'll Make Love to You«. Sie machte ein paar Tanzschritte. Ich musste zugeben, dass das Kleid gut aussah, aber sie war so schlank und biegsam, dass ihr alles gut stand. Sie drehte sich und starrte über die Schulter auf ihren Rücken. »Meinen Rücken mag ich sehr. Meine Nase mag ich nicht, mit einer anderen Nase würde ich besser aussehen.«

»Deine Nase ist schön«, sagte ich. »Klassisch und gerade.«

Sie drehte sich zur Seite und legte eine Hand auf die Hüfte. »Ich kann's kaum erwarten, einen großen Busen zu haben.«

Ich erklärte ihr behutsam, dass die Frauen in unserer Familie normalerweise nicht wie Dolly Parton aussähen. »Auch ein kleiner Busen ist wundervoll.«

»Ich bin nicht wie du, Mom. Ich werde nicht wie du werden. Ich werde den Busen von Dads Familie kriegen.«

»Okay.« Ich lächelte.

»Also, kann ich das haben?«

Ich zögerte.

»Bitte«, bettelte sie, »es ist mein Traumkleid. Es kommt mir vor, als wäre es für mich gemacht. Ich werde nie mehr etwas finden, was mir so gut gefällt.«

»Einverstanden.«

»Danke, Mom!«

Jeff hatte mich um den Gefallen gebeten, die Kinder zu seinem Büro am Sunset Boulevard statt zu ihm nach Hause zu bringen, damit sie rechtzeitig zu einem Spiel der Lakers kamen. Als Gabriel und Sophie anfingen, ihre Bücher und Kleider zusammenzusuchen und in Einkaufstüten zu stopfen, merkte ich, wie ich immer unruhiger wurde. Im Auto sagte Sophie: »Ich habe keine Lust, zu dem Spiel zu gehen. Ich hasse die Lakers.«

»Ich dachte, du magst die Laker-Girls«, sagte Gabriel.

»Ich schaue nicht gerne zu, wenn Leute Sport treiben. Ich mach das lieber selbst.«

»Mir geht's genauso«, sagte ich.

»Kann ich nicht heute Abend bei dir bleiben?«

»Wir müssen uns an den Zeitplan halten.«

»Ich habe den Zeitplan satt. Warum muss ich überhaupt zu Dads Haus? Ich mag das Haus nicht.«

»Ich schon«, sagte Gabriel.

»Es ist leer und kalt. Ich kann nicht schlafen.«

Natürlich ist es kalt, dachte ich. »Warum kannst du nicht schlafen?«

»Ich habe Angst. Mein Zimmer ist zu dunkel. Weißt du, dass jedes Zimmer seine eigene Meinung hat? Mein Zimmer in Dads Haus sagt: ›An deiner Stelle würde ich nicht hier schlafen!‹«

»Das ist verrückt«, sagte Gabriel.

»Nein, ist es nicht.«

»Okay, was sagt mein Zimmer?«, fragte er.

»Zutritt verboten!«

Er nickte befriedigt.

Ich biss mir auf die Lippe, um nicht zu lächeln. »Was«, fragte ich, »sagt dein Zimmer bei uns zu Hause?«

»Ich hab dich sehr gern. Komm herein und mach's dir gemütlich.«

»Und was sagt mein Schlafzimmer?«, fragte ich.

Sie überlegte einen Moment. »Mit Zimmern von Erwachsenen gebe ich mich nicht ab. Nur mit denen von Kindern.«

Ich lachte, dann holte ich einmal tief Luft. Und noch einmal. »Warum bittest du Dad nicht, dir dabei zu helfen, dein Zimmer gemütlicher zu machen? Bezieht ihn in euer Team ein. Er ist ein großartiger Problemlöser. Wenn du ihn bittest, wird er sich geschmeichelt fühlen.«

»Na ja, vielleicht ... könnte man es ja wirklich echt gemütlich machen«, sagte Sophie.

»Ihr könntet es in einer hübschen warmen Farbe streichen. Mehr Poster an die Wand hängen.« Ich fuhr in die Tiefgarage. »Hör zu, Sophie, ich werde am Wochenende meistens zu Hause sein, und du kannst mich jederzeit anrufen. Jederzeit. Einverstanden?«

Sie rutschte aus dem Wagen und folgte Gabriel über den Beton. Ich fuhr nach Hause, und als ich eintrat, wirkte das Haus schrecklich still. Geräusche klangen übertrieben laut. Der Wasserboiler, der ansprang. Gabriels Computer, der summte und piepte. Ich wanderte durch die Zimmer und zupfte braune Blätter von den Pflanzen. Trug Gabriel seine Zahnspange? Hatte Sophie ihr Mathebuch mitgenommen? Ich spürte ein Gefühl der Panik in meiner Brust – obwohl ich es doch schon so oft getan hatte, es wurde nie leichter –, und ich musste mir zureden: Zwei Tage, in zwei Tagen sind sie wieder da.

Ich machte einen Salat und setzte mich an den Küchentisch. Ich blätterte abwesend die *L.A. Times* und die *New York Times* durch. Ich schaute auf die Uhr. In zwei Stunden würde Zack landen. Wenn ich gleich vom Tisch aufstünde, wenn ich mich jetzt in Bewegung setzte, könnte ich noch ein Bad nehmen, meine Haare waschen, meine Beine rasieren.

Alle paar Wochen war Zack bisher nach Kalifornien geflogen, und die meisten Tickets hatte ich bezahlt. Jedes Mal, wenn wir uns am Flughafen verabschiedeten, verloren wir kein Wort darüber, wann er zurückkäme. In den ersten paar Tagen danach sehnte ich mich nach ihm, und dann wurde ich unruhig und aufgerieben von Zweifeln über das, was ich tat, aber nach zwei oder drei Wochen wollte ich ihn wiedersehen.

Meistens rief ich an, und er schickte Briefe, die er zwar mit einem Wörterbuch überarbeitete, deren Rechtschreibung aber immer noch grauenvoll war. Dass ich anrief, beunruhigte mich nicht, wie das bei anderen Männern der Fall gewesen wäre. Beim Präsidenten des Senders war ich meiner Sache nicht sicher gewesen und hätte nicht im Traum daran gedacht, ihn anzurufen, wenn er mich nicht angerufen hatte. Aber bei Zack – einem Cowboy, der mir einen Lederschlüssel geschickt und mich gedrängt hatte, ihn zu benutzen – war ich mir meiner Sache sicher.

Einmal jedoch, als er sich fünf Tage lang nicht am Telefon meldete, wurde ich nervös und ängstlich, und als er schließlich anrief und erklärte, dass er seine Tochter in Casa Grande besucht habe, war ich verärgert. »Das musst du mir mitteilen. Du musst in Kontakt bleiben.«

»So rum hab ich nicht gedacht«, sagte er. »Ich bin wohl zu lang allein gewesen.«

Meistens kam er freitags an, wenn er mich besuchte, damit wir mit Gabriel und Sophie zusammen sein konnten, bevor ich sie zu ihrem Vater brachte. Dann schlossen wir die Türen und sahen nur noch uns beide. An diesem Wochenende jedoch, so hatten wir beschlossen, war es an der Zeit, dass wir uns unter Leute wagten: zu einer Party für die Schauspieler und die Crew von *Dr. Quinn*.

»Gefällt dir dieses Hemd?«, fragte er, als er aus dem Ankleidezimmer kam. Ich drehte mich zu ihm um. Er knöpfte gerade ein Westernhemd zu, dessen Türkis das Grün seiner Augen und das rosige Braun seiner Haut hervorhob. »Ja.« Ich legte die Arme um ihn, schreckte jedoch zurück, als ich mit dem Hemd in Berührung kam. »Es fühlt sich wie Pappe an.«

»Das kommt davon, weil ich es extra gestärkt haben wollte.«

»Das ist nicht dein Ernst.« Ich hatte noch nie einen Mann gekannt, der etwas gestärkt haben wollte. Wenn ich Jeffs Hemden in die Reinigung gebracht hatte, musste ich jedes Mal dazusagen: »Nicht stärken, bitte!«

Zack machte sich daran, ein Paar Stiefel anzuziehen, die ich noch nicht gesehen hatte: türkisblau mit schwarzer federförmiger Stickerei. Er steckte die Jeans in die Stiefel. »Stärken gehört zum Cowboyalltag. Ein richtiger Kerl lässt sich nicht ohne Bügelfalte blicken. Ich habe mein eigenes Bügeleisen und Bügelbrett und dosenweise Sprühstärke. Als ich in Red River gearbeitet habe, stand ich um drei morgens auf, um mein Hemd zu stärken und zu bügeln und meine Jeans zu plätten.«

»Warum?« Ich zog gerade eine beige Spitzenbluse und schwarze Seidenhosen über.

»Es geht darum, gut auszusehen. Cowgirls bügeln ihre Jeans, bis die Bügelfalten so scharf sind, dass du dich daran schneiden kannst.«

Ich dachte an die Cowgirls, die ich in Elko gesehen hatte. Ihre Jeans hatten steif und dunkel ausgesehen, kein bißchen ausgebeult oder stone-washed. Und sie hatten frische Blusen an mit langen Ärmeln, die an den Handgelenken zugeknöpft und nicht wie bei meinen zu Stulpen aufgerollt waren. Und natürlich trugen sie über die Stirn gezogene Cowboyhüte und rosa Lippenstift.

»Ich mag es, wenn meine Hosen so stark gebügelt sind, dass die beiden Seiten aneinander kleben und du sie auseinander brechen musst«, sagte Zack.

»Ich mag es bequem, weich.«

»Ich auch, manchmal, und dann reiß ich mir alle Sachen vom Leib und leg mich hin, hoffentlich nicht allein.« Er griff nach meiner Bluse, zog mich zu sich und küsste mich.

»Deine Sachen sind sehr locker, und das passt zu dir, weil du es vorziehst, dich locker und entspannt zu geben.«

»Willst du mich aufziehen? Ich bin verkrampft und völlig fertig.«

»Deine Haare fallen ganz natürlich.«

»Ich dachte, du magst es, wie ich mich kleide.«

»Tu ich ja auch. Das ist keine Kritik. Das ist bloß meine umständliche Art zu sagen, dass es zu dir passt, aber wenn's um mich geht ...« Er stopfte sein steifes Hemd in die Hose und schnallte seinen Gürtel zu. »Ich steh auf Stärke.«

Als wir vor Beth Sullivans Haus in Sherman Oaks hielten, parkten davor bereits etliche Porsche, Lexuse und Jeep Cherokees. Jane Seymour stand auf dem Bürgersteig, in eleganten schwarzen Hosen und einem Pullover mit V-Ausschnitt, der ihre außergewöhnliche Figur betonte: üppiger Busen, schmale Taille, graziöse Beine. Sie winkte zu meinem Wagen hinüber. Zack tippte an seinen Stetson.

»Weißt du, was man als Unkraut bezeichnet?«, fragte er.

»Nein.«

Er stieg aus dem Wagen, kam herum und öffnete mir die Tür. »Ich habe das in einem Kurs über Landwirtschaft gelernt. Es ist eine Pflanze, die fehl am Platz ist.«

»Du fühlst dich wie Unkraut?«

»Ich bin fehl am Platz.«

Ich küsste ihn auf die Wange. »Ich liebe dich.«

Zuerst schien keiner Notiz zu nehmen. Dann gafften alle. Jeanne kam angelaufen, und Zack fing sie in seinen Armen auf, und Beth löste sich von der Gruppe, bei der sie stand, und eilte mit ausgestreckten Armen herbei. »Ich freue mich ja so, Sie kennen zu lernen. Willkommen!«

Wegen ihrer Reaktion hätte ich mir keine Sorgen zu machen brauchen. Wenn du um die zwanzig, dreißig Jahre alt bist, so hatte ich festgestellt, dann betrachten deine Freunde jeden neuen Mann, den du mitbringst, mit einem brutal abschätzenden Blick. Sie sind besorgt: Ist das ein potentieller Kandidat? Ist er der Richtige für sie? Gibt sie sich mit zu wenig zufrieden? Würde ich gerne mit dieser Person zusammen sein? Aber wenn du neunundvierzig bist, dann ist es deinen engen, wahren Freunden egal, ob er der Elefantenmann ist, solange er dich glücklich macht. Sie werden ihre Türen öffnen: »Hallo, Mr. Elefantenmann, sehr erfreut!« Und dann werden sie ihn beiseite nehmen und ihm erzählen: »Sara ist schon sehr viel ruhiger geworden, seit Sie da sind.«

»Er ist phantastisch«, sagte Beth, als Jeanne sich bei Zack einhakte und ihn durch den Raum zur Bar führte, wo sie zwei Glas Champagner tranken.

»Wir machen nicht den Eindruck, als passten wir zusammen.«

»Was kümmert's dich, welchen Eindruck ihr macht oder was die Leute denken?«, sagte Beth. »Er ist doch ein frei denkender Mensch, oder? Und er ist ganz wild auf dich –« Ihre Aufmerksamkeit wurde von einem Schwarm von Leuten abgelenkt, die alle um einen Gefallen bitten oder ihr von einem Problem berichten wollten. Ich drängte mich durch die Menge und begrüßte die Kameraleute und Schauspieler, die als Bürger von Colorado Springs fungierten. Anders als Beth und Jeanne beäugte uns die übrige Crew mit Belustigung und Neugier. Ein Mann kann in den meisten Kreisen mit einer Frau auftreten, die jünger oder weniger kultiviert ist, und sie wird akzeptiert und gleich mit ihm mitgerissen, aber von einer Frau wird erwartet, dass sie mit einem Mann auftritt, der zumindest das gleiche Format hat. Wenn nicht, wird das für verdächtig, für aufschlussreich gehalten. Eine der häufigsten Bemerkungen über Marcia Clark, der man nachsagte, ein leicht durchschaubarer Mensch zu sein, war, dass sie erst mit einem Backgammonspieler verheiratet war und anschließend mit einem Scientologen, der als kleiner Computerprogrammierer arbeitete.

Ich leistete Zack an der Bar Gesellschaft. Pete O'Hara, ein junger Mann, der die Nachproduktion leitete, kam zu uns. »Hübsche Stiefel«, sagte er zu Zack.

»Danke, Sir.«

Pete trug ein anthrazitfarbenes Hemd und Armanihosen. »Wo haben Sie die her?«

»Och, aus einem popligen Proviantladen in Casa Grande«, sagte Zack.

»Reiten Sie auch damit?«

Zack lächelte. »Heute sind das Ausgehstiefel, aber wenn meine Reitstiefel mal ihren Geist aufgeben, werden die sich schon dazu herablassen.«

»Jede Wette, dass die meinem Bruder gefallen würden. Er lebt in Iowa.«

»Die muss man extra bestellen. Aber das macht jeder poplige Proviantladen für Sie.«

»Proviantladen, hm? Da werde ich wohl mal nach einem Ausschau halten«, sagte Pete, der seinen Spaß daran hatte.

Je später der Abend wurde und je mehr Champagner Zack trank, umso nachlässiger wurde seine Ausdrucksweise. »Popeldings hier« und »Mordsdings da«. Pete sagte: »Wenn Sie wirklich solch ein Cowboy sind, warum kommen Sie dann nicht mal zu den Dreharbeiten und zeigen's uns?«

»Mal sehen.«

Ich nahm Zacks Arm. »Wollen wir nicht etwas essen?«

Zack schüttelte den Kopf. »Ich geh einen Moment raus.« Er zwinkerte und langte in die Tasche seiner Denimjacke nach Zigaretten.

»Haben wohl einen Kulturschock, was?«, sagte Pete.

»Ein kleines bißchen«, sagte Zack. »Das ist hier nicht mehr Kansas.«

»Nur nicht nervös werden.« Pete trat näher. »Wenn Sie einfach nur so rumstehen und nichts sagen, werden die Leute ganz wild darauf sein, herauszukriegen, welcher Country-Westernstar Sie sind. Im Ernst. Wir hatten Jonny Cash in der Sendung. Willie Nelson. Sie sehen ein bisschen wie Dwight Yoakam aus. Halten Sie einfach den Mund.«

Zack packte Pete an den Schultern und drückte ihn gegen die Wand. »Ich weiß nicht, für wen Sie sich, verdammt nochmal, halten. Wenn Sie ein paar Zentimeter größer wären, könnten Sie vermutlich ein halbwegs anständiger Mensch sein. Aber das sind Sie nicht, und wenn Sie mir nicht aus den Augen gehen, werde ich Ihnen mal zeigen, was ein Kulturschock alles machen kann.«

Ich packte Zacks Arm, um ihn wegzuziehen, und sagte: »Ist ja gut, reg dich nicht auf«, und alle glotzten, und Pete stammelte: »He, ich hab doch nur Spaß gemacht. Wo liegt Ihr Problem?«

»Ich habe weder Ihnen noch sonst wem einen Scheißdreck zu beweisen«, sagte Zack. »Ich weiß, wer ich bin und wo ich herkomme, Sie würden mir nicht mal einen Pickel auf den Arsch machen!« Er starrte Pete wütend an, versetzte ihm einen letzten Stoß gegen die Wand, drehte sich um und marschierte aus dem Haus, als wäre es *Zwölf Uhr mittags,* verdammt nochmal.

»Ich habe nie gesagt, dass ich stubenrein bin«, sagte Zack. Wir waren wieder in meinem Schlafzimmer, und ich putzte mir die Zähne und reinigte sie mit Zahnseide. Er zog die türkisfarbenen Stiefel aus. »Dieser Kerl brauchte wen, der ihm sagt, wo's langgeht.«

Ich ging ins Ankleidezimmer, und Zack kam hinterher. »Na gut«, sagte er, »vielleicht habe ich zu heftig reagiert.«

Ich zog meine Schuhe, meine Strümpfe und meine Seidenhose aus. »Pete interessiert mich nicht. Er ist eine Niete.«

»Ich weiß«, sagte Zack. »Du denkst jetzt: ›Was, zum Teufel,

mache ich mit diesem … Individuum? Das Ganze ist ein Fehler. Das führt zu nichts.‹ Meinst du nicht, dass ich mir die gleiche Frage gestellt habe? Warum muss ich in ein Scheißflugzeug steigen und in ein Land fliegen, dass ich nicht kenne?«

Er beugte sich vor und begann, meine Bluse aufzuknöpfen. »Lass mich dir dabei helfen.« Er streifte sie mir von den Schultern. »Du warst die schönste Frau auf der Party.«

»Zack.«

»Wirklich. Für mich.«

Ich zog ein langes Baumwollnachthemd über, ging zu den dick gepolsterten Sesseln und sank in die daunengefüllten Kissen. Zack ließ sich neben mir in dem Sessel nieder. Er küsste meinen Hals und schob seine Hand unter das Nachthemd.

»Ich bin nicht in der Stimmung.«

»Das ist mir egal«, sagte er. »Das kommt schon noch.«

Ich setzte mich in den anderen Sessel. »Meiner Meinung nach sind wir zwei verzweifelte Menschen, die übereinander gestolpert sind. Und dies ist die einzige Form einer Beziehung, mit der ich umgehen kann – dass du in einem anderen Staat lebst und hierher fliegst, wenn es mir passt, und dann wieder verschwindest.«

Er lächelte. »Jedes Mal, wenn ich hier weggehe, denke ich, das könnte das letzte Mal gewesen sein. Ich möchte nicht aufs Abstellgleis geschoben werden. Das macht mir Sorgen.«

»Was meinst du damit?«

»Möchtest du einen Brandy?«

»Okay.«

Er nahm die Flasche Amaretto, die er aus der Küche geholt hatte, und schenkte zwei Gläser ein. Er kannte sich mit Bier und Tequila aus und nannte alles andere Brandy. »Ich möchte der beste Rohlederflechter der Welt sein, und es ist mir egal, was es kostet. Ich werde es tun.« Er stürzte den Amaretto in einem Zug herunter. Ich fragte, wie lange er dieses Ziel schon hätte, und er begann mir zu erzählen, wie er von den mexikanischen Rinderhirten auf den Ranches, wo er arbeitete, alles über Rohleder gelernt hatte.

Die Kunst, Rohleder zu Zaumzeug für Pferde zu flechten, war ein Handwerk im Westen, das im neunzehnten Jahrhundert floriert hatte und heute beinahe ausgestorben war. »Da gab es diesen alten Burschen, Joe Pintero, der mein Vormann in Red River war, und er war einer der letzten Leute in der Gegend, die noch wussten, wie man Rohleder herstellt«, sagte Zack. »Ich bat ihn immer wieder, es mir beizubringen, und er sagte: ›Teufel nein, zahl mir hundert Dollar, und dann zeig ich's dir.‹ Er wusste, dass ich keine hundert Dollar hatte. Aber ich ließ ihn nicht in Ruhe. »Ich sagte: ›Ich zahl's dir in Raten.‹«

Zack stand auf, ging ins Badezimmer und kam mit Babyöl und zwei Handtüchern, die er auf dem Boden ausbreitete, zurück. »Leg dich hin, ich werde dir den Rücken massieren.«

»Das brauchst du nicht.«

»Komm schon.« Er half mir vom Sessel herunter, und als ich mich ausstreckte, legte er die Daumen auf meine Schultermuskeln und begann, sie gründlich zu untersuchen.

»Und hat dir … Joe gezeigt, wie …?«

Zack nickte und sagte, zunächst hätten sie das richtige Tier finden müssen. »Jeden Tag stirbt Vieh auf der Maststation. Aber du willst nicht jedes Tier häuten. Wenn es krank und aufgedunsen war, ist die Haut dünn. Du willst einen schnellen, sauberen Tod. Wenn sich das Tier zum Beispiel an einem Zaun erhängt hat und sofort gestorben ist – dann ist das eine gute Haut.«

»Genau da, ja«, sagte ich. »Da tut's weh.«

Zack sagte, wenn Joe ein gutes Tier fand, dann transportierten sie es in seinem Laster ab. »Wir häuteten es mit Messern, wobei wir im Nacken anfingen, wo die Haut am dicksten ist. Joe sagte mir ständig: ›Pass ja auf, Zackary. Verflucht nochmal, ich zeig's dir nur dieses eine Mal!‹«

Er hob meinen Arm, und es knackte – wie das Knacken eines Astes. »Du bist verspannt«, sagte er.

»Was du nicht sagst.«

Als er mit der Massage fortfuhr, ließ er die Wirbel an meinem Hals und Rücken krachen.

»Wenn wir die Kuh gehäutet hatten«, sagte er, »spannten wir die Haut auf Pflöcke in der Erde. Während sie trocknete, kratzten wir das gesamte Fleisch und Muskeln ab, und wenn sie sauber war, schnitt Joe die Haut zu einem einzigen langen Band.«

»Oh!«

»Zu fest?«

»Nein, nein. Das tut gut. Wie machte er das?«

»Ungefähr so wie du einen Apfel schälst. Er schnitt eine durchgehende Spirale, indem er an der Außenseite der Haut anfing und auf die Mitte zu arbeitete und dabei die Brandzeichen umging. Wenn er fertig war, war das Band rund neunzig Meter lang. Wir konnten es nur zu zweit heben. Wir brachten es zur Maststation, spannten es auf einen Zaun und ließen es noch ein paar Tage trocknen.«

Zack goss weiteres Babyöl in seine Handflächen und arbeitete es in die Muskeln meines Kreuzes ein. Während der Pausen auf der Maststation, sagte er, hätten er und Joe ihre Messer genommen und das Fell von dem Band geschabt. Zur Demonstration machte er eine schabende Bewegung. »Das war die altmodische Methode. Die schwerste, beschissenste Methode der Welt, aber ich hatte so was noch nie gesehen, und ich fand es phantastisch!«

Ich schickte mich an aufzustehen. »Lass mich jetzt deinen Rücken massieren –« Aber Zack drückte meine Schultern auf den Fußboden. »Ich bin noch nicht mit dir fertig.«

Er erzählte weiter: »Jetzt, wo wir das Rohleder in einem einzigen langen Band hatten, mussten wir es in schmale Schnüre schneiden, die wir flechten konnten. Und das ist der tollste Teil.«

Er ließ die Hände zu meinem Gesäß wandern, und ich zuckte

zusammen. »Entspann dich, Baby.« Er sagte, dass Joe ihm zeigte, wie man eine *máquina* zum Schnüreschneiden machte. Sie hackten von einem Mesquitbaum einen gut meterlangen Ast ab, steckten ihn in die Erde und schnitzten oben eine Kerbe ein, wo Joe zwei Messer befestigen konnte. »Ich musste das Rohleder durch die Kerbe führen, während er es an beiden Seiten abschnitt. Dann hatten wir unsere Schnüre.«

Jetzt nahm er sich meine Hüften vor und ließ seine Finger grasen. Er erzählte mir, dass er Jahre später seine eigene Maschine zum Schnüreschneiden erfand – einen Metallzylinder mit Klemmen und Rasierklingen. »Um ein guter Flechter zu sein, musst du zuerst das Schnüreschneiden beherrschen. Je besser deine Schnüre sind, umso großartiger ist deine Arbeit.«

»Kannst du die Schnüre nicht irgendwo kaufen?«

»Nein, Ma'am. Ich hatte Angebote von Leuten, nur meine Schnüre zu kaufen, aber ich habe nein gesagt. Schnüre sind ein heiliger Teil des Ganzen.« Er habe gelernt, sagte er, Schnüre zu schneiden, die unglaublich dünn waren – dünner als ein halber Millimeter. »Und sie sind an beiden Seiten abgeschrägt. Aber solche Schnüre kannst du nur an bestimmten Tagen schneiden. An magischen Tagen, wenn es bis in deine Fingerspitzen prickelt und deine Hände schweben und die Schnüre nur so herausschnellen.«

Er drehte mich um, und nun massierte er nicht mehr.

»Wenn du Rohleder flichtst, bist du was Besonderes.« Ich blickte hoch – ein Ausdruck der Begeisterung lag auf seinem Gesicht. »Rohleder ist das Stabilste, was es gibt. Es spricht zu mir. Rohleder ist das, was den Westen zusammenhält.«

Ich zog ihn herunter und küsste ihn. Jetzt war alles wieder gut. Wir rollten auf dem Fußboden herum, krümmten unsere Körper aneinander. »So gut war es noch nie«, sagte ich. Dann lachten wir, denn das sagte ich jedes Mal. Ich wusste, dass sich der Körper nicht an Schmerz erinnern konnte, aber ich entdeckte, dass sich der Körper auch nicht an Lust erinnern konnte. Jedes Mal, wenn

Zack nach Arizona zurückflog, konnte ich mich in allen Einzelheiten daran erinnern, was wir getan hatten – an die Bewegungen, den Verlauf –, aber die eigentlichen Empfindungen … ich konnte sie nicht wieder beleben. Das war der Grund, warum sich jedes Mal, wenn er wiederkam und wir diesen Punkt der vollkommenen und unaussprechlichen Glückseligkeit erreichten, alles um mich drehte.

»Du bist wie ein junges Pferd«, sagte Zack. »Die bocken, wo sie nur wollen. Sie sind unberechenbar.«

Ich lachte. »Das ist nicht gerade eine Eigenschaft, die die meisten Leute attraktiv fänden.«

»Stimmt. Aber ich reite sehr gerne Pferde, die sonst niemand reiten kann.«

»Deiner Sache ganz schön sicher, was?«

»Ja. Ich weiß, wenn ich mich auf den Hintern setze und die Bocker durchwalke –«

Ich packte ihn an den Haaren und riss seinen Kopf nach hinten.

»Großer Gott! Du wirst jetzt aufhören zu bocken, und ich werde dir zeigen, wo's langgeht.«

5

Später habe ich sie als unsere Salattage betrachtet – die ersten wenigen Monate, in denen Zack wie ein maskierter Reiter auf einem weißen Flugzeug hin- und herflog. Den Kindern machte es großen Spaß, ihn mit mir vom Flughafen abzuholen. Wenn er da war, schienen wir mehr zu lachen, herrschte eine Stimmung der Unbeschwertheit und des unvorhersehbaren Abenteuers. Wir ritten aus, kletterten auf Felsen und suchten auf Flohmärkten nach Schätzen, rutschten durch die Geisterbahn beim Pumpkin Festival und aßen gebratene Shrimps an Picknicktischen im Neptune's Net.

Und dann änderte sich alles. Nicht lange nach Thanksgiving ging ich nach oben, um Gabriel beim Ausmisten seines Zimmers zu helfen, und hörte ihn zu Metallicas ›Enter Sandman‹ auf seinem Schlagzeug spielen.

Ich klopfte. Er konnte mich nicht hören, auch wenn er Sound-Offs benutzte – Gummischeiben, die auf jedes Schlagfell passten und die Lautstärke verminderten. Ich trat mit den leeren Kartons und einem schwarzen Plastikmüllsack ein. Im Radio lief Metallica, und sein bester Freund, Jason, war über den Telefonlautsprecher zugeschaltet und spielte die elektrische Gitarre.

Ich machte auf dem Boden Platz für die Kartons. Der graue Teppich war kaum noch zu sehen – er war übersät mit CDs, Notenblättern, Skateboards, Spielzeug, Büchern, Baseballkappen, einer Trompete, einem Notenständer, Räucherstäbchen und Transistor-Mikrochiptafeln.

Gabriel hatte im Kindergarten mit dem Trompetespielen angefangen und zwei Jahre später seine Liebe für das Schlagzeug entdeckt. Er konnte beinahe jedes Lied nachspielen – Melodie, Rhythmus, Text –, nachdem er es nur einmal gehört hatte. Als ich anfing, Beatles-Kassetten im Auto abzuspielen, weil ich »The Wheels on the Bus« satt hatte, ging er nach Hause und improvisierte das Trompetenleitmotiv von »Penny Lane«.

Er hatte sein Zimmer immer gern in Ordnung gehalten, aber in den letzten Monaten hatte er alles im Chaos versinken lassen. Veronica, die dunkelhaarige, rundliche, zwanghaft gründliche Haushälterin, die schon seit elf Jahren bei uns wohnte, war entsetzt, weil sie nicht saugen konnte. Sobald ich Gabriel bat, sein Zimmer aufzuräumen, schob er alles in die Ecken oder unters Bett, und nach einem Tag herrschte wieder Chaos.

Ich sagte ihm, dass wir seine Regale ausmisten müssten, um Platz für das Spielzeug und die Papiere zu schaffen, die jetzt auf dem Boden lagen. »Ja! Wir haben's geschafft!«, schrie er, als er ›Enter Sandman‹ mit einem lang gezogenen Wirbel beendete. Er verabschiedete sich von Jason, stellte das Radio ab und schwenkte zu mir herum.

Ich hob eine staubige, dreistöckige Raumstation auf, die wir gekauft hatten, als er fünf war.

»Die werfe ich nicht weg«, sagte Gabriel.

»Du spielst doch gar nicht mehr damit.«

»Das ist mir egal.«

»Okay, wir verstauen sie in einem Karton und stellen ihn in die Garage, und wann immer du sie haben willst, brauchst du nur den Karton zu öffnen. Einverstanden?«

Er nickte widerstrebend. Er ging zum Bücherregal und nahm einen Korb voller Soldaten, Panzer und Flugzeuge herunter. Er nahm jeden G.I. Joe in die Hand, erinnerte sich an das Gefühl, das Gewicht und legte ihn dann in den Karton.

»Der bleibt hier«, sagte er und strich über einen Astronauten mit Sauerstoffhelm.

»Warum?«

»Ich will ihn in Brand setzen.«

»Gabriel.«

»Das ist mein Ernst, Mom. Ich werde ihn im Papierkorb verbrennen und sehen, ob der Helm funktioniert.«

»Du verbrennst hier gar nichts.«

»Draußen.«

»Auch nicht draußen.«

»Ich werde aufpassen.«

»Darüber gibt es keine Diskussion.«

»Aber Zack hat gesagt, wenn man einen Eimer mit Sand füllt und draußen Feuer macht, dann kann nichts passieren.«

Ich überlegte einen Moment. War das irgendein männlicher Tropismus, der Trieb, Dinge in Brand zu setzen? Sollte man ihn dulden, in eine konstruktive Richtung lenken? »Zack kommt am Freitag. Du kannst mit ihm reden, und wenn er dabei sein und aufpassen will, habe ich nichts dagegen.«

Gabriel ließ den Astronauten in den Karton fallen. »Nein danke.«

»Warum?«

Er nahm einen Fallschirmjäger heraus. »Ich will nicht, dass Zack dabei ist.«

»Ich dachte, du magst ihn.«

»Ja. Aber …«

Ich zwang mich, ruhig zu sprechen. »Aber was?«

»Du bist anders, wenn er hier ist.«

»Anders?«

»Mir gefällt das nicht.«

»Inwiefern bin ich anders?«

Er nahm ein Flugzug heraus, dessen Leitwerk abgebrochen war, begutachtete es und ließ es dann in den Karton fallen.

»Ich bin glücklicher, wenn er hier ist«, sagte ich. »Meinst du das?«

»Nein.«

Gabriel war am Boden des Korbes angekommen und machte sich daran, seine Bücher zu durchstöbern. »Daran erinnere ich mich – *Cars and Trucks and Things That Go.*«

»Ich habe immer noch viel Zeit für dich. Du wirst genauso viel Aufmerksamkeit bekommen –«

»Bekomme ich aber nicht.«

»Im nächsten Monat kommt wieder unsere Spezialtour an die Reihe.«

Er zuckte mit den Schultern.

Einmal im Jahr nahm ich eines der Kinder, nur wir beide, auf eine Reise mit, zum Beispiel nach San Diego oder Palm Springs. Als Gabriel sechs war, waren wir nach Santa Barbara gefahren, und ich hatte ihm beigebracht, wie man ein Surfbrett im Ozean reitet. Jedes Mal, wenn wir eine Welle erwischten, streckte er seine kleine Hand aus und umklammerte meine, während wir spürten, wie uns der rauschende Wirbel hochhob und wie Raketen katapultierte – zwei Raketen, die gemeinsam über das Wasser zur Küste flitzten. Im nächsten Jahr brachte ich ihm Skifahren bei, indem ich ihn vor mir festhielt, während wir den Übungshügel hinunterrutschten.

Er war zu Abenteuern aufgelegt und furchtlos – er wollte die schnellsten Pferde reiten und die schnellsten Skipisten abfahren. Als er neun war, waren wir mit meiner Freundin Jodie und ihren beiden Söhnen zum Wandern nach Colorado gefahren, und bei einem Wasserfall in der Nähe von Durango wollten die Buben den Felsen hinaufklettern, anstatt die Straße zum Gipfel des Wasserfalls hinaufzufahren. Jodie und ich schauten zu, wie sie von Stein zu Stein sprangen und nach Halt suchten. Als sie die Hälfte des Aufstiegs hinter sich hatten, sah ich, wie sie zu rutschen begannen, stehen blieben, einen anderen Weg probierten, wieder stehen blieben, sich etwas zuriefen und gestikulierten. In der Meinung, helfen zu können, folgte ich ihnen, aber nachdem ich ungefähr sechs Meter geklettert war, kamen die Steine unter mir ins Rutschen. Ich trug Tennisschuhe, und der Fels war mit lockerem Geröll bedeckt. Windböen wehten Sprühnebel von den Wasserfällen über die Steine. Ich tastete ständig mit den Füßen nach Halt und hielt mich an einem Busch fest, der sich aber vom Berg zu lösen begann. Ich blickte nach oben – die drei Buben hatten es bis zur Spitze geschafft, Jodie war hinaufgefahren, und alle starrten zu mir herab, als ich schrie: »Hilfe!«

Jodie versuchte hinunterzusteigen, aber sie trug Sandalen, rutschte aus und fiel auf ihr Hinterteil. Ich lag mittlerweile flach ausgestreckt da – ein Fehler, wie ich später erfuhr; man muss den Körper immer zum Hang beugen. Da ich keine Bodenhaftung hatte, rutschte ich und rutschte. Die Pflanze riss sich los. Meine Füße zitterten, mein ganzer Körper zitterte. Ich blickte nach unten. Ich könnte sterben. Nein. Ich versuchte, meine Füße unter die kleinen nassen Steine zu bohren, aber dadurch rutschte ich nur noch mehr, und die Pflanze hing nur noch an einer Wurzel, und dann war Gabriel da. Er war den Felsen heruntergekommen und stand mit ausgestreckter Hand über mir.

Ich traue mich nicht, dachte ich. Ich werde ihn mit mir in die Tiefe reißen.

»Mom, schau. Da drüben ist ein bisschen Gras.«

Ich wandte den Kopf und sah links von mir einen kleinen Grasflecken, fast eineinhalb Meter von mir entfernt. Wenn ich dort hinkäme, aber diese eineinhalb Meter kamen mir vor wie … ein Abgrund. Was, wenn ich abstürzte, bevor ich das Gras erreichte?

Er hatte immer noch die Hand ausgestreckt. »Du kannst das, Mom. Stell deinen rechten Fuß auf diesen großen grauen Stein. Nur zu. Es ist nicht weit, du schaffst es schon.«

Ich sah ihn an: Er hatte die Hand ausgestreckt, passte auf, und dann machte ich einen Satz. Ich war auf dem Gras. Ich kletterte hinter ihm zur Straße hinauf und brach zusammen, zuckend und würgend von dem Adrenalin und dem kalten Schlag ins Gesicht, der Mahnung: Unser Halt auf Erden ist dürftig.

Als wir mit dem Ausräumen der Bücherregale fertig waren, sagte ich: »Jetzt räumen wir noch rund um dein Bett auf.« Ich schaute unters Bett und entdeckte seinen alten Plüschhund Joe Joe. Das Stoffhündchen war ihm nach seiner Geburt ins Kinderbett gelegt worden, aber heute hatte es mit einem Hund keine Ähnlichkeit mehr. Sein Fell, früher braun, war spülwasserbeige, Schwanz und Ohren fehlten, und es verströmte einen Modergeruch, den ich nicht ertragen konnte, Gabriel dagegen tröstlich fand.

»Schläfst du immer noch mit Joe Joe?«

»'türlich nicht.«

»Dann musst du ihn ja vielleicht auch nicht mehr hier behalten.«

Er hielt den Hund in den Händen, zögerte und legte ihn dann behutsam in den Karton. Ich griff unters Bett und zog ein Plakat der Nine Inch Nails hervor. Gabriel rollte es auf und heftete es über das Kopfteil. Eine Woge der Zärtlichkeit durchflutete mich. Er hatte gerade zu einem Wachstumsspurt angesetzt, sein Oberkörper war lang und schmal, und seine Gliedmaßen sahen noch so unfertig aus wie bei einem unbeholfenen jungen Vogel. Er war immer noch ein Kind, das gerne seine G.I. Joes mit in die Badewanne nahm und Flutwelle spielte, und er war doch schon ein junger Mann, der Kettenportemonnaie und Sonnenbrille trug und sein Schlagzeug spielte, während er KROQ hörte, den alternativen Rocksender.

Er zog eine Kiste mit Legospielzeug unter dem Bett hervor. Jedes Teil sah er sich genau an: eine Eule, einen Helikopter, ein Monster, das sechs Beine hatte und motorisiert war. Jeff und ich hatten ihm das Monster im letzten Jahr, in dem wir zusammen waren, zu Chanukka geschenkt, und er hatte es ganz allein zusammengebaut. Er knipste den Schalter an, und es begann sich wie eine Krabbe über den Teppich zu bewegen, *Tat-a-tat-a-Tat*. Er sah mich mit seinen großen, glänzenden braunen Augen an und begann zu weinen. Er schloss die Augen nicht, sondern sah mich unverwandt an, während seine Gesichtsmuskeln zuckten und ihm die Tränen über die Wangen liefen. Spontan wendete ich mich ab, es war so intim.

»Ist es schwer, dich von deinen Spielsachen zu trennen?«, fragte ich leise.

Er schüttelte den Kopf. Dann ging er zum Bett und warf sich mit dem Gesicht nach unten darauf. Ich setzte mich auf die Kante und massierte ihm den Rücken.

»Was, Gabriel? Was macht dich traurig?« Ich wartete. »Ich wünschte, du würdest es mir sagen.«

»Ich kann nicht.«

»Es wird dir besser gehen ...«

»Nein.« Er drehte sich von mir weg zur Wand.

»Hat es mit deinem Dad zu tun? Mit Sophie?«

Er gab keine Antwort.

»Mit mir?«

»Ja.«

»Mit etwas, das ich getan habe?«

»Ja.«

Ich war überrascht. »Bist du böse auf mich?«

»Nein.«

»Nur traurig?«

Er nickte.

»Ich habe ein schlechtes Gewissen. Bitte, sag es mir, damit ich es nicht wieder tue.«

Sein Körper krümmte sich in einem Weinkrampf. »Du darfst das nie wieder tun. Nie!«

Ich zerbrach mir den Kopf. Was konnte das sein – was durfte ich nie wieder tun?

»Bitte, Mom, ich möchte nicht darüber reden.«
Ich saß schweigend da und massierte ihm den Rücken.

Am Freitagnachmittag hatte Sophie eine Kostümprobe für *Die Schöne und das Biest.* Am Abend veranstaltete Gabriels Schulklasse einen Projektabend, wo sie ihre Arbeiten aus dem Kunst- und naturwissenschaftlichen Unterricht ausstellten und der Chor auftrat. Zwischen Tanzprobe und Projektabend fuhren wir zum Flughafen, um Zack abzuholen. Sophie zog ihre Jazzschuhe aus und riß dann das Gummiband mit einem Ruck aus ihren aschblonden Haar, sodass sie ihr über den Rücken fielen. »Ich kann Zack nicht leiden, und Gabriel kann ihn auch nicht leiden«, sagte sie. »Wann machst du Schluss?«

»Wir haben uns doch gerade erst kennen gelernt. Warum könnt ihr ihn nicht leiden?«

»Er ist gemein. Ich habe versucht, nett zu ihm zu sein, aber es ist völlig zwecklos.«

Gabriel sagte: »Im Grunde seines Herzens ist er schlecht.«

»Wovon redet ihr beiden eigentlich?«

»Er gebraucht Schimpfwörter«, sagte Sophie.

»Genau«, sagte Gabriel.

»Er ist hässlich, furchtbar hässlich. Ich hasse seine Haare. Ich hasse seinen ganzen Körper. Und immerzu küsst ihr euch. Könnt ihr nicht nur Freunde sein und nicht küssen? Es ist widerlich.«

»Aber er hat euch beide doch gern«, sagte ich.

»Nein, hat er nicht«, sagte Gabriel. »Er will mit dir zusammen sein, darum muss er nett zu uns sein, um an dich ranzukommen.«

»Du magst ihn lieber als uns«, sagte Sophie.

»Das ist nicht wahr. Du und Gabriel kommt zuerst, und das bleibt auch so.«

»Das werde ich ihm erzählen.«

»Bitte tu das. Er weiß es bereits.«

Wir fuhren bei den Southwest Airlines vor, ich stieg aus dem

Wagen und wies die Kinder an, sich auf den Rücksitz zu setzen. Der hellbraune Stetson löste sich aus dem Menschengewirr auf der Fußgängerinsel. Als Zack mich in die Arme zog, wandte ich das Gesicht ab, um seinen Lippen auszuweichen.

Er stieg in den Wagen und verteilte wie immer Geschenke an die Kinder. Gabriel gab er eines seiner Taschenmesser und sagte, er könnte es behalten, »wenn es deiner Mom recht ist«.

»Solange er verantwortungsbewusst damit umgeht.« Ich drehte mich zu Gabriel um. »Du darfst es auf niemanden richten. Nicht einmal im Spaß.«

»'türlich nicht.«

Zack schenkte Sophie ein Silberarmband mit einem Pferdeanhänger. »Ich trage keine Armbänder«, sagte sie. »Mom, können wir im California Pizza Kitchen essen?«

»He – was sagt ihr beiden zu Zack?«

Sie murmelten beide: »Danke.«

»Sehr gern geschehen«, sagte er.

Ich sah auf meine Uhr. »Wir haben keine Zeit. Der Projektabend beginnt um sieben.«

»Aber ich habe Hunger.«

Ich fuhr in einen McDonald's und steuerte in die Autoschalterspur. Ich fragte die Kinder, was sie wollten, und rief in die Sprechanlage: »Zwei Happy Meals, eines mit Chickennuggets und einer Coke, eines mit einem Hamburger und einer Sprite.«

Knattergeräusche explodierten aus der Anlage.

»Wie bitte?«, rief ich.

»Sieben Dollar ... Schalter.« Ich fuhr zum Schalter.

Zack langte nach hinten und berührte Sophies Arm. »Du freust dich, mich zu sehen. Ich weiß das. Du willst es nur nicht zugeben.«

Sie zuckte zurück – so weit aus seiner Reichweite wie nur möglich. »Kannst du dir nicht eine Freundin in deiner Stadt suchen?«

Ich lachte nervös.

»Diese Frage haben mir schon viele Leute gestellt«, sagte Zack. »Und ich antworte immer, dass ich noch keine Frau wie deine Mutter getroffen habe. Ich würde um die halbe Welt reisen, um bei ihr zu sein, wenn sie mich haben wollte.«

Sophie und Gabriel taten so, als müssten sie sich übergeben.

Ich bezahlte den Mann mit den Kopfhörern und fuhr zum zweiten Schalter. Zack drehte sich um, damit er beide Kinder ansehen konnte. »Wäre es euch lieber, wenn ich hier nicht mehr auftauchte?«

»Ja«, sagten sie.

»Nun, ich sage euch was: Ich werde immer wieder zurückkommen. Da könnt ihr dagegen oder dafür sein.«

Sophie verschränkte ihre dünnen Arme; sie hatte Ringe unter den Augen. »Ich bin dagegen.«

Gabriel schnickte das Messer auf und drohte Zack damit. Ich langte nach hinten, um es ihm abzunehmen, aber Zack hielt mich am Arm zurück, und Gabriel ließ die Klinge zuschnappen.

Die Schüler der fünften Klasse hatten sich an der Stirnseite der Turnhalle auf dem Podium aufgestellt. Gabriel stand in der Mitte der hinteren Reihe. Unsere Familie – unsere zusammengeschusterte, aus den Fugen geratene Gruppe – hatte ihr Lager nebeneinander auf Klappstühlen aufgeschlagen. Sophie saß in der Mitte zwischen Jeff und mir, und Rose und Zack saßen an den Rändern.

Die Musiklehrerin, Ann Huxtable, eine walkürenhafte Frau mit dichten, braungelockten Haaren, hob ihren Taktstock, und die Klasse stimmte »They Call the Wind Mariah« an.

Sophie legte die Hand vor den Mund, bemüht, nicht zu lachen.

»Was ist?«, flüsterte ich.

»Sieh dir Gabriel an.«

Alle Schüler um ihn herum bewegten ihre Lippen, bemüht, runde Töne zu formen, während sie die abfallenden Klagelaute »Mar-iiiii-ah« heulten. Gabriel hielt den Mund geschlossen.

»Warum singt er nicht?«, fragte Jeff.

Ich zuckte mit den Schultern und schüttelte den Kopf.

»Er findet das Lied doof«, sagte Sophie.

»Das ist keine Entschuldigung, sich nicht zu beteiligen«, sagte Jeff.

Als die Schüler »Mariah« beendet hatten, klatschten wir pflichtschuldig, während sie hintereinander die Stufen verließen, um eine Pause einzulegen.

»Er kann Mrs. Huxtable nicht ausstehen«, sagte Sophie. »Ich auch nicht. Sie zwingt dich, den Mund wie ein Trottel aufzusperren, und sie sucht die schlimmsten Lieder aus.« Sie lachte wieder.

»Das ist nicht lustig«, sagte Jeff. »Wenn er schon nicht singen will, sollte er wenigstens die Lippen bewegen. Mit diesem Benehmen erreicht er gar nichts.«

Sophie entdeckte eine Freundin am Erfrischungstisch und lief zu ihr hin.

Ich wandte mich an Jeff. »Du hast Recht. Ich werde mit Gabriel darüber sprechen.«

Jeff und Rose wechselten einen Blick. »Es ist seine Haltung«, sagte Jeff. »Du lässt ihn den Chef des Hauses spielen, und er meint, er kann machen, was er will. Die ganze Welt wird sich schon nach ihm richten.«

»Er ist nicht der Chef des Hauses.«

Rose sagte: »Er braucht Grenzen. Beide brauchen das. Auch wenn sie um sich treten und schreien, auf lange Sicht werden sie dankbar sein.«

Zack sah sie der Reihe nach an. »Sie haben Kinder, Ma'am?«

»Nein«, sagte Rose. Sie warf Sophie einen schnellen Blick zu. »Ich dachte, dass ich mir Kinder wünsche, aber seit ich diese beiden um mich habe ...«

»Ich habe drei«, sagte Zack, »und das sag ich Ihnen, es gibt keinen todsicheren Weg, es richtig zu machen. Wenn Sie zu lax sind, dann laufen sie Ihnen davon, aber wenn Sie sie zu hart rannehmen – so wie ich's gemacht habe –, dann werden sie sauer. Ich finde, dass Sara ihre Sache toll macht.«

Er küsste mich auf die Wange und stand auf. »Ich werde für eine Minute nach draußen gehen.« Auf dem Weg zur Tür griff er in die Tasche nach Zigaretten. Als er im Hof stehen blieb, konnten wir sehen, wie er sich eine anzündete.

»Raucht er in Gegenwart der Kinder?«, fragte Jeff.

Ich winkte Sophie, bedeutete ihr, zurückzukommen.

»Sara?«

»Das geht dich nichts an.«

»Das ist ein Gesundheitsproblem – Passivrauchen.«

Ich stand auf und schob mich langsam aus der Reihe. »Ich werde mir mal die naturwissenschaftlichen Projekte ansehen.«

Am Samstag nahmen Zack und ich die Kinder ins Griffith Park Equestrian Center zu einer Hütepferde-Schau mit. Zack hatte für einige der Wettkampfteilnehmer aus Arizona Zaumzeug geflochten und wollte seine Kunden unbedingt miteinander konkurrieren sehen. Als wir über den Parkplatz gingen, drängte sich Gabriel zwischen Zack und mich und zwang uns damit, unsere Hände loszulassen. Zack versuchte, Sophies Hand zu nehmen, aber sie riss sie weg. »Na, komm schon, Baby«, sagte er, »können wir uns alle nicht einfach vertragen?«

»Nenn mich nicht ›Baby‹.«

»Schon gut, Schatz. Ich meine, Sophie.«

Ich warf Zack einen entschuldigenden Blick zu. Er machte eine wegwerfende Handbewegung, als wollte er sagen: Lass es gut sein.

Wir betraten die Arena und stiegen die Stufen der Tribüne hinauf, die strahlend weiß gestrichen waren. Als ich mich setzte, drängelten sich beide Kinder um die Sitze neben mir. Zack setzte sich neben Gabriel. Unter uns wurde ein Tor geöffnet, und dreißig Rinder trabten in den Ring.

»Folgendes wird gleich passieren«, erklärte Zack. »Der Reiter muss eine von den Kühen von der Herde absondern und davon abhalten, sich wieder in die Herde einzureihen. Er kann seine Hände nicht benutzen. Wie ihr gleich sehen werdet – lässt er die Zügel auf den Hals des Pferdes fallen.«

»Können wir Popcorn kriegen?«, sagte Gabriel.

Zack winkte dem Verkäufer und kaufte Popcorn und Cokes.

»Wie verständigt er sich mit dem Pferd?«, fragte ich.

»Mit seinem Körpergewicht und seinen Füßen. Das ist wie Telepathie, aber das ist nicht weiter wichtig. Das Entscheidende ist – du hast dieses Tier zwei Jahre lang trainiert, und nun lässt du es einfach seine Arbeit machen.«

Sophie öffnete ihre Coke und verschüttete etwas dabei.

»Pass auf«, sagte ich.

»Seht mal«, sagte Zack, »da kommen die Reiter.«

Eine Frau mit platinblonden Haaren und einer knallrosa Westernbluse ritt auf einem Palomino in die Arena. Zack beugte sich vor. »Das ist Jacy Walker. Seht ihr das Zaumzeug? Das ist meins.« Ich kniff die Augen zusammen. Zack hatte mir von Jacy erzählt, als wir zum Griffith Park gefahren waren. Sie hatte im vergangenen Jahr den ersten Platz bei den nationalen Endausscheidungen für Hütepferde in Fort Worth erreicht, und sie hatte Zack ein Zaumzeug abgekauft, das er für sein bestes hielt.

Jacy ließ den Palomino im Schritt zwischen den Rindern gehen, scheinbar aufs Geratewohl, doch plötzlich hatte sie die Herde halbiert und dann eine Kuh abgesondert, die nun sich selbst überlassen war. Die Kuh rannte los, aber das Pferd schien jede Bewegung vorauszusehen und behielt sie vor sich, während sie von einer Seite zur anderen flitzte. Das Pferd stürmte zu einer Seite, kam schlitternd zum Stehen und wirbelte so scharf herum, dass Jacys Körper weit zur Seite kippte und ihre Knie den Boden streiften. Dann stürmte das Pferd in die entgegengesetzte Richtung, und die ganze Zeit saß Jacy schlaff und locker da. Es war erstaunlich – sie war vollkommen entspannt und fließend in ihren Bewegungen.

»Jee-ha!«, brüllten die Leute. Gabriel und Sophie lachten los und griffen den Schrei auf: »Jee-ha!«

»Ihr könnt euch nicht vorstellen, wie aufregend das ist, ein Tier zu reiten, das so intelligent und so schnell ist«, sagte Zack. »Da gibt's einen Moment, in dem du auf dem Pferd sitzt und seine Augen auf den Ochsen gerichtet sind, und der Ochse glotzt das Pferd an. Und du spürst, wie dieser Atem hin und her geht. Genau das liebe ich – die Stille und den Atem zu spüren, in dem Augenblick, bevor sie zum Sprung ansetzen.«

Eine Glocke läutete. Jacy nahm die Zügel auf und trabte zum hinteren Ende der Arena. Fünf Richter, die auf einem Podium saßen, zählten ihre Punkte zusammen. Die Menge brüllte, als die Zahl 220 auf einem Bildschirm über ihnen aufflammte. »Das ist wirklich gut«, sagte Zack. »Das ideale Ergebnis ist 240.«

Wir sahen uns vier weitere Runden an, und dann wurden die Lichter zur Pause eingeschaltet. Gabriel und Sophie gingen hinaus, um sich an den Verkaufsbuden für Schmuck, Spielzeug, Pferdeausrüstung und Westernkleidung umzuschauen. »Da ist Jacy«, sagte Zack. »Komm, begrüße sie.« Jacy stand neben den Pferdegattern, umgeben von Männern. Sie warf mir einen kühlen Blick zu, als Zack uns miteinander bekannt machte. Sie küsste ihn auf den Mund. »Wo, zum Teufel, bist du gewesen?«

»Hab versucht, sauber zu bleiben«, sagte Zack.

Ich hörte einen Schrei – Sophie. Ich wirbelte herum. Draußen war ein Hufeisenplatz, und sie und Gabriel hatten angefangen, Hufeisen zu werfen. Sie hatte eines daneben und in die Seite eines Wohnwagens geworfen. Gabriel lachte, und sie schrie ihn an, den Mund zu halten.

Ich eilte genau in dem Moment hinüber, als der Besitzer des Wohnwagens, ein grauhaariger Cowboy mit einer Nickelbrille, ankam, um die gezackte Delle zu inspizieren.

»Tut mir Leid. Das war ein Unfall«, sagte Sophie zu ihm.

»Wir werden die Reparatur bezahlen«, sagte ich.

Er schaute Sophie, dann mich an. »Machen Sie sich keine Sorgen deswegen. Dieser Wohnwagen hat schon eine Menge Meilen schlechter Straßen erlebt. Das ist nicht die erste und auch nicht die letzte Delle.«

Ich trieb die Kinder zu den Pferdegattern zurück. »Du hast Glück gehabt«, sagte ich leise zu Sophie.

»Wann können wir gehen?«, fragte sie.

»Ich habe Hunger«, sagte Gabriel.

»Zack muss noch mit ein paar Leuten geschäftlich reden. Ihr könnt jetzt bei mir bleiben und euch benehmen, oder ihr könnt im Wagen warten.«

Sie machten ein niedergeschlagenes Gesicht, als wir zu dem Gatter kamen, an dem Zack stand und mit Trainern redete.

Jacy saß auf einem Fuchs und wärmte ihn auf, aber mir entging nicht, dass sie ständig zu Zack und mir herübersah.

»Was meinst du, wie lange das hier dauern wird?«, fragte ich Zack. Es war kurz vor sechs.

»Bis neun«, sagte er.

Sophie begann zu maulen, dass sie müde sei und Magenschmerzen habe. »Könnten wir bitte nach Hause gehen?«

Zack nickte zu Jacy hinüber. »Ich hoffe, dass ich ihr noch ein Stück verkaufen kann, aber bevor das hier nicht zu Ende ist, kann ich wirklich nicht mit ihr reden.«

»Ich verstehe.«

»Hier ist es langweilig«, sagte Gabriel und zog mich am Arm.

»Lass das«, sagte ich und riss mich los, aber irgendwie hatte ich Verständnis. Der Wettbewerb war nicht sonderlich fesselnd, es sei denn, stellte ich mir vor, man wusste, auf welche Feinheiten man achten musste.

Ich wandte mich an Zack. »Ich glaube nicht, dass die Kinder das durchstehen.«

»Bring sie nach Hause, wenn du willst. Ich nehme später ein Taxi oder lass mich mitnehmen.«

»Es würde dir nichts ausmachen?«

»Nun lauf schon.«

»Bist du sicher?«

Er nahm mein Gesicht in die Hände und küsste mich. »Ich bin gleich nach der Schau zurück.«

Ich fuhr nach Hause, machte Abendessen, räumte die Küche auf und las beiden Kinder etwas vor, wie jeden Abend, bevor sie einschliefen. Als ich in ihren Zimmern das Licht ausdrehte, war es halb zehn. Ich nahm an, dass Zack mittlerweile auf dem Heimweg war. Ich ging in mein Schlafzimmer und schloss die Tür hinter mir. Ich duschte in aller Ruhe, wusch mir die Haare und gönnte ihnen eine Spülung. Dann schlüpfte ich in einen weißen Frotteebademantel und ging in den Schlafbereich, um nachzusehen, ob Zack da war. War er nicht. Es war halb zwölf.

Ich ging über den Flur im ersten Stock zu meinem Arbeitszimmer, das einen Balkon hatte. Ich suchte die Straße ab: dunkel, still. Keine Autos fuhren vorüber, und in den gepflegten zweistöckigen Häusern an der Straße brannten nur wenige Lichter. Ich ging zum Regal und suchte *Funny Sauce* von Delia Ephron heraus, ein teuflisch witziges und scharfzüngiges Buch über Kinder aus geschiedenen Ehen und gemischten Familien. Ich hatte es vor Jahren schon einmal gelesen und laut über das Kapitel »Mom ist verliebt« gelacht, aber als ich jetzt ins Bett ging und es erneut zu lesen begann, hatte die Geschichte eine andere Bedeutung. Ich war beruhigt. Es war normal, dass Kinder dem Liebesobjekt ihrer Mutter den Tod wünschten.

Um Mitternacht rief ich das Reitzentrum an. Das Telefon läutete sechs-, siebenmal, und dann meldete sich eine männliche Stimme.

»Ist noch jemand von der Hütepferde-Schau da?«, fragte ich.

»Nee, die sind vor über einer Stunde verschwunden. Ich schließe gerade ab.« Ich rechnete: Die Fahrt zu meinem Haus dauerte dreißig Minuten, um diese Nachtzeit vielleicht weniger. Hatte Zack sich verirrt? Sein Orientierungssinn war nicht sehr ausgeprägt, er bog ständig falsch ab und kannte die Stadt nicht.

Ich knipste die Lampe aus und versuchte zu schlafen. Ich döste, und als ich die Augen aufriss, zeigten die Leuchtziffern auf der Uhr halb zwei. Irgendetwas stimmte nicht. Vielleicht war er in einen Unfall verwickelt worden, und die Behörden hatten bei ihm zu Hause in Arizona angerufen. Mein Herz begann zu rasen. Ich wählte seine Nummer. Zack hatte mir erzählt, dass Nathan immer lange aufblieb, malte und sich alte Filme ansah, aber es meldete sich niemand. Dann erinnerte ich mich, dass Nathan das Wochenende bei seiner Mutter in Casa Grande verbrachte. Ich rief die Auskunft an, aber Marianne hatte eine nicht eingetragene Nummer. Was nun? Mir kam plötzlich in den Sinn, dass ich weder die Namen von Zacks Freunden kannte noch die seiner Eltern oder anderer Familienangehöriger.

Jacy Walker. Vielleicht hatte sie ihn mitgenommen, unterwegs hatten sie auf ein paar Biere angehalten. Er war betrunken. Ich hätte die Kinder zu Hause bei Veronica lassen und mit Zack allein zu der Schau gehen sollen. Ich hätte darauf bestehen sollen, dass die Kinder bis zum Ende da bleiben und wir alle zusammen nach Hause fahren.

Ich ging ins Bad und nahm eine Valium. Mir war, als bekäme ich eine Erkältung. Ich drehte mich in den Laken von einer Seite zur anderen, und dann war es drei Uhr morgens. Er war nicht nach Hause gekommen. Verdammt nochmal, habe ich mir das etwa mit dem Cowboy eingehandelt? Dass er die ganze Nacht wegbleibt, den Frauen nachsteigt, nicht anruft? Wofür, zum Teufel, hielt er sich eigentlich! Ich bebte innerlich. Wenn es so läuft, wenn das deine Spielregeln sind – immer allein, auf und davon reiten, nicht zu zähmen –, dann gib mir meinen Schlüssel zurück, nimm deine türkisfarbenen Stiefel und deine rohlederne Fliegenklatsche und hau ab aus meinem Leben, du Mistkerl!

Der Anrufbeantworter. Ich hatte ihn nicht abgehört; er hatte vielleicht angerufen, als ich unter der Dusche stand, und ich hatte es nicht läuten hören. Ich ging nach unten und hielt inne. Sein Stetson lag auf der Theke neben dem Anrufbeantworter. »Zack?«, rief ich. Keine Antwort. Ich knipste das Licht in der Küche an und ging dann ins Wohnzimmer. Er lag auf der Couch und schlief. »Zack!« Er rührte sich nicht. Ich schüttelte ihn unsanft, und er fuhr zusammen und hob die Fäuste. »Hu! Was machst du da?«, sagte er.

»Was machst du da?«

»Versuche zu schlafen.«

»Wie lange bist du schon hier?«

»Oh, ich bin gegen elf zurückgekommen.«

»Warum bist du nicht in mein Zimmer hinaufgekommen?«

»Bin ich ja. Die Tür war zugesperrt.«

»War sie nicht.«

Jetzt setzte er sich auf der Couch auf. »Doch. Ich werde ja wohl wissen, ob eine Tür zugesperrt ist, wenn ich in eine reinrenne.«

Ich überlegte: Ich hatte sie zugezogen, als ich unter die Dusche ging. Hatte ich unwillkürlich den Sperrriegel betätigt?

»Ich wollte sie nicht zusperren.«

»Hast du aber.«

»Ich wollte unter die Dusche und könnte sie vermutlich gegen meine Gewohnheit zugesperrt haben. Ich komme mir immer so wehrlos vor, wenn das Wasser läuft …«

»Ich dachte, du willst mir eine Lektion erteilen. Dafür, dass ich so lange weg war. Ich musste noch mit ein paar Leuten reden, und bevor ich's gemerkt habe –«

»Hast du denn nicht gehört, wie ich die Tür öffnete? Ich muss wohl fünf Mal zwischen Schlafzimmer und Arbeitszimmer hin- und hergegangen sein, um auf die Straße zu schauen.«

»Ich habe dich gehört.«

»Warum hast du nichts gesagt?«

»Ich hatte nicht vor zu betteln.«

Ich warf die Hände in die Luft. »Weißt du eigentlich, welche Sorgen ich mir gemacht habe? Ich habe bei dir zu Hause angerufen. Ich habe sogar versucht, Marianne anzurufen.«

»Wozu?«

»Ich weiß überhaupt nichts über dich. Ich weiß nicht, wie deine Eltern heißen, deine Freunde.«

»Stimmt. Hab ich dir nie erzählt, weil ich nicht der Meinung war, dass dich das, verdammt nochmal, was angeht. Aber ich will mich nicht mit dir streiten. Als ich feststellte, dass die Tür abgeschlossen war, habe ich mich gefragt: Mach ich jetzt das, was ich normalerweise mit einer abgeschlossenen Tür mache? Trete das Scheißding ein? Oder geh ich nach unten und schlafe auf der Couch.«

»Hast du in Erwägung gezogen … zu klopfen?«

Er stützte das Kinn in die Handfläche. »Na ja, jetzt, wo du's erwähnst, könnte da was dran sein.«

Ich zwang mich, nicht zu lächeln.

»Sara, ich liebe dich.«

»Ich dachte, du wärst bei Jacy.«

»Teufel, nein.« Er stand auf, fasste mich an den Schultern und küsste mich, aber ich erwiderte seinen Kuss nicht.

»Ich wollte dir keine Sorgen machen«, sagte er. »Ich weiß, dass jetzt Unterwürfigkeit angebracht ist, aber bevor ich auf den Knien krieche … würde ich diese Sache gerne aufrecht durchstehen.«

Jetzt musste ich doch lächeln. Er küsste mich wieder, und mein Mund öffnete sich immer weiter. »Ich hatte Angst. Nach dem Theater, das die Kinder gemacht haben, dachte ich, du wirfst das Handtuch.«

»Ich bin nicht so empfindlich. Ich habe immer gesagt, dass ich eine Frau will, die entweder keine oder ganz kleine Kinder hat. Wenn sie klein sind, kannst du sie so weit bringen, dass sie dich ernst nehmen. Oder wenn sie erwachsen sind, dann ist das auch in Ordnung. Aber deine – die sind genau in der roten Zone.«

Ich erzählte ihm, dass Gabriel ein paar Abende zuvor geweint hatte und mir den Grund nicht sagen wollte. »Es war die Scheidung. Ich weiß, dass es die Scheidung war. Er hat geweint, weil ich seinen Vater verlassen habe. Ich erinnere mich an den Abend, als wir es ihnen sagten – wir setzten sie auf die Sofas im Wohnzimmer und sagten: ›Mom und Dad werden sich scheiden lassen.‹ Gabriel rief: ›Nein!‹, und Tränen liefen ihm aus den Augen. Ich wollte mir lieber beide Arme abhacken, mich auf den Boden werfen und sterben, als ihm wehzutun, aber ich konnte es nicht. Er möchte uns zurückhaben – beide wollen das –, und du stehst im Weg.«

»Das stimmt.«

»Falls es ein Trost ist, Rose können sie auch nicht ausstehen.«

»Na ja«, sagte er scherzhaft, »in ihrem Fall ist das verständlich.«

Wir lachten leise, gingen nach oben und fielen erschöpft ins Bett. Ich drehte mich auf die Seite und schmiegte meinen Rücken an seine Brust. »Wir werden das schon durchstehen, Schatz«, sagte er, »mit Geduld. Wir werden sie schon kleinkriegen.«

Ich zog seine Arme um mich.

6

In der Woche nach Weihnachten nahm Jeff die Kinder nach Boston mit, um seine Eltern zu besuchen, und ich erwischte einen Flug der Southwest Airlines nach Phoenix. Zack und ich hätten fünf Tage – die längste Zeit, die wir bisher in unseren vier Monaten mit Unterbrechungen an Wochenenden zusammen verbracht hatten –, und ich war voll ängstlicher Erwartung. Ich sollte seinen Sohn kennen lernen, sein Haus sehen, in dem er, wie er mich gewarnt hatte, kein Bett besaß, er schlief auf einer Couch – nicht einer zum Ausziehen, sondern einer Couch, die er auf der Straße gefunden und ins Haus geschleppt hatte. Ich hatte ihm gesagt, dass er uns ein Zimmer in einem Motel buchen sollte.

Bevor ich abreiste, schloss ich mich in mein Arbeitszimmer ein und hämmerte eine Folge herunter, in der Dr. Quinns sechzehnjähriger Sohn heiraten möchte und sie es zu verhindern sucht. Ich lieferte das Skript bei Beth ab und hatte keine Ahnung, ob es ihr und den anderen Autoren gefallen würde oder ob sie mit einem Bulldozer darüberrollen würden. Eine Woche lang wollte ich nicht darüber nachdenken.

Zack erwartete mich am Flugsteig mit einer rosaroten Rose. Normalerweise konnte ich seine Stimmung an den Stiefeln, die er trug, ablesen. Heute waren sie rot mit goldenen Pfeilen und sollten wohl das Selbstvertrauen stärken.

Er küsste mich. »Nervös?«

Ich nickte.

»Ich habe gerade ein Bier getrunken. Setzen wir uns.«

Er führte mich zu einer Reihe grauer, fest montierter Stühle in der Nähe des Flugsteigs. Er beugte sich auf seinem Sitz vor. »He, Baby.«

»Was ist?«

Seine grünen Augen schauten mich offen an. »Du weißt doch, dass ich in den letzten drei Wochen an diesem Zaumzeug gearbeitet habe?«

»Ja.« Ich wusste, dass er ein Stück für eine Cowboykunst-Ausstellung angefertigt hatte, die an diesem Wochenende auf den Arizona State Fairgrounds stattfand.

»Es hat viel länger gedauert, als ich geplant hatte. Heute morgen um eins war ich damit fertig, um acht hab ich's rüber zur Ausstellung gebracht. Hab's gerade noch rechtzeitig geschafft.«

»Gratuliere.«

»Ich bin total pleite.«

Ich sah ihn an.

Er erklärte, dass die Arbeit, die er für Dunnings Custom Tack geplant und die ihm Bargeld eingebracht hätte, nicht fertig sei. »Ich wollte dich ausführen und dir eine schöne Zeit machen, aber das geht jetzt nicht. Ich hab nicht mal mehr Geld für Sprit. Wenn du jetzt aufstehen und weggehen willst, würde ich's verstehen.«

Ich sah aus dem Fenster zu den Flugzeugen, die auf dem Rollfeld standen. Ich müsste alle unsere Mahlzeiten bezahlen, das Motel, alles, was wir unternahmen. Ich spielte mit dem Gedanken, zum Ticketschalter zu gehen und einen Platz in der nächsten Maschine, die nach Hause flog, zu buchen. Die Kinder wären aus dem Haus, und ich könnte Besorgungen nachholen und Freunde anrufen, die ich seit Monaten nicht mehr gesehen hatte. »Ich bin hier, und dieses eine Mal werde ich es tun, aber mir wäre nicht wohl bei dem Gedanken, wenn ich ständig diejenige wäre, die bezahlt.«

»Mir auch nicht«, sagte er. Er hob meine beiden Taschen mit

einer Hand auf und legte mir den anderen Arm um die Schultern. »Wenn du's mit mir aushalten willst, musst du zäh sein.« Sein Pick-up, Willie – der 68er Chevy, der Frauen Albträume bereitet hatte –, stand am Rand des Parkplatzes, verblasstes Rot, übersät mit Beulen und metallgrauen Flecken, wo die Farbe abgeblättert war. Doch als Zack den Zündschlüssel drehte, sprang er an. »Willie hat Herz, auch wenn er ein Halunke ist. Die Tür an deiner Seite klemmt. Wenn du aussteigen willst, musst du dich mit der Schulter dagegenwerfen.«

Ich probierte es einige Male, bevor sie quietschend aufsprang. »Da ich jetzt weiß, wie man's macht, werde ich warten, bis du herumkommst und sie öffnest.«

»Das will ich aber auch hoffen«, sagte er.

Er wollte mich direkt zu seinem Haus im Coronado-Bezirk fahren, einer alten Gegend, die aus kleinen Häusern mit verwilderten Vorgärten bestand und in der Mehrzahl von Latinos bewohnt wurde. In den Monaten vor der Reise hatte ich eine Innenarchitektin engagiert, die mein Wohnzimmer neu gestalten sollte. Als Jeff und ich das Haus bauten, hatten wir einen japanischen Architekten gewählt, der ein Wohnzimmer mit einer sechs Meter hohen Decke und einer Fensterfront entwarf, die wie Mondrian-Quadrate zusammengesetzt war. Es war Aufsehen erregend, aber kalt; kein Mensch ließ sich dort jemals nieder. Ich hatte die Innenarchitektin gebeten, es behaglich einzurichten, was sie dadurch erreichte, dass sie eine riesige, dreistämmige Kentia-Palme hineinstellte und den Raum mit rustikalen Antiquitäten füllte, zum Beispiel einer frei stehenden Windmühle aus Woodbine, Iowa. Sie hatte mir vierhundert Dollar für das rostige Ding berechnet, zuzüglich ihres Honorars, und als Zack mich zu seinem Haus fuhr, sah ich in einem Garten genau die gleiche Windmühle auf der Seite liegen, fertig zum Abtransport auf den Müll.

Als wir in die Einfahrt fuhren, saß Nathan auf der Verandatreppe. »He, Städter«, rief er.

»Nathan, das ist Sara.«

Als Nathan auf mich zukam, musste ich mich beherrschen, um nicht zu erschrecken. Er war nicht größer als einen Meter fünfzig, mit schütteren schwarzen Haaren, die zu einem Pferdeschwanz gebunden waren. Sein Gesicht war wie ein kubistisches Gemälde: Die Stirn war groß und vorspringend, die Nase war klein, und die Wangen waren breiter als die Stirn. Er trug eine dicke Colaflaschen-Brille, die das Licht widerspiegelte, und trotzdem hatte er etwas Fröhliches, Strahlendes an sich.

»Nimm die Sachen«, sagte Zack und deutete zu dem Pick-up. Nathan holte meine Taschen heraus und folgte uns plattfüßig schlurfend ins Haus.

Die Entscheidung fiel schwer – stehen oder sitzen? Das Haus bestand aus einem einzigen Raum, an dessen Decke große Stücke des Verputzes fehlten. Eine nackte Glühbirne baumelte von einem Kabel, und eine frei liegende Gasleitung war mit Lumpen verstopft. Gegenüber dem Sofa, auf dem Zack schlief, stand ein von Holzwürmern durchlöcherter Stuhl, und hinter dem Sofa waren Nathans Bett und Zeichentisch. An einer Wand befand sich der Küchenbereich – eine schmuddelige Spüle, ein Kühlschrank und eine Kochplatte – und gegenüber eine Toilette, wie man sie an der Rückseite von Autoreparaturwerkstätten findet. Im hinteren Teil hatte Zack seinen Arbeitstisch aufgestellt mit Werkzeugen und Rohlederbändern, die von Haken baumelten. Eine Isolierung gab es nicht; der Wind schien ungehemmt hindurchzublasen und führte den modrigen Geruch von Fäulnis mit sich. Niemand, den ich kannte, hatte jemals in einem solchen Haus gewohnt. Veronicas Haus in El Salvador war hübscher – sauber und hellblau gestrichen –, ich hatte Fotos gesehen. Und Zack erzählte mir, dass er und Nathan einen Tag lang geputzt hätten.

»Möchten Sie sich meine Zeichnungen ansehen?«, fragte Nathan.

»Er ist wild entschlossen, sie dir zu zeigen, also können wir's auch gleich hinter uns bringen«, sagte Zack.

Ich ging um das Sofa herum, während Nathan eine abgegriffene Ledermappe hervorzog. »Ich bin immer viel Bus gefahren. Es dauert Stunden, um zur Schule und zurück zu kommen, darum habe ich angefangen, Menschen zu skizzieren.« Er zeigte mir die Zeichnung einer Latina-Frau, die ihre Haare in einem lockeren Knoten trug. Sie war mit genauen, fast fotografischen Details wiedergegeben: die kummervollen Augen, der Schönheitsfleck über ihrer Lippe, die in einem Ausdruck demütiger und klagloser Geduld zusammengesunkenen Schultern.

Es folgte die Skizze eines schwarzen Jungen, der ungefähr fünf Jahre alt zu sein schien und neben der massigen Gestalt seiner Mutter saß, deren Gesicht man allerdings nicht sehen konnte. Der Junge weinte, und die Tränen sahen aus, als rollten sie direkt über das Papier.

»Die sind wundervoll. Der Junge –«

»Er saß einfach da und weinte. Niemand achtete darauf.«

Ich hatte erwartet, dass Nathan in abstraktem Stil malte, aber seine Skizzen waren ausgesprochen realistisch. »Niemand kann begreifen, wie er das, was er tut, sieht«, sollte Zack mir später sagen. »Aber schon seit seinem dritten Lebensjahr zeichnet er die Welt.«

Nathan legte die Zeichnungen weg und zeigte mir einige in einem Schrank gestapelte Ölgemälde, die völlig anders waren: phantastisch, halluzinatorisch. »Das hier heißt ›Gleichgültigkeit‹«, sagte er. Es zeigte das aus dem Meer ragende Gesicht eines Mannes, dessen Haare in den Wellen schwebten. »Das ist ein Selbstporträt.«

»Jetzt erkenne ich es.« Ich hatte es zunächst nicht gesehen, da er sich ohne Brille gemalt hatte. Ich fragte, wie er das gemacht hatte.

»Ich musste mich direkt vor den Spiegel stellen, weil ich ohne die Brille nicht weiter als fünf Zentimeter sehen kann. Ich hab die Brille abgenommen, mir meine Augen angesehen, dann hab ich die Brille wieder aufgesetzt und gemalt.«

Ich studierte das Gemälde. »Warum ›Gleichgültigkeit‹?«

Er rieb sich den Nasenrücken. »Ich habe versucht, einen Standpunkt verständlich zu machen. Ich werde mein Ziel nicht ändern, egal, was die Welt sagt.« Nathan lächelte. »Ich werde malen, und es interessiert mich nicht, ob irgendjemand es gut findet. Ich finde es gut. Mozart ist mittellos gestorben. Van Gogh ebenfalls. Aber sie haben getan, was sie tun mussten.«

Ich spürte einen leichten Stich; es war demütigend, zu sehen, wie die beiden sich in diesem Zimmer verkrochen und zeichneten und Leder flochten, während sie den Kassetten von Joseph Campbell lauschten. War kein Geld da, lebten sie von Kaffee und Zigaretten, und kam Geld herein, gingen sie in den Lebensmittelladen oder in ein mexikanisches Restaurant, La Cucaracha, und verprassten ihr Geld bei Burritos und Bier.

»Wir sollten mit ihr ins Cockroach gehen«, sagte Nathan.

»Hunger?«, sagte Zack.

»Ich habe immer Hunger.«

Wir gingen zum Pick-up hinaus und zwängten uns auf Willies Vordersitz.

Das Cockroach war dunkelgrün gestrichen, mit Plastiktischen und nicht dazu passenden Holzstühlen. Ich fand es schon immer interessant, auf welche Weise »mexikanisches« Essen in verschiedenen Regionen der Vereinigten Staaten zubereitet wird. In Kalifornien wird jedes Gericht mit Avocadosoße, geriebenem Käse und Sauerrahm überschüttet, aber im Cockroach war das Essen schlicht. Ein Burrito kam mit großen Fleischstücken gefüllt und mit sonst nichts, und er schwamm in einer Soße, die wie dünner roter Haferschleim aussah. Zack und Nathan aßen mit Genuss, Nathan hielt dabei die Gabel in der Faust.

Die Kellnerin brachte Margaritas. Nathan erzählte mir von seinem Unterricht am Phoenix College, wo er Kunst und Mythologie studierte. Er war der Erste aus seiner Familie, der aufs College ging, was er durch gewonnene Stipendien und Bewerbungen um staatliche Unterstützung für Behinderte erreicht hatte. »Im Moment befassen wir uns mit den Hindus, und dieses Zeug über die Wiedergeburt ist dermaßen stark.« Er grinste, während er noch mehr Soße über seinen Burrito löffelte. Seine Heiterkeit war ansteckend; die Asymmetrie in seinem Gesicht sah ich nicht mehr. »Ich weiß, dass ich schon einmal hier war, und ich muss etwas gaa-anz Schlimmes getan haben.«

»Das ist nicht unbedingt daraus zu folgern«, sagte ich.

»Man hat mir Kreativität geschenkt, aber man hat mir auch das geschenkt.« Er berührte sein Gesicht.

»Vielleicht bist du ja auch hier, um in allem einen tieferen Sinn zu sehen.«

»Richtig«, sagte Zack und sah mich forschend an.

»Soviel ich weiß, ist der Grundgedanke, dass du ständig eine andere Gestalt annimmst, um die Schöpfung in ihrer Gesamtheit, in all ihren Facetten zu erleben – das Schreckliche und das Schöne.«

»Eines Tages möchte ich als Baum zurückkehren. Oder als Regenwolke«, sagte Nathan.

»Ich möchte keine Scheißregenwolke sein«, sagte Zack.

»Das bist du schon, hin und wieder«, hänselte ich.

Er lachte. »Es steht mir zu, manchmal von der Rolle zu sein. Du triffst selbst auch nicht immer ins Schwarze, Liebling.«

Das Zimmer, das Zack für uns reserviert hatte, war in einem Wooley Suites genannten Komplex, der im baufälligen Herzen der Stadt lag und von Staatsbeamten frequentiert wurde. Jede Einheit war eine Suite – Schlafzimmer, Wohnzimmer und Kochnische – für $ 54 pro Nacht. Es war sauber und unpersönlich, und ich war erleichtert.

»Wie findest du meinen Sohn?«, fragte Zack. Wir lagen auf dem Bett und hörten Ian Tysons Lied über eine Navajo-Decke, die verschwunden war, jene Decke, auf der er mit seiner ersten Freundin geschlafen hatte.

»Er ist erfrischend. So fröhlich und begeistert von dem, was er tut.«

Zack atmete aus. Er entspannte sich sichtlich. An irgendeinem Punkt auf unserem heutigen Weg, angefangen bei dem Geständnis am Flughafen bis hin zu der Fahrt in Willies knarrendem Fahrerhaus zu dem feuchten Haus und mit Nathan ins Cockroach, hätte ich wie ein aufgescheuchter Vogel flattern und schleunigst nach Hause fliegen können. Warum nicht? Warum war ich immer noch hier? Zack sagte, als Nathan geboren wurde, war er mit so vielen körperlichen Problemen geschlagen, dass die Ärzte gesagt hatten, er würde niemals laufen oder sprechen, geschweige denn sehen können. »Sie rieten uns, ihn in ein Heim zu geben, aber wir sagten nein.« Er zog einen kategorischen Schlussstrich mit der Hand. »Du bleibst bei deiner Familie.«

»Es geht so ein Leuchten von ihm aus.«

»Er ist schon an einigen wirklich dunklen Orten gewesen.«

»Das verstehe ich nicht.«

»Er hatte eine schwere Jugend. Die Mädchen behandelten ihn wie so eine Art Teddybär. Sie führten schwülstige Gespräche, aber sobald es um Sex ging, wollten sie den großen blonden Kraftprotz.«

»Wollten wir das nicht alle?«

Zack sagte, Nathan habe versucht, sich die Adern mit einer Rasierklinge aufzuschneiden, und sei in der psychiatrischen Bezirksklinik gelandet. »Die waren drauf und dran, den Schlüssel wegzuwerfen. Wenn du einmal an einem solchen Ort bist, kommst du nie mehr raus. Nathan weigerte sich, mit mir zu sprechen, aber ich kam immer wieder. Und schließlich begriff er, dass er sich am Riemen reißen musste, wenn er die Welt draußen jemals wiedersehen wollte.«

Ich schlang die Arme um die Brust.

»Müde?«, sagte Zack.

»Ist es kalt hier drin?«

»Nicht sonderlich.«

Ich holte ein Kleenex aus meiner Handtasche und betupfte mir die Augen. »Ich bin traurig. Ich weiß nicht, warum, ich weiß nicht, woher das kommt.«

»Ist schon gut. Lass deinen Gefühlen einfach freien Lauf.«

Er legte den Arm um mich. Die Traurigkeit wurde stärker, bedrohlich, drängte aus der Tiefe nach oben, und ich hatte Angst. »Halt es nicht zurück«, sagte er. »Je schneller du es rauskriegst, umso schneller vergeht's.« Ich weinte hilflos an seinem steifen, gestärkten Hemd. »Du bist meine Prinzessin.«

»Nein.«

»Sara, du bist die unabhängigste Frau, die ich kenne, aber es ist meine Aufgabe, auf dich aufzupassen.«

Er massierte mir den Hals, entspannte die Muskeln um jeden Rückenwirbel, dann küsste er mich auf Stirn, Augenlider und Schläfen, und nach und nach, sanft, tasteten wir uns im baufälligen Herzen von Phoenix zu der Vertrautheit vor, die wir so genossen. Die Wooley Suites, der bröckelnde Putz in seinem Haus, die nackte Glühbirne – alles verblasste und löste sich in nichts auf.

»John Deere Green« dudelte im Countrysender, als Zack Willie südwärts gen Casa Grande steuerte. Zuerst hatte ich gedacht, dass das Lied von einem Stadtteil mit Namen John Dear Green handelte, dass etwas in John Dear Green passierte. Aber das Lied wurde jedes Mal, wenn wir in Phoenix das Radio einschalteten, gespielt, und ich hatte gelernt, dass es von einem Jungen handelte, der »Billy Bob Loves Charlene« in riesigen Buchstaben sprühte, und die Farbe, die er benutzte, hieß John-Deere-Grün.

Ich schaltete, damit Zack seinen Arm um mich liegen lassen konnte. Ein Werbespot kam: »Du bist ein Cowboy, ein einsamer Mann. Ein anderes Leben als eine staubige Spur kennst du nicht. Und du denkst: Vielleicht wäre ich nicht so einsam, wenn meine Kleidung nicht so verknittert wäre.« Ich warf Zack einen kurzen Blick zu. »Wrangler«, sagte der Sprecher, »die knitterfreien Hemden und Jeans.«

»Du hattest Recht«, sagte ich. »Aber weißt du, was die da sagen – wenn deine Kleidung nicht verknittert ist, findest du jemanden zum Bumsen.«

Zack lachte. »'ne Menge Leute kaufen das auch noch.«

Wir fuhren in die San Tan Cattle Company hinein, die Maststation, in der Zack viele Jahre gearbeitet hatte und wohin aus allen Teilen Arizonas Rinder zum Mästen verfrachtet wurden, bis sie schlachtreif waren. Es gab reihenweise ramponierte Metallpferche, in denen Tausende von Rindern in Gruppen, unterteilt nach Geschlecht, Gewicht und Besitzer, gehalten wurden. In den Pferchen arbeitete ein Dutzend Cowboys zu Pferd, und mir fiel auf, dass ihre Jeans bemerkenswert knitterfrei aussahen.

»Mein Ruf wird gleich mächtig steigen«, sagte Zack.

»Warum?«

»In zwanzig Minuten wird jeder in Casa Grande wissen, dass ich mit einer Frau aus einer anderen Stadt hier war.«

»Sieht man das denn?«

»Du bist nicht aus diesem Land, und Neuigkeiten verbreiten sich schnell. Die Leute wissen sofort, wer aus welchem Laden gefeuert wird, wer in eine Rauferei verwickelt wird, wer mit der Frau eines anderen erwischt wird. Wir nannten das immer ›Radio Maststation‹.«

Er hielt meine Hand, als wir zum Sattelhaus gingen. Die Cowboys in den Pferchen hielten mit der Arbeit inne und gafften. Ich hörte einen schreien: »Zack ist hier mit seiner Freundin aus Hollywood!« Sie kamen näher und reckten die Hälse, als hätten sie einen Kinostar gesichtet.

Ein großer Mann mit einem schwarzen Schnurrbart kam an und schlug Zack auf den Rücken.

»Sara, das ist Freddy.«

»Freut mich, Ma'am.« Freddy tippte an seinen Hut. »Haben Sie vielleicht eine reiche Freundin, mit der Sie mich bekannt machen könnten?«

»Ich werde mal darüber nachdenken.«

»Ich möchte eine, die einen Mercedes fährt.« Er zwinkerte Zack zu. »Ein Kabrio.«

»Irgendeine bestimmte Farbe?«, sagte ich.

»Könnte Gold sein.« Freddy grinste, und ich konnte sehen, dass zwei Zähne fehlten. Die anderen Arbeiter kamen näher und standen breitbeinig da, die Hüften vorgeschoben und die Daumen in Gürteln mit großen Schnallen, die sie beim Rodeo gewonnen hatten, gehakt. Aber das, was ich sah, war nicht romantisch; ich sah schlechte Zähne, fadenscheinige Hemden und vorzeitig gerunzelte Haut. Armut übertüncht mit Draufgängertum – große Hüte und Sporen.

Freddy winkte mich zu den Pferden am Zaun hinüber, die er gesattelt hatte. »Sie reiten den da. Heißt Joker. War mal ein Hütepferd, ist jetzt aber in Rente.«

»Ich weiß nicht, ob ich gut genug bin –«

»Ma'am, der hat elf Jahre auf der Hüterunde überlebt, da wird er ja wohl noch einen Zwei-Stunden-Ritt mit Ihnen überleben.«

Ich spürte ihre Blicke auf mir, als ich in den Sattel stieg. Zack stieg mit dieser einzigen fließenden Bewegung, die ich so bewunderte, auf sein Pferd, und wir ritten an den Rinderpferchen vorbei und über den steinigen Sand hinaus. Er fiel in einen leichten Galopp und ritt im Zickzack um Mesquitbüsche und Paloverdebäume herum. Ich blieb direkt hinter ihm. Das kann ich, dachte ich. Dann begann er schneller zu galoppieren und zu wenden und bog so abrupt nach rechts ab um einen großen roten Kugelkaktus herum, dass ich nicht reagieren konnte und geradeaus galoppierte. Er brach in Gelächter aus. »Ich wusste, dass du diese Wende nicht schaffst. Das konnte ich schon hören.«

»Ich habe nicht aufgepasst.«

»Wenn du's geschafft hättest, wäre ich das nächste Mal noch schärfer abgebogen.«

Er lenkte sein Pferd neben meines, und ich spürte, wie Joker sich zwischen meinen Beinen bewegte, seine Brust blähte und ausblies. Ich war in einem Zustand sexueller Erregung. Dass zwischen Frauen und Pferden eine sinnliche Affinität bestand, hatte ich schon immer gewusst. In allen Reitstunden, die ich als junges Mädchen genommen hatte, waren ausschließlich Mädchen gewesen. Jane Seymour war eine begeisterte Reiterin; sie wollte ihre Stunts selbst machen, und wir wussten, dass sie an einem Tag, an dem sie ihr Pferd in einer Szene ritt, unbeschreiblich guter Laune wäre.

Der offensichtliche Reiz liegt darin, dass du ein Tier beherrschst, das du eigentlich nicht beherrschen darfst. Es wiegt zwölfhundert Pfund, es kann dich abwerfen und zerquetschen, und selbst dem erfahrensten Reiter widerfährt immer ein wachsamer, wenn nicht gar angstvoller Schauder. Und trotzdem reagiert das Pferd auf die Berührung deiner Waden, das Ziehen deines Fingers an seinem Mundstück. Und der Sattel, nun, der ist der weiblichen Figur perfekt angepasst. Er erhebt sich am empfindlichsten Bereich zu einem Horn, und während sich das Tier bewegt, besteht ein ständiger sanfter Kontakt.

»Glücklicher Sattel«, sagte Zack.

Wir hielten die Pferde an, um uns zu küssen. Als wir die Augen öffneten, sahen wir eine Herde mit tausend Rindern eine Steigung heraufkommen, über ihnen ein Sandwirbel, der wie ein Atompilz aussah.

»Sie treiben diese Herde aus der Wüste zurück. Willst du mithelfen?«

»Dürfen wir das denn?«

Zack trabte hinüber und sprach mit dem Zuganführer, der schützend die Hand vor die Augen hielt, um mich ansehen zu können. Dann ritt Zack zurück und sagte leise: »Okay, wir dürfen nicht auf die Rinder losstürmen, sonst werden sie nervös und laufen. Und durch Laufen verlieren sie an Gewicht, was hier die schlimmste Sünde ist. Wir dürfen sie nur ein bisschen anschubsen, ganz einfach.«

Wir führten unsere Pferde im Schritt an den Flanken der Herde entlang, achteten auf streunende Tiere und kreisten hinter ihnen. »Jedes Rind hat eine Fluchtdistanz«, sagte Zack. »Wenn du diese Distanz unterschreitest, macht es sich aus dem Staub.« Und tatsächlich, sobald wir ein paar Meter an die streunenden Tiere herankamen, drehten sie sich um und zuckelten zur Herde zurück. Ein schwarzes Rind jedoch rührte sich nicht von der Stelle, starrte mich böse an und schnaubte. Ich hielt nach Zack Ausschau, aber er war weitergeritten. Das schwarze Rind stampfte auf mich zu, die Augen stumpf und hart. Ich befahl mir, nicht nervös zu werden, ich war oben, und das Rind war unter mir. Mein Herz machte einen Satz. Das schwarze Rind rannte direkt auf mich zu, und ich erstarrte, aber Jokers alte Hüteinstinkte schalteten sich ein. Er stürmte auf das Rind zu und brachte es abrupt zum Stehen. Joker blieb stehen, die Beine vor sich gespreizt, den Kopf gesenkt, die ganzen zwölfhundert Pfund auf dieses Rind gerichtet. Der schwarze junge Ochse flitzte zur Seite, und Joker schnitt ihm den Weg ab, hielt an, schwenkte um 180 Grad herum und jagte in die andere Richtung zurück. Meine Glieder schienen in alle Richtungen davonzufliegen, aber ich hielt mich am Horn fest und blieb oben. Ich schwenkte mit dem Pferd, hierhin, dorthin – *zisch, zisch* –, flink wie ein Messer. Es war, als schaukelte ich in einer Sänfte, und überall um mich herum Aufruhr, aber ich wurde in einem gleichmäßigen, erhabenen Rhythmus getragen. Zack kam schräg herangeritten und rief: »Hee-ja! Los da, zurück!« Der abtrünnige Schwarze stieß ein Protestgebrüll aus, drehte sich um und trabte zurück in Richtung Herde.

»Hast du das gesehen!«

»Ja, Ma'am.«

»Das war ein verdammt tolles Gefühl.«

»Manche Leute sagen, es wäre besser als Sex. Der Meinung bin ich natürlich nicht.«

»Wie bringst du einem Pferd so etwas bei?«

»Schrittweise, nach und nach, aber sie sind dazu geboren. Sie mögen Rinder nicht. Zwischen Pferden und Rindern besteht eine natürliche Feindseligkeit, aber das Pferd ist schlauer. Rinder sind dumm – deswegen können wir sie einsperren und abschlachten. Mit anderen Spezies könntest du das nicht machen, die würden meutern.«

Wenn Rinder in der Maststation eintreffen, sagte er, »werden sie mit einem Haken an einer Rutsche befestigt, und in vierundfünfzig Sekunden werden dem Ochsen die Hörner abrasiert – damit er kein anderes Tier verletzt; er kriegt sechs Spritzen, ihm wird die Nummer des Besitzers eingebrannt, und er wird kastriert«.

»Benutzen sie ein Betäubungsmittel?«

»Nein, Ma'am. Es tut höllisch weh. Diese Rinder stehen tagelang unter Schock. Aber so werden auch Menschen behandelt.«

»Na, hör mal.«

»Das ist wahr, Sara.«

Der Anblick der Rinder war jetzt schwer zu ertragen. Als sie sich ihrem neuen Metallpferch näherten, begannen sie sich am Gatter zu sammeln, bis sie ein Meer aufgewühlten Fleisches waren. Sie schienen ständig auszuscheiden – der Boden war übersät mit dampfendem grünen Dung – und zu kopulieren. Die Rinder traten hintereinander an, stiegen auf ihren Hufen hoch und bumsten, wobei ihre Köpfe auf den Hinterbacken des anderen Tieres ruhten. Wenn die Herde in Bewegung war, watschelten sie auf ihren Hinterbeinen weiter und bumsten im Gehen. Es war faszinierend: Körper wölbten sich aus dem Meer – ein brauner, ein schwarzer, ein braunweißer –, und dann sanken sie wieder nach unten, und ein Dutzend anderer Körper erhob sich wie fliegende Fische auf ihrer kurzen Flugbahn über das Wasser.

»Paaren sie sich?«

»Nein, das sind Färsen«, sagte Zack. »Alle weiblich.«

»Aber warum –«

Er lachte. »So geht's eben auf dem Bauernhof zu. Wenn sie brünstig werden, sondern sie einen Geruch ab, der die anderen, die nicht brünstig sind, veranlasst, sie zu besteigen. Die Ochsen machen das auch. Aber es nützt ihnen nichts.«

Wie aufs Stichwort begannen die Tiere zu stöhnen und zu schreien. »Lass uns verschwinden«, sagte Zack. »Siehst du diese Baumgruppe? Das ist eine Pekanussplantage. Ich reite mit dir um die Wette.«

Ich blinzelte zu der Plantage: Sie war eine Meile entfernt, eine gerade Strecke durch die offene Wüste.

»Gib mir einen Vorsprung.«

»So viel du willst.«

Ich nahm die Zügel kürzer, presste meine Beine an, und Joker startete wie ein beschleunigender Jet. Es war großartig, dazu der Wind, der sang, und der Sand, der in Wirbeln hochspritzte. Ich hörte, wie Zacks Pferd hinter mir herandonnerte, und Joker holte das Letzte aus sich heraus, um die Führung zu halten. Ich stellte mich in die Steigbügel, balancierte in den engen Ringen, lehnte mich nach vorn über seinen Hals und betete, dass ich keinen Steigbügel verlor und stürzte. Mein Pferd schnaubte und keuchte, und wir waren fast an den Bäumen, als ich ihn zügelte, doch Zack raste an mir vorbei in die Plantage, wo er schlitternd zum Stehen kam. Er sprang von seinem Pferd und kam zurück, um mich von meinem zu heben.

»Ich habe gewonnen«, sagte ich.

»Den Teufel hast du.«

»Ich war zuerst bei den Bäumen.«

»Ich war in der Mitte der Plantage, und dort war die Ziellinie.«

»Wer sagt das?«

Er wandte sich um, um die Zügel an einen Baum zu binden, und ich kitzelte ihn von hinten, und wir lachten und kämpften, bis er mich auf den Boden gepresst hatte.

Auf der Rückfahrt nach Phoenix saß ich eingezwängt neben Zack, während er mir von seiner Lieblingsarbeit auf der Maststation erzählte: Rinder auf Lastwagen verladen und neue Kälber in Empfang nehmen.

»Warum?«

»Weil ich allein gearbeitet habe. Sie hatte einen hohen Stellenwert, und ich konnte in meinem eigenen Tempo arbeiten – langsam und gründlich. Das war mein Spitzname. ›Langsam und Gründlich‹.«

»Vorteilhaft für mich.« Ich küsste ihn gerade aufs Ohr und streifte mit den Lippen seinen Hals, als die rote Ampel vor uns umsprang. Lautes Gehupe ertönte. Er legte den ersten Gang ein und erzählte mir, dass sich die Höhe des Verdienstes bei Rindern nach der Anzahl und dem Gewicht richtete. »Es ist also ganz wichtig, genau zu zählen. Oh, Baby …«

Seine Hand langte zu meinem Schoß. »Joe Pintero, er war mein Maestro …«

»Ich erinnere mich.«

»Er brachte mir eine ganz bestimmte Zählweise bei. Du postierst dein Pferd am Gatter, suchst dir einen Punkt aus und heftest deinen Blick darauf. Du schaust weder nach links noch nach rechts.« Er zog den Reißverschluss meiner Jeans auf. »Du bewegst weder deine Arme noch deinen Unterkörper. Wenn du dich ruhig verhältst, wird das Vieh in einem schönen gleichmäßigen Fluss an dir vorbeiziehen.« Er zeigte es mit den Fingern.

»Ja.«

»Jedes Mal, wenn du bei hundert bist, legst du einen Finger um und fängst an, die nächsten Hundert zu zählen.«

»Warum benutzt du nicht diese Zählmaschinen?«

»Die funktionieren nicht. Du kannst ganz leicht den Faden verlieren, wenn du jede Kuh anklickst. Und das Klickgeräusch macht sie nervös.« Er schwenkte auf den Parkplatz der Wooley Suites ein. »Außerdem machen das Cowboys nicht so.«

Bis wir endlich im Motelzimmer waren, fieberten wir vor Erregung. Mittlerweile gab es einen groben Plan jener Stellen, die wir aufsuchten, wenn wir uns liebten, mit gewissen Orientierungspunkten. Der erste war, wenn wir beide darin übereinstimmten, dass es noch nie so gut gewesen war. Zack dachte sich mit Vorliebe neue Möglichkeiten aus, um die Folter auf Touren zu bringen. Er, der anfangs, als ich ihn kennen lernte, noch »nicht wusste, wozu die Klitoris da war«, hatte sich mittlerweile nicht nur Kenntnisse angeeignet, sondern auch das Kommando übernommen. Er konnte mir zum Bewusstsein bringen, dass dieses winzige Gebilde eine Mikrostruktur hatte: Kammlinien und Abhänge, einen Fuß und auch einen verhüllten Gipfel. Er nahm den Fuß zwischen die Finger und drückte sanft zu. Ich war bereit, ihm alles zu geben. »Du kannst mein Königreich haben. Ich gehöre dir.« Und das war der zweite Orientierungspunkt – wenn ich ihm sagte, dass mein Körper ihm gehörte.

»Ja, ich weiß«, sagte er. »Aber wenn du angezogen bist, kann ich meine Immobilie nicht sehen.« Ich begann zu lachen. »Du bist nicht so umgänglich, wenn du angezogen bist.«

Je öfter wir uns liebten, umso empfindlicher wurden unsere Haut, unsere Muskeln und Nerven. Wenn wir anfingen, jagten meine Gedanken noch hin und her, machten sich Sorgen wegen des Drehbuchs, das ich gerade abgeliefert hatte, und wegen der Unterredung mit Sophies Lehrerin, die mir mitteilte, dass sie die

Pflichtlektüre nicht las. Obwohl ich ihnen jeden Abend vorgelesen hatte, lasen meine beiden Kinder äußerst ungern, die Vorstellung, allein mit einem Buch dazusitzen, war ihnen fremd, und das war eine schlimme Enttäuschung für mich. Ich spürte Zacks Berührung, aber sie war wie ein Kratzen an der Tür, und dann sank ich tiefer in den Körper und dachte nicht mehr viel, und dann kam der Moment, an dem ich überhaupt nichts mehr dachte. Die dünne Kette war zerrissen, und das Licht ging aus. Ich liebte diesen Augenblick und sagte, dass wir jetzt gleich abheben würden. »Das ist eine tolle Umschreibung«, sagte er, »abheben.«

Was ging da vor sich? Wie war es möglich, dass ich vom Sex so getrieben, so besessen, so berauscht war? Ich war knapp fünfzig, stand an der Schwelle des Weges, der dahin führte, was die literarischen Größen – Germaine Greer, Simone de Beauvoir, Colette, Tania Blixen – als dritte Phase eines Frauenlebens priesen – die »triumphierend postsexuelle«. Colette hatte körperliche Liebe für ein Virus gehalten, das sie nur mit knapper Not überlebt hatte. Francine du Plessix Gray schrieb, »die Glücklicheren unter uns akzeptieren gelassen, dass wir vielleicht nie wieder als Objekt erotischer Begierde betrachtet werden … dass wir stattdessen tiefer in uns hineinsehen müssen.«

Ich nicht. Ich folgte diesem Weg nicht leichtfüßig, und ich war durcheinander. Ich hatte geglaubt, der beste Sex läge hinter mir. Herrgott nochmal, in den Sechzigern war ich in Berkeley gewesen – mitten im Epizentrum der sexuellen Revolution –, als die Wolllust wie Parfüm in der Luft lag und du sie einatmen konntest und jeder bereit war, sie mit jedem auszuprobieren. Heute, dreißig Jahre später, hat das alles viel mehr Bedeutung, und es stellt sich ein bestürzendes Gefühl von Dankbarkeit ein, wenn du auf der rein körperlichen Ebene ein gutes Pendant findest – die Phantasien sind die Gleichen, der Rhythmus ist der Gleiche, der Geschmack, die Körperchemie und die Ebenen der Begierde verbinden und vermischen sich –, denn du weißt, dass du so jemanden nicht an jeder Ecke findest.

»Ich brauche dich so sehr«, sagte ich heiser.

»Das will ich aber auch hoffen«, sagte Zack.

War ich verrückt oder glücklich? War das feige? Verderbt? Würde es mich ins Verderben hinabziehen? Ich dachte an Geschichten, die ich als Teenager in Zeitschriften wie *True Romance* gelesen hatte, Geschichten über Frauen, die mit dem geheimen Leiden Nymphomanie geschlagen waren und alles täten, nur um »berührt« zu werden. War Sex ein Stoff, mit dem man Missbrauch treiben konnte wie mit Alkohol oder Heroin? Musste ich mich in irgendeiner Kirche mit Fremden treffen, auf Klappstühlen sitzen und sagen: »Hallo, ich bin Sara, und ich bin sexsüchtig?«

Ich sah ihm in die Augen. »Du hast ein Monster erzeugt.«

»Ich reite gerne Monster.«

Das war unser dritter Orientierungspunkt. Wir nannten es »Monsterstadt«, wenn wir es nicht ertragen konnten, getrennt voneinander zu sein, wenn wir in Berührung bleiben mussten. Immer wenn Zack aufstehen und hinausgehen wollte, um zu rauchen, packte ich seinen Arm und warf mich auf ihn, damit er das Bett nicht verlassen konnte.

Als wir uns in den frühen Morgenstunden erlaubten zu kommen, war mir, als ritte ich auf dem Bug eines Schiffes, stiege hoch und krachte nieder wie eine dieser Gallionsfiguren, die sich über das Meer wölbten. Ich hörte, wie Zack durch atemloses Gelächter murmelte: »Das war … riesig.« Wir kuschelten uns zusammen und ließen uns in den Schlaf treiben, aber um fünf war ich wieder wach. Ich konnte nicht still liegen, es war zu erregend, sein Fleisch auch nur zu streifen. Ich dachte daran, ihn zu wecken, aber er schlief so friedlich, dass ich beschloss, bis sieben zu warten, das war angemessen. Ich lag auf dem Bauch, eines seiner Beine zwischen meinen, und es machte mich schon kribbelig, nur so dazuliegen. Ich strich ihm mit der Hand über den Rücken, über das glatte, feste Hinterteil. Es war jetzt halb sieben. Er drehte sich um, und ich glitt nach unten und nahm seinen Schwanz in den Mund. Er rührte sich, war aber noch nicht wach, trieb zur Oberfläche, und dann lächelte er plötzlich. Er stöhnte und öffnete die Augen. »O Baby, ich dachte, ich träume.«

»Du hast nichts dagegen …?«

»Dagegen?«

»Ich warte schon eine Stunde und versuche, mich zu beherrschen.«

»Tu's nicht.«

Gegen neun zog er den Frotteebademantel an, der in jeder Wooley-Suite im Schrank hing, ging barfuß zum Aufenthaltsraum und kam mit einem Tablett zurück, auf dem Orangensaft, Kaffee und mit Puderzucker bestreute Doughnuts standen.

Als wir das nächste Mal aufstanden, war es sechs Uhr abends. Wir mussten uns für die Eröffnungsparty in der Cowboykunst-Ausstellung fertig machen. Ich zog Jeans an, einen violetten Pullover und meine neuen Stiefel von Powell's, dem »popligen Proviantladen«, von dem Zack Pete O'Hara erzählt und zu dem er mich nach dem Ausritt mitgenommen hatte. Zack sagte, Powell's sei »der Brennpunkt von Casa Grande«. Der Besitzer, Dick Powell, ein geselliger und schlauer Geschäftsmann, hatte Zack, als er abgebrannt war und Bargeld brauchte, zahlreiche Stücke zu einem Bruchteil ihres Wertes abgekauft. Dick wollte sie im Moment nicht verkaufen; eines Tages, erklärte er Zack, würden sie etwas wert sein.

Zack hatte mich vor eine Wand mit Stiefeln gestellt, die es in den exotischsten Farben gab und die mit Blumen, Longhornochsen oder sich aufbäumenden und mit den Hufen schlagenden Mustangs dekoriert waren.

»Welche gefallen dir?«

»Ich würde sie nie tragen.«

»Probiere doch mal ein Paar nur so zum Spaß an.«

Ich zog ein Paar grüne Stiefel mit gelben Rosen, die an den Seiten hochkletterten, und flachen Absätzen heraus. Ich steckte meine Jeans in die Stiefel, ging vor dem Spiegel auf und ab, und Zack sagte: »Wenn du die anhast, würde ich dir überallhin folgen.«

Die Cowboykunst-Ausstellung fand in einer Halle auf dem Messegelände statt. Jedes traditionelle Kunsthandwerk war vertreten: Roßhaarknüpfen; Rohlederflechten; Lederpunzen; Sattel- und Stiefelfertigen und Silbergravieren. Zack nahm mich zu dem Schaukasten mit, wo seine Stücke ausgestellt waren. Das Zaumzeug, mit dessen Anfertigung er den letzten Monat zugebracht hatte, war das komplizierteste Modell, an das er sich je gewagt hatte. Er hatte zwölf Rohlederstränge benutzt anstatt der üblichen acht, zu Zickzackmustern geflochtenes weinrotes Leder und prächtige Rosshaarquasten. Er hatte einen Preis von fünfzehnhundert Dollar angesetzt, aber auf dem Schild war kein roter Punkt, der Verkauf bedeutete.

Ich nahm einen der Knoten zwischen die Finger. »Er ist ebenso kompliziert wie etwas aus der Natur – eine Samenhülse oder eine Muschel.« Andere Leute kamen vorbei, schauten, bewunderten und gingen weiter, wenn sie das Preisschild lasen.

Wir wanderten in der Halle umher, sahen uns um und sprachen mit anderen Künstlern, und ich war beeindruckt von den ausgefallenen Ideen dieser Menschen. Cheryl, eine Weberin, die ihre Haare zu Zöpfen geflochten trug, hatte sich selbst beigebracht, wie man Schafe aufzog und schor, die Wolle zu Garn spann und das Garn zu Pferdedecken webte. Umrahmt von großformatigen Fotos ihrer Schafe saß sie an ihrem Spinnrad und führte es gerade einer Gruppe von Kindern vor. »Von denen stammt die Wolle – ich schneide meinen Schafen die Haare.«

Wayne, der aus Kanada gekommen war, hämmerte Silber zu

vielblättrigen Rosenblüten, um damit Sporen, Gürtelschnallen und Zaumzeug zu verzieren. Martin flocht schwarzes Känguruleder – er verwendete nichts anderes. Chris schmiedete und formte Eisen zu Möbeln, wozu er Werkzeuge gebrauchte, die im Steinzeitalter erfunden worden waren. Sie plagten sich allein, hatten wenige oder gar keine Kollegen, und kaum ein Außenstehender begriff, warum ihre Produkte so teuer waren. Das war die Crux – und wie sie es sahen, die Ehrlichkeit – des Handwerks. Die Freude lag im Tun – dem Garnspinnen, dem Schneiden von Rohlederschnüren, dem Übereinanderschichten von hauchdünnem Silber. Für ihre Arbeitszeit konnten sie niemals entschädigt werden. Der Markt gäbe es nicht her, daher mussten sie so wenig wie möglich verlangen und am Hungertuch nagen. Sie fuhren in alten Pick-ups Tausende von Meilen weit, um ihre Arbeiten auf Ausstellungen zu verkaufen, weil Fliegen zu teuer war. Und hier waren die erfolgreichsten Handwerker versammelt, die Elite, die sich eine Stammkundschaft aufgebaut hatten. Diejenigen, die erst versuchten, dieses Niveau zu erreichen, verdienten überhaupt kein Geld.

Zack hatte sich seinen Lebensunterhalt durch Akkordarbeit für Dunnings Custom Tack verdient. Sie hatten ihm ein Dutzend maschinell hergestellter Pferdegeschirre gegeben und ihm aufgetragen, einfache Knoten so zu knüpfen, dass jeder Knoten anders aussah. Mike Dunning war es egal, ob die Knoten gleich aussahen, aber Zack nicht.

»Esst doch später mit uns zu Abend«, wiederholte Wayne, der Silberschmied, immer wieder, und andere forderten uns auch auf, aber Zack machte Ausflüchte. Als wir nach draußen gingen, schüttelte er den Kopf. »Mir ist nicht nach Gesellschaft zumute.«

Es war Silvester, und jedes Lokal, in dem wir essen wollten, war vollkommen ausgebucht. Zack sah stur geradeaus, er fuhr stur geradeaus, bis ich auf ein Restaurant zeigte, wo wir es versuchen sollten. Wir landeten in der Innenstadt im Lone Star Steak House und saßen in einer vinylgedeckten Nische mit Sägemehl auf dem Fußboden. Was ist los, fragte ich immer wieder. Zack schnitt ein paar Stücke Fleisch ab und starrte darauf. »Bis jetzt kann ich auf eine vorbildliche Karriere zurückblicken. Ich habe noch nie etwas auf einer Ausstellung verkauft.«

Ich legte meine Gabel hin. »Deine Arbeit ist wunderbar, aber du arbeitest für einen sehr begrenzten Markt – für Leute, die reich sind, Pferde haben und bereit sind, fünfzehnhundert Dollar für ein Zaumzeug auszugeben.«

Er trank sein Bier.

»Hast du schon mal daran gedacht, Stücke zu fertigen, die marktgerechter wären? Etwas weniger Kunstvolles, das man für zwei- oder dreihundert verkaufen könnte?«

Er seufzte. »Ich war ganz sicher, dass ich dieses Stück verkaufen würde. Ich habe mich darauf verlassen, um meine Rechnungen bezahlen zu können.«

Ich nahm einen Steakbissen und kaute, genoss das verbotene rote Fleisch, die blutigen Säfte. »Wie wäre es mit einem Versuch bei den Galerien und Boutiquen, die auf Westernartikel spezialisiert sind, zum Beispiel in Scottdale …«

Er schob seinen Teller weg. »Lass uns nicht mehr darüber reden.«

Ich signalisierte der Kellnerin, die Rechnung zu bringen, und gab ihr meine Visacard. Wir fuhren schweigend zu den Wooley Suites, parkten und gingen in unser Zimmer. Als wir uns auszuziehen begannen, bemerkte ich meine Uhr, band sie los und legte sie auf den Nachttisch.

»Was machst du da?«, sagte Zack.

»Hm?«

Er wies auf meine Uhr, eine wasserdichte Timex mit einem schwarzen Band. »Du nimmst sie doch nie ab, wenn ich dich nicht darum bitte.«

»Ich habe nicht daran gedacht.«

Er lächelte, zum ersten Mal seit wir die Cowboykunst-Ausstellung verlassen hatten. »Ich habe sie dir weggefickt.«

»Was?«

Er zog mich aufs Bett hinunter. »Ich wollte, dass du sie abnimmst, aber ich wollte nichts sagen.«

»Stimmt das?«

»Ich habe dreieinhalb Tage gebraucht, aber ich hab's geschafft. Ja, Ma'am, vorhin hab ich mich elend gefühlt, aber jetzt bin ich total stolz.«

Ich hatte schon wieder Lust, und ich dachte: Er hält sich nicht zurück. Er hält nichts zurück. Er ist hier bei mir, und es ist mir egal, wie laut die Stimmen in meinem Kopf protestieren mögen. Es spielt keine Rolle, warum ich ausgerechnet ihn unter allen Geschöpfen dieser weiten Welt ausgesucht habe oder was man möglicherweise davon hält. Ich liebe diesen Mann.

Wir bewegten uns gemächlich fort, genossen die Umwege, fuhren mit offenem Verdeck und legten Ruhepausen ein. Doch dann kam der Punkt, an dem wir die Exkurse aufgaben. Zack pumpte auf die Ziellinie zu, und ich wickelte mich um ihn, als er auf den Abgrund zuraste und abhob.

»Ein glückliches neues Jahr«, flüsterte er. Er kuschelte mich an sich. »Lass uns eine Verabredung treffen. Nächstes Jahr werden wir Silvester genauso feiern.«

Ich lächelte und nickte, aber mir war schleierhaft, wie dies noch ein ganzes Jahr so weiterlaufen sollte.

7

An einem windigen Tag im Februar drehten wir eine von mir geschriebene Folge, in der Dr. Quinns zehnjähriger Sohn Brian ein primitives Fluggerät baut und damit in einen Heuhaufen kracht. Wegen des erbarmungslosen Zeitdrucks bei Fernsehserien – wir mussten alle sieben Tage ein neues Skript abliefern – fuhr ich selten zum Drehort, es sei denn, es trat ein Notfall ein oder ich wollte mir eine kritische Szene ansehen. Aber an diesem Morgen hatte mich einer der Aufnahmeleiter ausrufen lassen und gesagt, wegen des Fluggeräts breche ein Krieg aus. Ich fuhr in einem Golfcart nach Malibu Creek hinunter. Burt Campbell, einer der Stuntkoordinatoren, löste sich aus der Gruppe, um sich mit mir auf der unbefestigten Straße zu treffen. Burt war Bodybuilder, dessen Arme vom Oberkörper abstanden und der wie ein aufgeplusterter Pfau einherstolzierte.

»Wo liegt das Problem?«, fragte ich, als ich aus dem Golfwagen stieg.

Burt zeigte mit dem Finger auf mich. »Sie haben's geschrieben. Und ich versuche, das Problem zu lösen.« Er sagte, das Fluggerät sei zu groß. »Wir müssen es um über einen Meter kürzen und um zehn Kilo leichter machen.«

»Beth will es aber groß haben.«

Burt verschränkte die Arme. »Es ist nicht sicher. Es wiegt dreißig Kilo. Der Junge muss damit rennen und es dabei auch noch über seinem Kopf halten. Es ist windig, und aus dem Ding wird ein Trümmerhaufen. Die Leute sagen: ›Hört nicht auf die Stuntmänner‹, aber wir sind der Film. Wir lassen die spannenden Sachen passieren, und wir verstehen unser Handwerk.«

»Dann wollen wir uns das mal ansehen«, sagte ich.

Die Mitwirkenden und die Crew – rund dreihundert Leute – lagerten am Fuß einer steilen Felswand, die über die kleine Bucht hinausragte. Unterhalb des Felsens hatten sie eine Heubodenattrappe gebaut, und daneben stand das Fluggerät, das wie eine Kreuzung aus Ikarusflügeln und einem selbst gebastelten Drachen aussah. Der Flieger hatte drei Meter breite Flügel, die aus gelbem, über Balsaholz gespanntem Gingham gemacht waren, und ein Gurtwerk in der Mitte, in das Brian treten konnte.

Gordon Blue, der Requisitenchef, hielt vor dem Flieger Wache. Er war wütend, weil der Regisseur ihm am Vortag aufgetragen hatte, das Gerät zu kürzen, und dann Beth und ich Einspruch erhoben hatten, weil es zu klein war, weswegen Gordon die ganze Nacht an einer Neukonstruktion gearbeitet hatte, und nun kam dieser verdammte Burt Campbell daher und sagte ihm, dass er es wieder kürzen sollte. Groß, klein, groß, klein.

Der Regisseur, Chip Landau, kam an und umarmte mich. Chip war groß und schlaksig und hatte eine weiße Haarmähne; er hatte schon Hunderte von Stunden fürs Fernsehen gedreht und besaß das Talent des Lebenskünstlers, mit jedem gut auszukommen. »Ich weiß zwar nicht, was ihr für Vorstellungen habt, aber wenn die Sicherheit auf dem Spiel steht, kann ich auch mit einem kleineren Gerät leben.«

»Ich will nur nicht, dass es poplig aussieht«, sagte ich.

Burt zeigte mir, wo er die Flügel gekürzt haben wollte. »Wenn Sie das Beth erklären, wird sie sicher zustimmen.«

Aber Beth hatte die Ranch verlassen, ihre Assistentin fehlte wegen Krankheit, und Beth konnten wir weder im Auto noch zu Hause erreichen.

»Kürzt die Flügel«, sagte ich.

Gordon sagte: »Wenn Beth explodiert …«

»Wird sie nicht.«

»Und wenn doch?«

»Dann nehme ich's auf meine Kappe.«

Er fing an, die Flügel abzusägen. Burt ging hinüber, um den Heuboden zu kontrollieren, eine wackelige Konstruktion, die innen aus leeren, unter dem Heu verborgenen Pappkartons bestand. Burt ließ sich nicht davon abbringen, dass aufeinander gestapelte leere Kartons das Beste waren, um einen Sturz abzufangen.

»Woher wissen Sie, dass der Stapel hoch genug ist?«, fragte ich.

»Wir bauen ihn nach Körpergewicht und Entfernung. Das hier ist ein Fall aus neun Metern, also haben wir acht Kartonstapel.«

»Aber sind Sie da wirklich sicher?«

»Nichts ist sicher, Sara.«

Wir konnten den Sprung nicht proben, weil der Flieger so gebaut war, dass er bei der Landung auseinander brach. Wir hatten nur eine einzige Gelegenheit ihn zu drehen, daher ließ Chip drei Kameras aufstellen, die gleichzeitig aus verschiedenen Blickwinkeln filmen sollten.

»Ruhe bitte«, rief der erste Aufnahmeleiter.

Das abgesägte Fluggerät wurde auf die Felswand hochgehievt, wo ein zwölfjähriger Junge, der so gekleidet war, dass er wie Brian aussah, wartete. Er war schlank, drahtig, der Sohn eines Stuntman. Er stieg in das Gurtwerk.

»Markierung.«

Der Kameraassistent betätigte die Klappe. »Szene dreiundvierzig, die Erste.«

»Kamera läuft.«

»Tempo.«

Chip rief: »Action!«

Der Stuntjunge hievte den zwanzig Kilo schweren Flieger über den Kopf und lief auf die Kliffkante zu, aber die Flügel begannen, gefährlich zu schwanken und zu kippen. Bevor er springen konnte, verlor er das Gleichgewicht, und der Flieger klatschte dumpf zu Boden.

»Schnitt!«, sagte Chip.

»Starker Wind kommt auf«, sagte Burt.

»Niemand rührt sich vom Fleck!«, sagte Chip. »Warten wir, ob er nachlässt.«

Wir standen schweigend da, spürten, wie uns die Windböen ins Gesicht peitschten. Nach zehn Minuten kam Chip herüber und sagte mir, dass wir entweder bald damit fertig sein oder die Aufnahme weglassen und weiterdrehen müssten. Heute war der letzte Drehtag für diese Folge, und in einer Stunde gehe die Sonne unter.

»Wir können den Sprung nicht auslassen«, sagte ich.

»Vielleicht haben wir aber keine andere Wahl.«

»Aber er ist der Höhepunkt der Geschichte.«

»Na ja«, sagte Chip und fuhr sich mit der Hand durch die weißen Haare, »vielleicht kann der Sprung ja stattfinden, ohne auf dem Bildschirm zu erscheinen. Schreib doch einen Dialog, in dem Brian seiner Mutter anschließend davon erzählt. Wie erschrocken er war. Wie gedemütigt.«

»Das ist schwach«, sagte ich.

Er lächelte und zuckte mit den Schultern. »Das hier ist Fernsehen, keine Hirnoperation.«

Der Spruch »Das hier ist keine Hirnoperation« wurde so oft auf allen Ebenen der Branche wiederholt, dass er zu einem Code geworden war. Wenn Text gestrichen wurde, wenn Gewehre nicht feuerten, wenn gute Szenen durch banale, mittelmäßige ersetzt wurden und du für die guten gekämpft hattest und gegen eine Mauer gerannt warst, dann schautest du deine Kollegen an und sagtest: »Schon gut. Schon gut. Das hier ist keine Hirnoperation.«

Mein Handy summte. Es war die Empfangssekretärin im

Wohnwagen. »Dein Freund ruft aus Arizona an. Soll ich ihn durchstellen?«

»Klar.« Ich öffnete meinen Apparat und ging ans Ufer der Bucht.

»Hallo da«, sagte Zack.

»Wo bist du?«

»An meinem Lieblingstelefon, an der Straße, die aus der Stadt führt.«

Ich lächelte. Ich stand neben einer Heubodenattrappe in einer Westernstadtkulisse, und er stand in der Wüste von Arizona umgeben von Rindern und Gänsefuß.

»Will nur meine Buchung fürs Wochenende festlegen. Welche Zeit würde dir passen?«

Ich hatte Geburtstag, und wir planten, fürs Wochenende nach Santa Barbara zu fahren. »Wann du willst. Die Kinder gehen am Samstagmorgen zu Jeff.«

»Wie wär's, wenn ich mich danach einschleiche?«

»Das würde sicher alles erleichtern.«

»Andererseits sollten diese Kinder vielleicht mal wieder mein Gesicht sehen. Wie wär's mit Freitag?«

»Der Wind lässt nach!«, schrie Chip. »Wir drehen.«

»Geht klar. Muss los. Komm am Freitag.« Ich steckte das Telefon in meine Handtasche und rannte auf Chip zu. Burt rief dem Stuntjungen zu: »Bereit?«

»Bereit«, rief er mit schriller Stimme.

»Action«, sagte Chip.

Der Junge hob die gelben Ginghamflügel hoch, rannte schnurstracks auf den Rand zu und sprang. Für den Bruchteil eines Atemzugs schwebte er in der Luft, dann fiel er. Ich packte Chips Arm. Was, wenn er den Heuboden verfehlte? Er würde auf den Felsen aufschlagen und sterben, und ich wäre verantwortlich. Er fiel gerade herunter, genau in den Heuschober, und wir hörten ein widerliches *Puff-Puff-Puff*, als die Pappkartons implodierten.

Die Flügel brachen ab, und der Junge verschwand unter einem Heugestöber. Alles war still.

»O mein Gott …«

»Warte«, sagte Chip.

Nach vielleicht drei Sekunden, die jedoch eine Ewigkeit zu sein schienen, bohrte sich ein kleiner Arm aus dem Heu. Burt langte hinein und zog den Jungen heraus.

Ich brach fast zusammen vor Erleichterung und sank gegen Chip, als die gesamte Crew in Beifall ausbrach.

Zack flog am späten Freitagabend ein. Ich brachte die Kinder zu Bett, ließ sie bei Veronica und fuhr zum Flughafen, aber ich holte ihn nicht am Flugfeld ab, da er gesagt hatte, dass er Gepäck aufgebe. Ich parkte, ging über die Fußgängerbrücke zum Flugsteig und suchte die Menge ab, die auf mich zuströmte. Ich konnte zwar den Stetson nicht ausmachen, aber hektische Aufregung – eine Menschenmenge, die um eine vorwärtsschreitende Person schwirrte und stolperte. Während meiner Arbeit als Reporterin hatte sich Ähnliches abgespielt, wenn Bobby Kennedy oder Muhammad Ali an einem Flughafen eintrafen.

Es war Zack in vollem Ornat: babyblaue Stiefel mit hineingestopften Jeans, ein Gürtel mit einer riesigen Silberschnalle und den Stetson in keckem Winkel über die Stirn gezogen. Über seiner Schulter hing ein Beutel aus goldfarbenem Elchleder, und aus dem Beutel ragten ungefähr hundert Pfauenfedern, deren türkisfarbene Augen und grün schillernde Strahlen hinter ihm herwedelten.

Ich lachte in mich hinein. Ich wurde fünfzig, und das, was da auf mich zukam, kam meinetwegen. Er sah wie ein verdammter Cowboycupido aus.

Ich küsste ihn. »Was ist das?«

»Dein Geburtstagsgeschenk.«

Die Menschenmenge umschwirrte uns immer noch. Eine korpulente Frau fragte Zack: »Sind das Pfauenfedern?«

»Ja, Ma'am.«

Sie wandte sich an ihren Begleiter. »Sind die nicht schön? Hast du schon mal einen Pfau gesehen?«

Zack war trotzdem nervös, nervöser, als ich ihn kannte. »Seit ich zum Flughafen in Phoenix gekommen bin, ziehe ich eine Menschentraube hinter mir her. Ich habe den ganzen Tag damit verbracht, Pappe zurechtzuschneiden und Schachteln zu machen, weil sie eine bestimmte Größe haben müssen, sonst nimmt die Fluggesellschaft sie nicht mit.« Er holte die übergroßen Schachteln vom Gepäckkarussell ab und schleppte sie zum Ausgang, wo der Sicherheitsbeamte an den Gepäckanhängern herumfummelte. »Du bist auch nicht sonderlich geschickt, was«, murmelte Zack vor sich hin.

Bis wir zu Hause waren, hatte er sich allerdings beruhigt. Er zog eine Flasche Dom Perignon aus seinem Matchbeutel. Ich war gerührt und entsetzt. Er hatte kein Bett, er hatte keine Klimaanlage, wenn es fünfzig Grad heiß war, aber er hatte achtzig Dollar für Champagner ausgegeben? »Du hast nur einmal im Jahr Geburtstag«, sagte er.

Er hatte auch einen antiken Armeesattel aus dem Jahre 1910 mitgebracht, den er für eines seiner Stücke eingetauscht hatte und an dem ich mich, wie er sagte, »festhalten« könnte, und einen Ständer, aus verwitterter Eiche gebaut, damit wir den Sattel im Wohnzimmer aufstellen konnten. Mein Haus verwandelte sich ganz entschieden in eine Westernbehausung. Neben der geflochtenen Fliegenklatsche und dem Sattel besaßen wir mittlerweile eine Reihe auf Holz montierter Ochsenhörner, die wir als Garderobe benutzten, und etliche Lampen, die Zack aus seinen alten Stiefeln gebastelt hatte.

Wir gingen ins Schlafzimmer hinauf, Zack öffnete das Elchleder und enthüllte mein Hauptgeschenk. Es war ein Fächer, den er aus den Rippen von Saguarokakteen gemacht hatte und der sich zu einer Spannweite von fast zwei Metern öffnete. Zwischen den Rippen plusterten sich die mit weinrotem Leder zusammengebundenen Pfauenfedern auf. Er war exotisch und sinnlich. Zack befestigte ihn an der Wand über dem Bett, sodass die Federn wie ein lebender Baldachin wippten.

»Er ist hinreißend! Ich liebe ihn. Danke.«

»Erinnerst du dich an Chris? Diesen Highschoollehrer, der Sachen aus Eisen baut? Er hat mich zum Flughafen gefahren und sagte: ›Du bist ganz schön mutig, mit diesem Ding da herumzulaufen.‹« Zack streckte den Fuß aus. »Deswegen habe ich diese Stiefel angezogen. Wenn du Pfauenfedern spazieren tragen willst, musst du auch wie ein Pfau rumstolzieren.«

»Was hat Chris dazu gesagt?«

»Er hält mich für einen Spinner. Er nennt mich ›den Vielflieger‹, der zum Bumsen nach Los Angeles fliegen muss. Chris sagt, er würde zum Bumsen meistens nicht mal durchs Wohnzimmer gehen.«

Er legte eine Kassette ein, die er mitgebracht hatte, George Strait mit dem Lied »All My Ex's Live in Texas«. Er packte mich, und wir wirbelten im Twostepp durchs Schlafzimmer. Einige Zeit später – Minuten? Stunden? – hatten wir den Dom Perignon geleert und liebten uns gerade unter den zwinkernden Augen der Pfauenfedern, als ich ein Geräusch hörte, ein Klappern.

»Was ist das?«

»Nichts.« Zack war auf der Flugroute.

Zwischen der Diele und meinem Schlafzimmer gab es zwei Türen, und beide hatten in die Griffe eingebaute Schnappschlösser.

»Hast du die Türen abgeschlossen?«, sagte ich.

»Ja.«

»Bestimmt?«

»Mm.« Er setzte zum Anflug an. Ich hörte ein Klicken an der äußeren Tür. »Oh, Schatz …« Ich konnte spüren, wie sein Körper wogte, brummte, Sekunden entfernt, und dann flog die innere Tür auf. Wir rissen die Köpfe zur Seite – es war Gabriel.

Schock, Faszination und dann Triumph zuckten über das Gesicht meines Sohnes. Schock, Entsetzen und Beschämung durchzuckten mich. Einen endlosen Augenblick lang sah er uns an, und wir sahen ihn an. »Raus«, schrie Zack, »raus hier!«

Gabriel knallte die Tür zu und lief die Diele hinunter. Ich griff nach einem Bademantel, zog ihn an und marschierte über den Teppich hinter ihm her. Gabriel huschte in sein Zimmer und versuchte, die Tür zu schließen, aber ich stieß sie auf.

»Was wolltest du?«

»Ich war krank, Mom.«

»Krank?«

»Ich habe mich übergeben.«

Er nickte zum Badezimmer hinüber. Er sah nicht krank aus, aber was, wenn er doch krank war?

»Hast du Fieber?« Ich streckte die Hand aus, um seine Stirn zu berühren, aber er zuckte vor mir zurück.

»Du hättest anklopfen sollen«, sagte ich.

»Habe ich ja, aber du hast es nicht gehört. Du hast so viel Krach gemacht. Du hast gestöhnt und geschrien. Ich dachte, du wärst verletzt. Ehrlich!« Er bemühte sich, selbstgerecht auszusehen, aber aus seinen Augen sprach nur selbstgefällige Schadenfreude.

»Mein Schlafzimmer ist privat. Genau wie deines. Das weißt du. Wenn die Tür geschlossen ist und ich nicht antworte, dann hast du nicht hereinzukommen.«

»Mein Gott, Mom, ich war krank! Interessiert dich das nicht? Nein, tut es nicht. Ich hätte in Ohnmacht fallen können, und es hätte dich nicht interessiert. Ist ja auch egal, gute Nacht!« Er ging zum Bett, warf sich darauf, drehte sich auf die Seite und zog das Deckbett über den Kopf.

Am nächsten Morgen, als ich aufwachte, hatte sich Zack schon angezogen und das Schlafzimmer verlassen. Ich ging zum Fenster und sah ihn im Garten, wo er zusammen mit Sophie den Sattelständer zusammenbaute. Er hatte sie für das Projekt geködert, indem er sie seinen Elektrobohrer benutzen ließ. Sie kniete auf dem Rasen, vollkommen darin vertieft, Schrauben mit dem Bohrgerät anzuziehen, während Zack die Holzteile festhielt. Der Anblick stimmte mich froh, aber eine Stunde später, als ich sie zu Rührei und Brötchen ins Haus rief, schob Sophie absichtlich ihren Stuhl von Zacks Stuhl fort. Als ich mich zum Herd umdrehte, tat sie so, als übergäbe sie sich auf seinen Teller. Gabriel trampelte die Treppe herunter, aber anstatt sich an den Tisch zu setzen, ging er zum Gefrierschrank und öffnete ihn.

»Wie geht's dir?«

Er zuckte mit den Schultern und holte einen Snickers-Eiscremeriegel heraus.

»Nicht morgens, Gabriel.«

»Komm schon, Mom, heute ist Samstag.«

»Nicht morgens.«

»Immer hast du all diese blöden Regeln.«

»Du warst krank, richtig? Iss etwas Toast. Ich mache dir Tee.«

»Kann ich jetzt zu Dad?«

»Nach dem Frühstück.«

»Ich hasse es hier. Ich hasse dich!« Er warf den Eiscremeriegel in den Gefrierschrank zurück und knallte die Tür zu.

Zack sagte: »Mein Sohn, das ist nicht in Ordnung. Eines Tages wirst du einsehen, wie viel Glück du hast –«

»Ich bin nicht dein Sohn.«

»Das ist auch verdammt gut so. Sonst würde ich dich nämlich für solche Reden auspeitschen.«

»Halt die Klappe, du Bauer.«

»Gabriel!«, sagte ich.

Aber er hatte sich schon sein Skateboard geschnappt und lief zur Tür hinaus. Sophie saß jetzt wie ein Engel da und nahm damenhafte Häppchen von ihrem Rührei. Als ich sie bat, den Tisch abzuräumen, was sie sonst nie ohne Murren tat, sagte sie: »Sehr gern, Mutter.«

Sobald wir aufgeräumt hatten, fuhr ich sie zu Jeff, parkte in der Einfahrt und öffnete die Hecktür, um ihnen beim Ausladen ihrer Taschen zu helfen. Butterball sprang aus dem Wagen und lief schnurstracks auf Jeffs Haustür zu. Er war ein Gemeinsames-Sorgerecht-Kater und wusste, wie die Sache abläuft. Gabriel kam um die Wagenseite herum und blieb stehen. »Tut mir Leid, Mom, dass ich so einen Quatsch gesagt habe. Ich hab's nicht so gemeint.« Er beugte sich vor und küsste mich auf die Wange. »Herzlichen Glückwunsch zum Geburtstag.«

»Danke.«

Sophie sagte: »Wir waren doch erst letztes Wochenende bei Dad.«

»Dein Dad und ich haben getauscht, weißt du noch?«

»Damit du mit Zack wegfahren kannst?«

»Ihr werdet mit mir am nächsten und am übernächsten Wochenende zusammen sein.«

»Aber ich möchte dieses Wochenende bei dir sein, an deinem Geburtstag. Du hast mich nicht einmal gefragt. Du und Dad, ihr plant, was ihr wollt, und das ist mir gegenüber nicht fair.«

»Du hast Recht, es ist nicht fair. Aber diese Entscheidung wird nun mal von den Erwachsenen getroffen.«

»Ich hasse dieses Hin und Her.« Sie ließ ihren Matchbeutel fallen und trat nach ihm. »Ich weiß zum Beispiel nicht, wo meine schwarzen Schuhe gerade sind. Ich kann Butterball nicht finden, wenn es Zeit zum Losfahren ist. Meine Freundinnen rufen in dem einen Haus an, wenn ich gerade im anderen bin, und deswegen verpasse ich eine Menge. Du hast das ja nie machen müssen, Mom. Du weißt nicht, wie das ist.«

Ich beugte mich hinunter, sodass ich in Augenhöhe mit ihr war.

»Sophie, ich weiß, wie schwer das ist. Es ist ja auch für mich schwer. Ich vermisse dich schrecklich, wenn du weg bist. Ich vermisse es, dich lachen zu hören und dich durch den Garten tanzen zu sehen, während Butterball hinter dir herjagt. Ich wünschte, ich könnte dich die ganze Zeit bei mir haben. Ich wünschte, du müsstest nicht hin- und herziehen. Aber es ist nun mal ganz anders gekommen, und wir müssen das Beste daraus machen.«

Jeff kam aus dem Haus. Sie legte die Arme um mich und hielt mich fest.

»Sophie«, sagte ich sanft, »es ist Zeit zu gehen.«

Sie schüttelte den Kopf und klammerte sich an mich.

Jeff begann, ihre Hände zu lockern. »Nun, komm schon, Sophie.«

»Nein, Mom!«

Er führte sie zum Haus, und sie fing zu weinen an. »Setz dich einfach in den Wagen und fahre los!«, rief er. »Das gibt sich schon wieder.«

»Diese Kinder nehmen dich ganz schön in die Mangel«, sagte Zack. Wir fuhren auf dem Pacific Coast Highway nach Norden, und ich hatte gerade über das Autotelefon Jeff angerufen, der mir sagte, dass Sophie zu weinen aufgehört hätte, sobald ich weg war.

»Hast du schon mal daran gedacht, vor Gericht zu gehen?«, sagte Zack. »Das Mädchen ist nicht glücklich.«

»Vor Gericht zu gehen ist für alle brutal.« Ich seufzte. »Und so gerne ich Sophie auch bei mir hätte, weiß ich, dass es in ihrem Interesse ist … sie muss mit Jeff ins Reine kommen, oder sie wird für den Rest des Lebens versuchen, mit Männern ins Reine zu kommen.«

Er legte die Hand auf mein Bein und tätschelte es. »Du bist eine tolle Mom.«

»Ich habe ein ungutes Gefühl dabei.«

»Ich meine es ernst. Du spornst deine Kinder an, du widmest

ihnen jede Menge Aufmerksamkeit, du bietest ihnen alle möglichen Chancen.«

»Ich bin schuld an diesem … schizoiden Leben. In den Ferien zünden sie zwei Reihen Kerzen für Chanukka an und verbringen zwei zusätzliche Tage damit, Kürbisse für Halloween zu schnitzen. Und erst die Geburtstage! Sophie geht an zwei Abenden hintereinander mit zwei verschiedenen Elternteilen ins Benihana und bekommt zwei Polaroidfotos, aufgenommen von einer Kellnerin, die »Happy Birthday« auf Japanisch singt. Gabriel will uns alle zusammen haben, daher nehmen wir verkrampft das Abendessen bei Madame Wu ein, wo Gabriel Rindfleisch isst und kaum von seinem Teller aufschaut, während Jeff, Rose und ich lächeln und über Geschäftliches reden.«

»Wir lassen das alles einfach auf dem Highway hinter uns, okay? Wir lassen uns nicht die Laune verderben. Wir machen Urlaub. Diese ganzen Probleme werden noch genauso da sein, wenn wir zurückkommen, und dann können wir uns immer noch darüber Sorgen machen, wenn du willst.«

Ich rutschte dicht an ihn heran.

Wir mieteten uns im Miramar Hotel ein, einem meiner Lieblingshotels an der kalifornischen Küste. Das Miramar liegt in Montecito an einem unvergleichlichen Strand mit feinem, weißem Sand, luxuriös, privilegiert. Aber das Hotel war schon seit so vielen Jahren nicht mehr renoviert worden, dass es wie eine alternde Schönheit wirkte, die zu verwahrlosen begann. Blauweiße Bungalows, durch Wege verbunden, die sich um Palmen, rote Hibiskussträucher und Schwimmbäder schlängeln, eingebettet in künstlichen Rasen. Die Bettwäsche in den Zimmern ist zerschlissen, und die Badezimmer haben winzige Waschbecken, die auf vier Metallbeinen stehen. Mitten durch das Gelände führen Eisenbahngleise, und zu bestimmten Zeiten rattert der Amtrak Coast Starlight direkt an den Bungalows vorbei. Am Strand gibt es allerdings eine

Reihe von Zimmern, die über den Ozean hinausragen, als sei man auf einem Schiff, und eines davon mit einem privaten Sonnendeck hatte ich reserviert.

Zack war begeistert. Wir zogen uns aus und standen am Geländer, schauten den Wellen zu und spürten die Salzluft auf unserer Haut. Er drehte sich zu mir um, der Wind blies ihm die dunklen Locken aus dem Gesicht. »Normalerweise ist mir kalt, aber das hier ist keine Kälte, das ist Leben!«

Während der beiden folgenden Tage wanderten wir zwischen Sonnendeck und Bett hin und her, ließen die Schiebetüren offen, damit wir hören konnten, wie sich die Brandung sammelte, aufwogte und – *wumm!* – überschlug. Wir bestellten Hamburger beim Zimmerservice und kauften Süßigkeiten im Souvenirladen, für Zack Erdnüsse von M&M und für mich Snickers und Reese's Pieces. Wir dösten und erwachten, und die Sonne ging auf, oder ging sie unter? Das Zimmer war wie eine abgeschottete Welt hochgespannter Gefühle, und die Menschen draußen auf dem Sand – die Soda tranken, Frisbee warfen, Radio hörten – schienen auf einem anderen Niveau zu leben, das seicht und langweilig war.

Wie war das möglich, dachte ich. Wie konnten zwei erwachsene Menschen eine Beziehung auf Sex aufbauen? Eine meiner Freundinnen in New York hatte mir erzählt: »Sex ist für mich nur ein vorübergehender Zeitvertreib, danach möchte ich mich mit anderen Dingen beschäftigen.« Mit welchen Dingen? Ich kenne nur wenige Augenblicke im Leben, in denen wir uns so wohl fühlen – wenn du wie im Rausch auf Skiern eine Senke mit fest gewordenem Pulverschnee hinunterfährst oder am Schreibtisch sitzt, und die Worte sprudeln nur so heraus, und du möchtest auf die Knie fallen und gen Himmel schauen und sagen: Danke. Oder dieser seltene Augenblick mit deinen Kindern, wenn eitel Harmonie herrscht und du ihre vollkommenen Hände, Wangen und einzigartigen Persönlichkeiten anstarrst und ganz ehrfürchtig bist.

»Aber worüber unterhaltet ihr euch denn?«, fragte meine Freundin aus New York. Wir unterhielten uns nicht über Bücher, Geschichte, Politik. Wir unterhielten uns über Menschen, Kinder, Tiere und die Natur des Menschen. Zack erzählte mir von seiner Vergangenheit: Er war nicht zum Cowboy erzogen worden. Sein Vater war Bautechniker, der seine Familie zu jeder neuen Arbeitsstelle überall im Süden mitnahm: Spartanburg, South Carolina; Mobile, Alabama; De Queen, Arkansas. Als Zack neun war, brachte ihm sein Vater einen Baukasten mit, und Zack brachte Wochen damit zu, komplizierte, motorgetriebene Riesenräder zu bauen. »Mein Dad meinte, ich wäre ein Wunderkind und würde einmal der beste Ingenieur der Welt«, sagte Zack. Doch mit siebzehn trat er in die Marine ein, heiratete und zog mit seiner Frau nach Südarizona, wo er, nachdem er den Leuten auf jeder Ranch im Pinal County den Nerv getötet hatte, eingestellt und zum Arbeiter ausgebildet wurde. »Meine Eltern sprachen nicht mehr mit mir«, sagte Zack. Er hatte etwas begangen, was in vielen Kreisen unverzeihlich ist – er war gesellschaftlich abgestiegen. »Mein Vater hat mir nie verziehen.«

Wir sahen zu, wie sich die Sonne blutrot färbte, als sie in den Ozean sank, und die Luft frisch wurde. Ich stieg aus dem Bett und zog eines von Zacks Hemden an. Ich wühlte in meiner Tasche nach ein paar Weintrauben und Zacks Erdnüssen von M&M. Zack ging aufs Deck hinaus, um zu rauchen, und als er zurückkam, hatte er ein rotes Seidentuch um den Hals.

»Was ist das?«

Er streifte das Halstuch ab. »Das habe ich bei einer Tauschbörse gefunden. Ich liebe Seide.«

Er setzte sich aufs Bett. »Weißt du, wie man einen doppelten Schleifenknoten bindet?«

»Nein.«

»Es ist ein Vorhandknoten. Du beginnst mit einer Schlaufe in der Mitte, dann ziehst du beide Enden durch die Schlaufe, und es entsteht eine doppelte Schleife.« Ich sah zu, wie er die Seide faltete und band, und dachte an meinen Vater, einen Buchhalter, der die Welt nur in Form von Zahlen betrachtet hatte. Bis kurz vor seinem Tod konnte sich mein Vater an jede Zahl erinnern, die er einmal gesehen oder gehört hatte. Das ganze Leben, hatte er zu mir gesagt, konnte in Form von Zahlenverhältnissen erklärt werden – Reihen, Ketten und Intervalle, die sich ins Unendliche hinaufschraubten. Zack, dachte ich, betrachtet die Welt in Form von Knoten.

»Das Schöne an der Doppelschleife ist, dass du sie groß oder klein machen kannst …« Er formte, was wie eine große Schleife mit zwei schlaffen Schlaufen aussah. »Steck deine Hände mal durch die Schlaufen.« Ich tat es, und mit einem Ruck zog er an der Seide. Die Schlaufen zogen sich eng um meine Handgelenke und banden sie zusammen. Ich war schockiert.

»Siehst du, mit einem einzigen Ruck wird aus der Doppelschleife ein Handfesselknoten. Du wurdest soeben gefesselt, Baby.«

Er hob meine Arme über den Kopf und befestigte das andere Ende des Seidentuches an einer Öffnung in dem hölzernen Kopfteil. Er musste darüber nachgedacht, es vorbereitet haben, und ich hatte nichts bemerkt. »Normalerweise nehmen sie Rohleder für die Fesseln anstatt diesen hübschen Seidenstoff. Sie machen das Rohleder nass, und wenn es trocknet, können deine Hände auf keinen Fall mehr herausrutschen.«

Ich sah ihm in die Augen. Ich wusste, dass er mir nicht wehtun würde, aber angebunden und unbeweglich zu sein war angsterregend. Ich war überrascht, wie urwüchsig diese Angst war – ich war gefesselt, hilflos. Er kam näher und brachte sein Gesicht nahe an meines. »Ich bin dein Mann. Derjenige, der dich liebt. Nun wollen wir mal sehen, wie sehr du mir vertraust.«

»Ich will das nicht!«

Er strich mit der Hand über meinen Leib, und ich war nervös, schwitzte. Er ging zu seiner Tasche und zog ein schwarzes Tuch mit kleinen roten Rosen heraus. »Ist schon was Komisches mit den Sinnen«, sagte er. »Wenn ein Sinn beeinträchtigt ist, springen die anderen ein. Sie werden stärker.« Er verband mir mit dem Seidentuch die Augen.

Ich war erschrocken, erregt, das war zu viel, nein, in Ordnung. Ich konnte sein Gesicht nicht sehen, konnte nicht sehen, was er tat.

»Du bist immer schnell bereit mitzuhelfen«, sagte er. »Aber heute Nacht wirst du angeknabbert und hast keine Chance, zurückzuknabbern. Kannst du eine Nacht durchstehen, ohne mitzuhelfen?«

Nein, das konnte ich nicht. Zack wollte immer, dass ich still liege, während er mich küsste und erregte, und ich genoss es, aber es beunruhigte mich auch. »Das ist nicht gerecht«, protestierte ich dann, »gib mir Gelegenheit, mich für das Vergnügen zu revanchieren.«

»Das tust du ja«, sagte er, »indem ich das für dich tun darf. Mein Schwanz wird davon hart.«

»Ich habe das Gefühl, dass ich besser dabei wegkomme.«

»So soll es ja auch sein.«

Manchmal bestand ich darauf, die Stellungen zu wechseln und die Führung zu übernehmen, aber an diesem Abend mit an den Kopfteil gefesselten Händen konnte ich mich nicht revanchieren. Ich musste passiv sein, was eine Herausforderung war – nahezu unmöglich. Ich habe immer eine Meinung, eine Vorliebe, einen Wunsch. So gut wie nie schließe ich mich einfach der Gruppe an. Und trotzdem sehnte ich mich danach, passiv zu sein. Ich hatte gelesen, dass Leute, die durch Sadomasochismus erregt werden, Wert darauf legen, vollkommen bewegungsunfähig zu sein. Sie sagen, dass dies schneller zur Hingabe oder zum Trauma führt, und ich konnte die beiden wie Wechselströme spüren: Unterwerfung und Panik. Er erregte mich bis zum Höhepunkt, dann peitschte die Angst durch meinen Körper, und dann gab ich auf. Ich hatte die

Welle erwischt. Sie hob mich hoch, trug mich. Ich hatte keine Macht mehr über mich, und ich wollte sie auch nicht mehr. Ich spürte, wie er einen Finger in mir ruhen ließ, und nach und nach erwärmte sich die Haut. Der ganze Bereich begann zu pulsieren. Nerven fingen Feuer, die vorher nicht Feuer gefangen hatten.

»Was tust du da?«, fragte ich.

»Da ist diese kleine Vertiefung, genau hier …«

Ich sprang fast vom Bett herunter. Seine andere Hand lag auf diesem Punkt, und die Empfindung kam aus allen Richtungen. Es war ein vierstimmiger Satz, quadrophonisch, nach allen Richtungen ausstrahlend, Dolby Surround Sound, und ich meinte ohnmächtig zu werden.

Das Bett begann zu beben. War ich das, mein Zustand? Nein. Das ganze Zimmer erzitterte. Ich hörte Gegenstände auf dem Schreibtisch klirren. Ein lauter, schriller Pfiff ertönte.

»Was, verdammt nochmal!«, sagte Zack. Ich spürte, wie er vom Bett herunter auf die Füße sprang.

Das Zimmer vibrierte jetzt. »Das ist der Zug«, sagte ich.

»Welcher Zug?«

»Wir haben doch die Gleise gesehen, erinnerst du dich?«

Ein hohes Klingeling ertönte zusammen mit den Pfiffen und dem Rumpeln. Ich brach in Gelächter aus. Er riss mir die Binde von den Augen. Er sah angespannt aus, männlich nackt.

»Wie oft kommt das vor?«, sagte er.

»Zwei- oder dreimal am Tag. Wann immer ich mit den Kindern herkomme, gehen wir nach draußen und legen Münzen auf die Gleise, bevor der Zug kommt. Das ist ein Ritual – alle Gäste tun das. Wenn er dann weg ist, suchen wir nach den Münzen, die ganz flach geworden sind –«

»Ich habe eine bessere Idee.« Zack drang in mich ein, während meine Hände immer noch mit Seide an das Kopfteil gebunden waren und das Zimmer immer noch von der Brandung auf der einen Seite und dem an uns vorbeibrausenden Zug auf der anderen Seite bebte. Es war komisch und grotesk und »verdammt erregend«, wie Zack sagte. Ich fing an, wie ein Nebelhorn zu stöhnen. Wir kamen, während das Bett vibrierte und der Ozean toste und der Zug auf seinem Weg in den Norden nach San Francisco klingelingte.

Er band mich los und ließ sich auf den Rücken fallen. »Hast du das arrangiert?«

»Nein.«

»Doch. Du hast den Zeitpunkt perfekt gewählt.«

»Wie sollte ich –«

»Wenn du so weitermachst, werde ich dich mein ganzes Leben lang lieben.«

»Moment mal. Schwörst du da gerade ewige Liebe? Ja! Es hat acht Monate gedauert, aber ich habe dich so weit gekriegt.«

Er zog mich an sich, und wir kuschelten uns aneinander, den Blick auf den Ozean gerichtet. »Ich weiß nur, dass ich rauskriegen will, wie wir mehr Zeit miteinander verbringen können«, sagte er. »Ich möchte vorankommen. Es wird Zeit, sich in einem tiefen Sessel niederzulassen und zum Gatter zu nicken, dass es geöffnet wird. Bist du dazu bereit?«

Ich dachte an die Kinder. Ich hatte ständig Gabriels Gesicht vor Augen, als er in das Zimmer platzte und zum Bett gewandt dastand, die Augen brennend vor Erstaunen. »Die Kinder –«

»Wenn ich öfter da bin, dann müssen sie rauskriegen, wie sie mit mir klarkommen.«

Ich sagte nichts.

»Was denkst du?«

»Du hast mich von meiner besten Seite erlebt. Du hast ja keine Ahnung … wie heikel ich sein kann.«

»Doch, das ist mir klar. Ich habe mich ja auch gewaltig angestrengt, um Eindruck bei dir zu schinden.« Er strich mir die Haare hinter die Ohren zurück. »Ich werde dich auch an deinem schlechtesten Tag nehmen.«

Er lächelte, schaute mir in die Augen, aber die Worte erreichten mich nicht. Ich konnte nicht hören, was er sagte. Ich dachte, er meinte, dass er mich auch durch den schlechtesten Tag, den ich jemals hätte, bringen würde. Und dann, wie bei einer Spätzündung, verstand ich.

Am nächsten Tag regnete es, und das Meer wurde grau und düster. Ich bezahlte unsere Rechnung, überprüfte die Beträge und bestätigte den Empfang, während Zack hinter mir stand und wegschaute. »Es macht mich wahnsinnig, wie viel du ausgibst«, sagte er. Ich war der Meinung gewesen, das Miramar wäre preiswert – $ 150 pro Nacht für ein Zimmer direkt am Meer.

Der Verkehr war fürchterlich; der Regen trommelte unaufhörlich, und die Autos krochen dahin. Wir rutschten unruhig auf unseren Sitzen hin und her. Zack kramte durch die Kassetten. »Dwight Yoakam?«

»Wenn du willst.«

Er lenkte den Wagen auf eine andere Spur, und im gleichen Moment kam die Autoschlange auf der neuen Spur zum Stehen. »Na, hattest du einen schönen Geburtstag?«

»Ich bin erleichtert, dass er vorüber ist. Schon in den letzten paar Jahren habe ich mit Schrecken daran gedacht. Ich habe ständig geübt, die Zahl zu sagen.«

Er legte mir die Hand auf den Oberschenkel. »Du siehst gut aus, Schatz.«

Ich wandte das Gesicht zum Meer. Es spielte keine Rolle, wie gut ich aussah, wie fit ich war oder wie wenig Falten ich um die Augen hatte. Ich war fünfzig. Wie immer man es auch betrachtete, ich war nicht mehr »jung«, und es gab kein Entrinnen vor dem Blick zurück, dem Gewichten und der Bestandsaufnahme, dem Blick nach vorn – wohin? »Ich fühle mich geliebt und geachtet, außer vielleicht von meinen Kindern.«

»Die werden schon zur Vernunft kommen.«

»Wir hatten eigentlich ein paar schöne Momente. Bevor du ankamst, haben sie mir einen selbst gebackenen Zitronenkuchen mit Schokoladenguss geschenkt. Den esse ich am liebsten, aber sie wollten unbedingt fünfzig Kerzen darauf stecken. Es hat ganz ordentlich gelodert.«

»Ich wette, dass dein Sohn das Streichholz angezündet hat.«

»Viele.« Ich trank einen Schluck Preiselbeersaft. »Sophie hat ein besonderes Konzert für mich aufgelegt und sich einen Tanz zu ›Good Vibrations‹ ausgedacht.«

»Klingt amüsant.«

»War es auch. Gabriel hat mir eine Skulptur geschenkt – er muss wochenlang in der Schule, im Kunstunterricht, daran gearbeitet haben.«

»Was für eine Skulptur?«

Ich sah ihn an und überlegte, ob ich weitererzählen sollte. »Es sind zwei schwarze, aus Pappmaché hergestellte Schwäne, auf einem See aus einer Spiegelscherbe. Sie schwimmen zusammengesteckt hintereinander her.« Ich trank noch einen Schluck Saft. »Zuerst dachte ich, dass ich und du damit gemeint wären, aber Gabriel sagte nein, ich und er.«

Zack bremste scharf und murmelte vor sich hin. Als ich fragte, was er gesagt habe, schüttelte er den Kopf. »Lass uns einen Moment zur Seite fahren.« Er schwenkte nach rechts und hielt den Wagen in einer Parkbucht neben dem Point Mugu an, einem riesigen kahlen Felsen, der gefährlich nah am Klippenrand stand. Der Regen hatte nachgelassen, und er lehnte an der Haube des Kombis und zündete sich eine Kool an. Ich ging auf und ab und trat angelegentlich nach dem Sand.

»Hast du schon mal versucht, damit aufzuhören?«, fragte ich.

»Sehr oft. Im Moment versuche ich's nicht, weil ich nicht gerne versage.«

Ich nickte. Ich verstand das – in dieser Sache würde Zureden wenig helfen. Ich hatte meine eigene Sucht, nämlich zu viel zu essen. Ich konnte nichts auf einem Teller liegen lassen und befand mich ständig in einem Fasten-Schlemmen-Kreislauf. Ich aß Hähnchenbrust ohne Haut, gedämpftes Gemüse und mit wenig Öl angemachten Salat, bis es mir zum Halse heraushing, und dann aß ich Avokadopüree, Chips und Kuchen und anschließend wieder Hähnchen ohne Haut. Wenn Zack sagte: »Du hast einen so wunderschönen Körper«, zuckte ich zusammen. »Ist dir eigentlich klar«, sagte ich, »dass ich sechs Pfund zugenommen habe, seit wir uns kennen?«

»Ist dir eigentlich klar«, sagte er, »dass mir das scheißegal ist?«

Zack drückte die Kool mit dem Stiefel aus. »Ich glaube nicht, dass ich lange lebe. Wenn ich sechzig bin, werde ich in einem jämmerlichen Zustand sein.«

Wir stiegen wieder in den Wagen und schoben uns langsam in die schneckenähnliche Prozession auf dem Highway. »Wirst du deinen Geburtstag morgen bei der Arbeit feiern?«

»Das haben wir schon am Freitag getan. Alle Autoren haben mich zum Mittagessen eingeladen. Beth hat mir einen Rock und einen Pullover aus meinem Lieblingsladen in Montana geschenkt. Von Josef habe ich eine Neuausgabe der Tagebücher von Anne Frank bekommen.«

»Wer?«

»Anne Frank.« Ich hielt inne. »Du weißt doch, wer Anne Frank ist, oder?«

»Was hat sie gemacht?«

Ich schaute aus dem Fenster auf den Nebel, der sich über dem Wasser ausbreitete und alles verdeckte. Wie war es möglich, dass er noch nie von Anne Frank gehört hatte? Ihre Tagebücher waren in siebenundzwanzig Sprachen übersetzt, zu einem Theaterstück, das den Pulitzerpreis gewonnen hatte, und zu einem Film verarbeitet worden. Meine Kinder hatten sie in der Schule gelesen.

»Hast du schon mal vom Holocaust gehört?«

Er schaltete den Blinker ein und sah in den Rückspiegel. »Wenn du einen deinesgleichen, einen Kollegen willst, dann schlage ich vor, dass du dich woanders umsiehst.«

Er fuhr auf die linke Spur, und ich stellte das Radio an und versuchte einen Sender zu finden, der ohne atmosphärische Störungen zu hören war. Ich lehnte mich zurück und schloss die Augen.

Ich musste gedöst haben, denn als ich die Augen öffnete, waren wir in Malibu. Wir hielten zum Abendessen bei Carlos 'n' Pepe's an, wo die Bar gerammelt voll war und Salsamusik dröhnte. Ich fragte die Kellnerin, ob wir einen ruhigeren Tisch abseits der Lautsprecher haben könnten, aber sie sagte, dass sie keinen anderen Tisch frei habe. Ich fragte, ob man die Lautstärke leiser stellen könnte. Sie zuckte mit den Schultern. »Mal sehen.«

Zack lächelte mich an.

»Was ist?«

»Ich mag es, dir zuzuschauen.«

»Ich mag es nicht, wenn man mir zuschaut.«

Er öffnete ein Päckchen Zucker und rührte ihn in seinen Kaffee. Warum tat ich das? Er lief auf Zehenspitzen um mich herum, und je länger er auf Zehenspitzen herumlief, umso gemeiner wurde ich. Wir aßen schweigend unsere Burritos, und ich bezahlte die Rechnung, während er auf die Herrentoilette ging. Es würde immer so sein. Solange wir bei mir zu Hause blieben, trat das Problem nicht auf, sobald wir uns jedoch hinauswagten, bezahlte ich alles und fühlte mich unwohl, oder Zack bot an zu bezahlen, und ich hatte ein schlechtes Gewissen, weil er doch so wenig besaß.

Es regnete in Strömen, als wir wieder in den Wagen stiegen, und der Verkehr kam zum Erliegen.

»Hier habe ich mich wohl selbst übertroffen«, sagte Zack.

»Ich hätte mit dem Verkehr rechnen müssen. Sonntagabend.«

»Ich habe darüber nachgedacht, mir einen Job zu suchen.« Er zog das rote Tuch aus der Tasche und wischte die beschlagene Windschutzscheibe ab. »Ich muss wieder mit Pferden arbeiten, damit ich dir etwas beibringen, etwas mitbringen kann. Etwas anderes als Sex.«

Bis wir in meine Garage fuhren, hatten wir fast fünf Stunden gegen den Regen, den Nebel und sture Autoschlangen angekämpft. Ich duschte, und als ich ins Bett kam, war Zack eingeschlafen. Er hatte eine unruhige Nacht. »Los jetzt! *Andale!*«, schrie er und weckte mich damit auf. »Gib mir das Ding!«

»Welches Ding?«

Er antwortete nicht. Ich beugte mich hinüber, um ihm ins Gesicht zu sehen, aber er schlief fest.

Als mich der Wecker um acht weckte, war er weg. Ich hatte ihm am Abend zuvor zwanzig Dollar in die Hemdtasche gesteckt, und er war mit dem Taxi zum Flughafen gefahren.

8

Am Abend der Verleihung der Golden-Globe-Preise holte mich Josef Anderson, mein Produzentenkollege, in einer Limousine ab. Wir standen vor der schwarzen Karosse mit getönten Scheiben, während Gabriel und Sophie hineinkletterten, Colas aus der Bar tranken, Schokoladenbonbons aus einer Schale aßen und das Fernsehen einschalteten. »Im Kühlschrank ist Champagner«, sagte Josef. »Wir können ihn unterwegs trinken. Noch besser, wir machen ihn gleich auf.«

Er langte hinein, um die Flasche herauszuholen. Josefs Vorfahren waren über Arkansas aus Schottland gekommen, und er war hoch gewachsen, bärtig, männlich, mit einem Anflug von Schalk im Blick.

Sophie rollte ihr Fenster herunter und sah zu, wie Josef den Champagner entkorkte. »Wirst du mit Zack Schluss machen und ihn zum Freund nehmen?«

»Josef ist verheiratet«, sagte ich. »Und woher willst du wissen, dass du ihn besser leiden kannst als Zack?«

Sophie wandte sich an ihn. »Rauchen Sie?«

»Nein.«

»Siehst du, das ist doch schon besser.«

»Kommt jetzt da raus«, sagte ich, »wir müssen los.«

Sie kletterten heraus, und ich küsste sie zum Abschied. Irgendwie eingeschüchtert von dem ungewohnten Anblick, schauten sie zu, wie Josef in seinem Smoking mir in meinem kurzen schwarzen

Samtkleid in die Limousine half. Ich winkte ihnen zu. »Stellt in einer Stunde Kanal sechs ein. Vielleicht seht ihr uns ja.«

»Viel Glück, Mom«, rief Gabriel.

Die Golden-Globe-Preise, verliehen vom Verband der Auslandspresse in Hollywood, wurden am gleichen Abend für Filme und Fernsehshows vergeben. Sie waren zwar keine Oscars, aber in den letzten Jahren waren sie wichtig und kommerziell einträglich geworden, sodass fast alle Stars erschienen. Als wir vor dem Beverly Hilton anhielten, war ein langer roter Teppich von der Straße den Fußweg zum Hotel hinauf ausgelegt worden. Zu beiden Seiten des roten Teppichs drängten und schoben sich Schwärme von Reportern, Fotografen und Fernsehkameraleuten gegen goldene Seile. Es klickte und knallte im Chor, und weiße Stakkatoblitze leuchteten auf, als die Stroboskope der Kameras feuerten: *Taketak, Taketak, Taketak.*

Ich nahm Josefs Arm, als wir zum Spießrutenlauf ansetzten. Wir bemühten uns, würdevoll, privilegiert auszusehen. Die Leute hinter den Seilen gafften, aber reagierten nicht. Ich überlegte, ob ich Augenkontakt aufnehmen oder stur geradeaus schauen sollte? Ich versuchte zwar, nur nach vorn zu sehen, aber aus lauter Neugier drehte ich mich doch um und fing den Blick eines jungen Fotografen auf, der drei große Kameras um den Hals hängen hatte. »Wer ist das?«, fragte er die Veteranen um ihn herum.

»Niemand.«

Plötzlich, aus einer Totenstille heraus, stimmte der Schwarm ein lautes Summen an, knipste, drängelte und schrie: »Julia! Hierher! Julia – du bist hinreißend! Julia, lächele!« Josef und ich drehten uns um, um einen Blick auf Julia Roberts zu werfen, bevor wir dankbar in der Halle verschwanden.

Wir drehten eine gemächliche Runde durch den Ballsaal, um festzustellen, wer bereits da war. Nur ein paar Leute saßen an ihren Tischen. Die bedeutendsten Schauspieler standen in der Cocktaillounge und rührten sich nicht vom Fleck. Alle anderen kamen zu ihnen und bildeten Gesprächsgruppen, wie Zahnräder, die sich um ein paar Hauptachsen drehten und verschoben. Es war eine Kunst: zu wissen, wann man sich in eine Gruppe drängelte, wann man mit dem Achsennagel sprach und wann man sich verzog, nicht länger blieb als nötig.

Ich war kein Achsennagel, aber ich kannte Tricks. Josef und ich postierten uns in der Nähe der Tür, sodass jeder, der hereinkam, an uns vorbeigehen musste. Wir plauderten mit Produzenten, Managern und Autoren und lächelten jenen zu, die wir nicht kannten, und dann kam mein Exmann mit Rose herein.

»Guten Abend«, sagte Jeff mit einem aufrichtig warmen Lächeln und berührte meinen Arm. »Alles Gute.«

»Danke, aber wir werden nicht gewinnen. Hallo, Rose, du siehst phantastisch aus.« Sie trug einen mitternachtsblauen Kimono, der bis zum Ende ihrer Oberschenkel geschlitzt war. Sie hatte die Beine dafür. Ich nicht; ich hatte Besenreißer, die nach meinen Schwangerschaften aufgeblüht waren.

»Danke«, sagte Rose und stupste Jeff vorwärts. »Da ist Bruce. Ich muss ihn begrüßen. Vielleicht kann ich ja mein Geschäft abschließen.«

»Ist das etwa Sara? Ich glaub's nicht!« Jeff und Rose schritten in den Ballsaal, als mich eine vogelähnliche Frau am Arm packte. Ich starrte auf das sommersprossige Gesicht und das flott geschnittene schwarze Haar.

»Wie geht's dir?«, fragte sie mit einem Akzent, der schwach vertraut klang.

»Gut, ausgezeichnet, und wie geht's dir?« Was, zum Teufel, bedeutete das? Ich überlegte krampfhaft, um auf einen Namen zu kommen, eine Situation …

»Ich bin's, Nava«, sagte sie.

»Nava!«

»Das muss her sein, wie lange? Fünfzehn Jahre.«

Nava war Filmproduzentin, eine Israelin, die mit charmanter

Unverblümtheit redete und mit der ich in meiner Singlezeit oft Tennis gespielt hatte und auf Partys gegangen war.

Sie wandte sich an Josef. »Sara war einmal ein tolles Mädchen in der Stadt.«

»Das ist Josef Anderson – Nava Bernstein. Worüber redest du da?«

»Als dein Buch herauskam, weißt du noch? Du warst ein tolles neues Talent, und jeder wollte dich kennen lernen. Und dann hast du geheiratet und bist verschwunden.« Sie hob schulterzuckend die Hände. »Keiner weiß etwas. – Was ist aus dir geworden?«

Ich zwang mich zu einem Lächeln. »Hast du jemals Kinder gehabt, Nava? Ich erinnere mich, wie sehr du dir welche gewünscht hast.«

Ihr Blick wurde glasig; ihr Kopf drehte sich wie ein Suchscheinwerfer auf einem Mast, bis sie jemand anderen entdeckt hatte, den sie kannte, und davonrauschte, nachdem sie mir ihre Karte in die Hand gedrückt hatte. Ich gab sie Josef, der sie in die Tasche steckte.

»Das ist hart«, sagte ich.

»Vergiss sie.«

»Es gibt eine Menge Leute hier, die ich nicht mehr gesehen habe, seit wir uns alle auf den Weg gemacht haben.«

»Gut. Du kannst die Verbindung ja wieder aufnehmen.«

»Aber ich bin nicht hier aus eigenem Verdienst, wegen eines Werks, das ich geschaffen haben.«

»Josef!«, schrie ein Mann mit Glatze und einem ruhelosen rechten Auge.

»Sara, das ist Stan Fuchs.«

Wir schüttelten uns die Hände.

»Wurde deine Show nominiert?«, fragte Stan.

»Ja.«

»Gratuliere. War schön, dich zu sehen.«

»Sieh's mal so«, sagte Josef zu mir. »Das ist wie die Olympiade.

Was zählt, ist, dass du dabei bist. Du gehörst zur Elite. Du gehörst zu den wenigen, die dem Team zum Erfolg verhelfen.«

Ich nickte, aber ich konnte es nicht ändern, ich wollte der Kapitän meines eigenen Teams sein.

Die Lichter im Ballsaal begannen zu blinken – ein Signal, sich an die Tische zu begeben, da das Programm gleich beginnen würde. Wir schlängelten uns auf Tisch 125 zu, der sich zwar nicht am Hauptgang befand, aber in der ersten Reihe drumherum. Ein gepflegt aussehender Mann schob sich an mir vorbei, die Augen stur auf den Teppich gerichtet, als seine Schulter jedoch meine berührte, blickte er auf. Es war Bill Tannenbaum, mein Begleiter in den Siebzigern, als ich zum ersten Mal von New York nach Kalifornien gezogen war. Seine Haare waren grau, aber er war nicht schlaff und schwammig geworden, wie ich befürchtet hatte. Als wir uns kennen lernten, war er ein aufstrebender junger Produzent gewesen, und seine Freunde sagten, dass er eines Tages ein Studio leiten würde, was er nun auch tat. Ich hatte ihn sehr gemocht und mir gewünscht, ich könnte mich dazu zwingen, mich in ihn zu verlieben. Er besaß einen köstlichen Humor, er machte scharfzüngige Bemerkungen und war ein netter, großzügiger, gutherziger Mensch, der sich immer integer verhielt – eine seltene Eigenschaft in der Branche. Aber ich hatte keine Erregung verspürt; die Chemie, die Gerüche hatten nicht gestimmt. Wenige Monate nach Beendigung unserer Freundschaft hatte er geheiratet und anschließend drei Kinder gezeugt.

»Du hast dich überhaupt nicht verändert«, sagte er.

»Lügner.«

Er lachte wie früher – meckernd vor Vergnügen. Wir fragten gegenseitig nach unseren Kindern, und er sagte: »Wie steht's um dein Liebesleben?«

»Ich habe eine wundervolle Affäre … mit einem Cowboykünstler, der in Phoenix lebt.«

Er schüttelte befriedigt den Kopf. »Das passt.«

»Was passt?«

»Das ist etwas, was man Sara zutraut. Du bist eine Pionierin. Du sondierst das Gelände.«

»Es funktioniert.«

»Natürlich funktioniert es. Er ist dort, und du bist hier.«

»Du würdest genauso verfahren, wenn du es dir erlauben könntest.«

Wieder lachte er vergnügt meckernd.

Ich fragte, wie der Übergang vom Filmproduzenten zum Vorsitzenden eines Studios gewesen sei. »Hat es Spaß gemacht?«

»Es macht Spaß, wenn alles gut läuft, und es ist qualvoll, wenn nicht. Und da es immer von beidem etwas gibt, schwankst du zwischen Qual und Vergnügen, und du kannst dich nicht darüber hinwegsetzen, weil du sonst abstumpfst. Ich habe da so eine Theorie ...«

Die Lichter fingen an, wild zu blinken. »Ich würde sehr gern länger mit dir reden, aber ...« Er drückte meine Hand und ging zu seinem Tisch in der Mitte des Ballsaals davon, wo er und seine Frau mit Tom Hanks und Bruce Springsteen saßen.

Ich war die Letzte, die sich an unseren Tisch setzte, wo Beth und ihr Mann, der Schauspieler Jim Knobeloch, zwischen unseren Stars saßen – Joe Lando an der einen Seite und Jane Seymour an der anderen. Joe Landos markige Gesichtszüge und seine langen Haare kontrastierten mit der vornehmen Eleganz seines Smokings und verstärkten seine verblüffende Schönheit noch. Jane, in einem glänzenden purpurroten Satinkleid aus einer Folge, in der Dr. Quinn zu einem Opernbesuch nach Boston gefahren war, sah nicht minder Aufsehen erregend aus.

Josef flüsterte: »Weißt du, wie lange es gedauert hat, bis sie fertig war?«

Ich wusste, dass der Kostümbildner am gleichen Morgen zu Jane nach Hause gefahren war, um das Kleid abzuändern und ihr Diamanten zu zeigen, die von einem Juwelier in Beverly Hills ausgeliehen waren. Der Haarstylist hatte mittags begonnen, goldene Strähnen gezogen und ihr Haar zu einer Kaskade einzeln aufgedrehter Locken hochgebunden, während der Maskenbildner ihren Teint bearbeitete, bis er schimmerte. Die Mühe hatte sich voll ausgezahlt: Sie besaß den Glanz eines exotischen federgeschmückten Vogels. Ich war stolz, mit ihr an einem Tisch zu sitzen, und kam mir selbst wie ein Champignon aus dem Supermarkt vor.

Salate auf geeisten Tellern wurden vor uns hingestellt, aber niemand aß, niemand würde, wie ich wusste, eine Gabel in die Hand nehmen, bis die Preise verkündet waren. Ich war mit Beth zu den Emmy-Verleihungen, den Preisen der Schriftstellervereinigung, gegangen und zu den Humanitas-Preisverleihungen, und *Dr. Quinn* hatte noch nie den Preis für die beste Serie gewonnen. Wir waren eine Zwanzig-Uhr-Familiensendung, und der Preis wurde stets an eine Zweiundzwanzig-Uhr-Sendung vergeben, an eine intellektuelle Großstadtserie, die bei den Zuschauern äußerst beliebt war, auch wenn sie schlechte Einschaltquoten erzielte. Aber als der Moment näher rückte, sagte Beth, dass wir als Außenseiter eine Chance haben könnten. Jane hatte Legionen von Fans in Europa. Das stimmt, dachte ich, das hier ist die Auslandspresse, und die hatte gewöhnlich einen populäreren Geschmack. Vielleicht war es ja doch nicht so abwegig.

Sie verkündeten den Preis für die besten Comedy-Serien: *Seinfeld.* Keine Überraschung. Wir waren die Nächsten. An jeden der Tische, an denen die Stars der nominierten Sendungen saßen, wurden Kameraleute geschickt. Blendend weißes Licht kam auf uns zu, und der Kameramann stellte seine Linsen auf Jane ein, bereit, live auf Sendung zu gehen. Jane lächelte und reckte das Kinn hoch. Keine Schauspielerin über vierzig wollte mit gesenktem Kinn fotografiert werden.

Wir schauten auf die Fernsehmonitore, während sie Ausschnitte aus den fünf dramatischen Serien zeigten. Jane hatte einen Ausschnitt ausgesucht, der aus einer von mir geschriebenen Episode stammte. Vielleicht, mit einem Quäntchen Glück, wenn die vier anderen Serien die Intellektuellenstimmen spalteten und wir alle anderen Stimmen erhielten … bitte, ein Quäntchen Glück …

N.Y.P.D. Blue.

Die weißen Lichter verzogen sich. An dem Tisch neben uns jubelten Steven Bochco, seine Produzenten und Stars und klatschten in die Hände, als der Kameramann sich von unserem Tisch davonstahl und wir wieder im Dunkeln saßen.

Das Meer war grau und schäumte, als ich am nächsten Tag zur Arbeit fuhr. Als ich den Autorenwohnwagen betrat, sagte Brian, dass ich einen Anruf hätte. Ich nahm den Hörer in meinem Büro ab.

»Hallo da.«

»Zack.«

»Wie geht's dir?« Er betonte immer das »dir«.

Es war schon fast eine Woche her, seit er mein Haus in einem Taxi verlassen hatte. »Du hast dich nicht verabschiedet.«

Es wurde still, als ob eine Verbindung abgebrochen worden wäre. »Du hast geschlafen.«

»Bitte … zahlen Sie … fünfunddreißig … Cents«, unterbrach eine Bandstimme.

»Ich habe versucht, dich aus meinem Kopf zu kriegen …« *Ding-ding-ding.* »Es hat nicht funktioniert«, sagte Zack.

»Tut mir Leid.«

»Du musst dich nicht entschuldigen.«

Ich schaute aus dem Fenster und sah, dass der Hang nach den Regenfällen von orangefarbenem Mohn glühte.

»Läuft's gut bei dir?«, fragte er.

»Eigentlich nicht.«

»Vielleicht sollte ich zurückkommen und dich besuchen.«

»Du hättest nicht viel Spaß mit mir.«

»Das musst du mich schon selbst beurteilen lassen.«

»Ich bin nicht gut drauf, Zack. Ich bin wirklich nicht gut drauf.«

»Schatz, in so einem Moment muss ich dich erst recht besuchen.«

Ein Chrysippusfalter landete auf einem Klatschmohn, der sich sanft unter dem zarten Gewicht neigte. »Wie läuft's mit deiner Arbeit?«, fragte ich.

»Ganz ordentlich. Ich flechte gerade ein Halfter für eine Ausstellung in Albuquerque. Ich probiere etwas Neues aus – benutze für die Zügel Rosshaarschnur anstatt Leder.«

»Mm.«

Er sagte, dass er in ein oder zwei Wochen fertig sei, und wir sprachen über ein Treffen, sobald er das Stück abgeschickt hatte. Am gleichen Abend, nachdem ich den Kindern ein Kapitel aus der *Schatzinsel* vorgelesen, Sophie in ihr Himmelbett gesteckt und Gabriel in sein Zimmer gebracht hatte, läutete es an der Tür. Gereizt wegen der Störung ging ich hinunter. Es war spät, zu spät für Boten vom Set, um ein Manuskript abzuliefern. Ich schaute durch den Spion und öffnete die Tür.

Zack schloss mich in die Arme, und ich kann mich noch genau daran erinnern, wie sich der Cowboyhut an meinem Haar anfühlte. »Das musstest du nicht tun«, sagte ich. Wir küssten uns unter der Hutkrempe wie unter einem schützenden Baum.

»Lass uns einfach nur zusammen sein. Einverstanden?«, sagte er.

Ich nahm ihn mit hinauf ins Schlafzimmer und bestand darauf, beide Türen abzuschließen. Wir setzten uns in die dick gepolsterten, schaukelnden Sessel, die sich gegenüberstanden. »Ich hatte nur noch düstere Gedanken. Nichts anderes mehr.«

»Das habe ich am Telefon gehört.«

Ich erzählte von der Golden-Globe-Verleihung und wie sie mir schmerzlich bewusst gemacht hatte, wie viele Züge ich verpasst hatte. Andere Züge fuhren ab, und auch diese verpasste ich. Meine Karriere war ein heilloses Durcheinander. »Ich habe seit Jahren nichts mehr gemacht, was funktionierte.«

»Ich wollte schon immer mal gerne wissen, wie du eigentlich in diese Branche geraten bist. Du siehst nicht viel fern. Ich habe eine ganze Menge mehr gesehen als du.«

Ich erzählte ihm, dass es beinahe zufällig passiert sei. Nachdem ich mein erstes Buch beendet hatte, schrieb ich ein Drehbuch für einen Film, der nie produziert wurde, aber ich fand es innovativ – zwischen den beiden Medien zu pendeln, als pflanzte man abwechselnd Feldfrüchte in ein Stück Erde. »Ich brauche zwei bis drei Jahre, um ein Buch zu schreiben, und danach bin ich ausgelaugt, einfach ausgewrungen. Ein Drehbuch zu verfassen ist eine gute Methode weiterzuschreiben, aber du nutzt andere Fähigkeiten: Du erzählst eine Geschichte mehr mit Hilfe von visuellen Bildern und Dialogen als mit reiner Sprache, mit der Musik der Worte. Außerdem bekommst du eine wunderbare Krankenversicherung von der Schriftstellervereinigung.«

Als ich mit Gabriel schwanger war, erzählte ich ihm, war meine Versicherung kurz davor abzulaufen, daher musste ich schnell eine Drehbucharbeit finden. Ich aß mit einer Freundin, Carla Singer, zu Mittag, die zufälligerweise die Spielfilmplanung bei CBS leitete, und sie fragte: »Hast du schon einmal daran gedacht, einen Pilotfilm zu schreiben?«

Ich hatte noch nie einen Pilotfilm gesehen. Sie schickte mir fünf Manuskripte, einschließlich *The Scarecrow and Mrs. King*, und nachdem ich sie gelesen hatte, dachte ich, das kann ich. Der erste Pilotfilm, den ich schrieb, wurde nicht produziert, aber aus dem zweiten entstanden Serien für ABC, und dann schrieb ich *Heart Beat*.

Zack hatte noch nie von der Sendung gehört.

»Sie handelte von einer Gruppe von Ärztinnen, die sich auf alle möglichen Frauenkrankheiten spezialisierten. Einige waren verheiratet, einige allein stehend, eine war lesbisch – die erste

Schwulenrolle im Fernsehen. Ihr Privatleben war mit ihren Fällen verknüpft.«

»Klingt interessant.«

»Die Sendung war ihrer Zeit voraus. Wir bekamen anständige Einschaltquoten, wir entwickelten eine Fortsetzung, aber die Sendeanstalt verlängerte unseren Vertrag nicht.«

»Warum nicht?«

Ich zuckte mit den Schultern. »Was auf Sendung geht und bleibt, wird ausschließlich von Männern bestimmt. Wir hatten Dusel, dass wir überhaupt auf Sendung waren. Aber wir hatten es geschafft, wir hatten die Erwartungen übertroffen … Ich glaube, ich habe in diesem ganzen Jahr kaum geschlafen. Ich war wie eine Krake, die versuchte, die Texte, die Musik, die Kostüme, die Schauspieler ständig im Griff zu haben. Neben meinem Bett lag immer ein Notizblock, damit ich, wenn ich mich die ganze Nacht hin und her wälzte, wenigstens etwas Produktives tun konnte.«

Zack nahm eine meiner Hände und begann geistesabwesend die Finger zu massieren.

»Die Leute gratulieren mir zu meinem Erfolg mit *Dr. Quinn*, und ich weiß nicht, was ich sagen soll. Ich meine, ich schreibe die Sendung gern, und sie vermittelt wichtige Botschaften, besonders an junge Frauen. Aber –«

»Ich verstehe schon«, sagte Zack. »Das ist wie meine Flechtarbeit für Dunnings Tack.«

»Ich komme mir vor, als wäre ich vom Kurs abgekommen. Joseph Campbell spricht vom Pollenweg – wann hast du das Gefühl, dass du genau da bist, wo du sein musst? Pollen rechts, Pollen links, Pollen über mir, Pollen unter mir.«

Zack nahm die andere Hand.

»Ich bin nicht auf dem Weg.«

»Aber das wird ja nicht ewig so weitergehen.«

Ich sagte ihm, dass ich noch nie so lange keine Prosa mehr geschrieben hatte. Seit Jahren hatte ich kein Buch mehr abgeschlossen. »Ich fürchte, ich bin gar nicht mehr dazu fähig. Ich habe mein Selbstvertrauen verloren. Meine Gedanken laufen auf dieser Spur los, und sie führt zu Blut und Trümmern. Und ich schäme mich – ich bin in meinem Leben mehr belohnt worden, als mir zusteht ...«

Er setzte sich zu mir in den Sessel und gab tröstende Laute von sich. »Du bist in einer schöpferischen Krise, und das ist in Ordnung. Wenn du das durchstehst, wirst du noch mehr leisten.«

Wie, zum Teufel, sollte ich das durchstehen? »Tut mir Leid. Ich wollte dich nicht damit behelligen.«

Sein Blick war ruhig. »Das kommt schon in Ordnung. Ich weiß, wie ich mit dir umgehen muss. Wenn du geweint hast, habe ich dich festgehalten. Wenn du ausgerastet bist, habe ich's hingenommen. Wenn du auf mir rumgehackt hast, na ja ...« Er schaute kurz zur Decke. »Dann bin ich abgehauen.«

Ich lachte leise. Ich lachte tatsächlich.

»Für mich bist du perfekt, Sara. Ich werde dich mit deinem ganzen Gepäck nehmen.«

Mir traten Tränen in die Augen. »Ich weiß, dass Zufriedenheit nicht von da draußen kommt, von dem Erfolgsbuch oder der Erfolgssendung, denn das hatte ich schon. Erfolg ist wie eine Droge. Du wirst high, und dann brauchst du noch einen Fix, und du kannst nie genug kriegen, es sei denn, du liebst dich, und ich habe keine Ahnung, wie ich das anstellen soll!«

»Ich zeige dir wie«, sagte er leise.

Ich starrte ihn an. Das Zimmer, das mir wie eine Zelle vorgekommen war, war plötzlich von Helligkeit durchschossen, als wäre eine Kanone abgefeuert worden. Die Kugel war geradewegs durch das Zimmer gerollt, und die Leichen der Feinde lagen auf dem Boden.

Er würde mich mit all meinem Gepäck nehmen, selbst mit den zerrissenen, übel riechenden Stücken. *Ich werde dich auch an deinem schlechtesten Tag nehmen*, hatte er in Santa Barbara gesagt. Ich selbst hatte das noch nie fertig gebracht, aber von ihm konnte ich es annehmen. Das war ein Beginn, aber warum war es so schwierig? Warum ist Eigenliebe so schwer zu fassen, so unerträglich schwer zu fassen, trotz massiver Dosen Psychotherapie, inspirierender Bücher, intellektueller Kurse und der weitverbreiteten Weisheit, dass das, was man von der Wiege bis zum Grab braucht, Selbstachtung ist? Was würde das bedeuten? Alle Aspekte zu akzeptieren und anzunehmen – deine Tugenden ebenso wie deinen Kummer, deine Traurigkeit, dein Gefühl der Wertlosigkeit und der Scham? Sich in deiner eigenen Gesellschaft wohl zu fühlen und daran wirklich Vergnügen zu finden? Wer von uns kann das schon? Selbst die Lehrer, die Wegbereiter, haben zugegeben, wie wenig sie sich mit Eigenliebe vertraut machen konnten. Abraham Maslow, der den Begriff »Gipfelerfahrung« schuf, erzählte Studenten in Harvard, dass er selbst das nie erfahren habe. William James sagte, er habe seine Gedanken über die Vielfalt religiöser Erfahrung so aufgebaut, wie man ein Haus aufbaut, aber er sei nie durch die Tür gegangen. Er wurde von Depression und Zweifel heimgesucht.

Eigenliebe würde bedeuten, nicht bloß alle Seiten zu akzeptieren – helle und dunkle –, sondern auch zu akzeptieren, was man getan und nicht getan hat, und die Grenzen dessen, was man überhaupt kontrollieren kann. Eigenliebe ist, was Paul McCartney bewies, als er in einem Fernsehinterview gefragt wurde, ob das *White Album* besser als Single-Platte veröffentlicht worden wäre. George Martin, der Produzent, sagte, es hätte auf einer einzigen LP herausgegeben werden sollen, Ringo Starr sagte, man hätte zwei getrennte Alben veröffentlichen sollen. Doch McCartney erklärte: »Wir sollten aufhören, darüber zu diskutieren, was wir hätten tun sollen. Es ist das verdammte *White Album*. Und damit Schluss.«

»Danke«, sagte ich zu Zack, »dass du heute Abend gekommen bist.«

Er hob meine Beine in seinen Schoß und streifte mir die Schuhe ab. »Es ist mir nicht leicht gefallen. Nach dem letzten Mal hätte es mich ganz schön in Schwulitäten bringen können, an deiner Tür aufzutauchen.«

Ich seufzte und sah ihm in die Augen, die wie die Augen einer Katze aussahen, mattgrün mit bernsteinfarbenen Diamanten. »Es tut mir Leid. Ich war gereizt und müde. Aber die Sache mit Anne Frank ...«

»Ich weiß.« Seine Hände glitten an meiner Wade hoch und massierten die Muskeln.

»Ich war so verzweifelt, dass du noch nie von ihr gehört hattest. Es macht mir nichts aus, dir ein paar Dinge beizubringen, aber das kam mir wie der Inbegriff der westlichen Zivilisation vor.«

»Du sagst mir nichts, was ich nicht schon weiß.« Seine Hand glitt an der anderen Wade hinauf. »Ist so ähnlich wie Pferde trainieren. Ich fange gern mit ihnen an, wenn sie jung sind, wenn noch niemand sie geritten hat und sie sich nichts abgewöhnen müssen. Aber du magst es, wenn sie schon zugeritten sind, damit du ihnen nur noch den letzten Schliff geben musst.«

Ich lächelte.

»Willst du mit mir Schluss machen?«, sagte Zack.

»Nein. Ich fühle mich dir wirklich nahe.« Ich legte die Hand auf seinen Unterarm und fuhr mit den Fingernägeln darüber. »Warum kann ich nicht hier bleiben?«

»Weil du alles vergisst«, neckte er, »sobald du dich wieder anziehst. Du denkst vernünftig. Es ist ja bloß Sex. Ich erinnere mich zwar, dass es gut war, aber so verdammt gut kann es auch wieder nicht sein. Es gibt mehr im Leben als das.«

Ich lachte und rutschte tiefer in meinen Sessel hinein.

»Diesmal wird es noch besser.« Er hob meinen nackten Fuß hoch und küsste den Spann. »Im Moment gehen dir viele Gedanken durch den Kopf, und was ich mit deinem Fuß mache, ist nur einer davon. Aber das wird sich ändern.«

Er legte die Lippen an meinen Zeh und küsste ihn, während er die Sohle mit den Fingern streichelte und mich ein maßloses Gefühl durchzuckte. Ich riss den Fuß zurück, aber er hielt ihn fest. »Willst du, dass ich aufhöre?«

»Nein.«

Wir sanken auf den Teppich. »Ich bringe dich dorthin zurück, wo ich dich hin haben will.« Seine Finger spazierten direkt durch meine Haut, direkt auf den Nerven, direkt die langen Meridiane hinauf, die durch den Körper zum heißen Kern führen. »Du hast so viele verschiedene Stimmungen und Farben, aber an dieser hier bin ich am meisten interessiert.«

Ich stöhnte.

»Solange ich damit weitermache, ist alles verziehen?«

»Ja«, flüsterte ich.

»Das macht Anne Frank wett?«

Das Telefon läutete.

»Ich liebe dich«, krächzte ich.

»Was war das? Konnte es nicht richtig hören …«

»Ich liebe dich!« In meinem Büro am anderen Ende des Flurs zeichnete der Anrufbeantworter die Stimme von irgendjemandem auf.

Zack hob den Kopf.

»Du siehst zufrieden aus.«

»Das bin ich auch. Wenn das Telefon läutet und du nicht gleich danach springst, weiß ich, dass du dich auf mich konzentrierst.«

Zack blieb übers Wochenende, und am Sonntag fuhren wir zum Reiten zur Ranch hinaus. Der Boss der Wrangler, Mike Riggins, war bei der Remonte und fuhr den Wasserwagen rückwärts an die Pferdetränken heran, um sie zu füllen. Mike war groß, kantig, rotblond und hatte kleine Augen, die sich ständig über einen Witz auf deine Kosten zu amüsieren schienen. Er sagte Zack, welche Pferde wir reiten könnten, und sah genau zu, wie Zack sie sattelte und eine Tasche befestigte.

»Nehmen Sie die Sporen ab«, sagte Mike. »Die Pferde sind nicht dran gewöhnt.« Zack schnallte die Sporen ab und legte sie in meinen Wagen. Ich wusste, dass er nicht erfreut darüber war, aber er nickte Mike respektvoll zu.

»Sind Sie nicht der Kerl, der Pete O'Hara eins übergebraten hat?«, sagte Mike.

»Ja, Sir, ich hab die Beherrschung verloren, aber ich hab nicht vor, das zu wiederholen.«

Mike lächelte. »Ich habe morgen zu wenig Leute. Wollen Sie arbeiten?«

Zack und ich sahen uns an. Es war mir nie in den Sinn gekommen, dass dies eine Möglichkeit war. »Muss er denn nicht in der Gewerkschaft sein?«

»Nicht, wenn jeder, der in der Gewerkschaft ist, Arbeit hat«, sagte Mike. »In der Gewerkschaft sind nur vierunddreißig Wrangler, und im Moment werden eine Menge Western gedreht. Zwei Spielfilme, ein Pilotfilm und diese Serie. Ich könnte Sie für die nächsten drei Tage gebrauchen.«

Zack und ich sprachen leise miteinander. Seinen Rückflug konnte er verschieben, aber was war mit dem Stück, das er gerade flocht, und mit Nathan? »Nathan kommt schon zurecht, und ich habe noch eine Woche Zeit, um dieses Halfter fertig zu machen.« Er wandte sich zu Mike. »Wann soll ich hier sein?«

»Achtzehn nach sechs.«

»Ich werde um sechs hier sein.«

Ich nickte Mike dankbar zu, als wir die Pferde aus dem Gatter führten. Ich ritt einen großen Fuchs mit Namen Solomon, und Zack saß auf einem Rotbraunen, der Scout hieß. Zack signalisierte mit dem Arm: »Auf geht's«, und wir galoppierten los in Richtung Staatspark.

Nach den heftigen Regenfällen waren die Hügel ein Meer von Mohnblüten und Wildkräutern – Salbei, Minze, Thymian. Die Luft duftete so stark, dass schon das Atmen berauschend wirkte.

Wir sprangen in großen Sätzen über ein Feld und durch eine Gruppe Roteichen. »Pass auf die Äste auf«, rief Zack. Ich duckte mich unter einen tiefen Ast, doch dann spürte ich, wie etwas hinter dem Sattel hängen blieb. Solomon taumelte und zerrte. Irgendetwas knackte, und plötzlich flog die Satteltasche nach links herum. Solomon senkte den Kopf und bockte. Ich verlor meine Steigbügel. Alles passierte derart schnell, dass ich keinen Ton herausbrachte, aber Zack hörte das Spektakel, ritt zu uns zurück und packte Solomons Zügel genau in dem Moment, als ich auf die Erde flog. Aus Angst vor ausschlagenden Hufen und dem zwölfhundert Pfund schweren Körper, der auf mir landen könnte, kroch ich auf allen vieren weg, schneller, als ich es für möglich hielt.

»Alles in Ordnung?«, rief Zack.

Ich befühlte meine Beine, legte die Hände an den Kopf. »Ich glaube schon.«

Solomon bockte immer noch und schoss im Kreis herum. Zack hielt Solomons Zügel fest und blieb bei ihm. Solomon hielt eine Sekunde lang hechelnd inne. Die Tasche hing schief nach links. »Brrr«, sagte Zack leise. »Ist ja gut, mein Sohn.« Er stieg von seinem Pferd und tat einen kleinen Schritt auf Solomon zu, aber das Pferd machte einen Buckel und sprang senkrecht hoch.

»Lass ihn laufen!«, sagte ich. »Er ist verrückt.«

»Ruhig, mein Sohn«, sagte Zack und streckte die Hand mit der Handfläche nach unten aus. »Hier, komm her und schau's dir an.« Solomon stampfte und beugte dann den Hals nach vorn. »So ist es gut, ich tu dir nichts.« Das Pferd kam näher, um zu schnuppern. »Genau so.«

Zu meiner Überraschung schob sich Solomon, immer noch schwer schnaufend und mit zuckenden Brustmuskeln, Schritt für Schritt näher heran. Als er nahe genug war, strich ihm Zack über die Nüstern und den Kopf. Langsam, bedächtig griff er herum, um die Satteltasche mit einem anderen Riemen festzubinden. Sobald die Tasche gesichert war, band Zack Solomon an einen Baum. Solomon versteifte sich und scheute, als wollte er in die Luft durchgehen. »Sachte, mein Sohn.« Zack klopfte ihm den Hals. »Gut.«

Er kam zu mir herüber. »Bist du sicher, dass alles in Ordnung ist, Baby?«

»Was ist passiert?«

»Das war einer dieser dummen kleinen Zufälle. Ein Ast muss sich in der Schlaufe des Sattelriemens verfangen und ihn zerrissen haben. Als sich die Tasche löste, hat der alte Solomon einen gehörigen Schrecken bekommen. Er dachte, dass ihn diese Tasche bei lebendigem Leibe fressen wollte.«

»Das ist doch lächerlich.«

»Nicht für ihn. Diese Tasche war so eine Art Teufel. Er wollte sie nicht auf dem Rücken haben, und es war ihm egal, wie er das schaffte.«

»Ich hätte ihn laufen lassen.«

»Du darfst ihn nie laufen lassen, sonst versucht er das jedes Mal. Er muss lernen, dass du seine Sicherheit und Rettung bist.« Er küsste mich, und der Kuss schmeckte kupfern nach Adrenalin. »Wenn er mein Pferd wäre, würde ich ihn in den Korral zurückbringen und ihm diese Tasche zwanzigmal auf- und abschnallen. Aber wir werden jetzt weiterreiten und den Ausritt genießen.«

»Ich setze mich nicht noch einmal auf das Pferd.«

»Er hat sich jetzt beruhigt.«

»Ich möchte zu Fuß zurückgehen.«

»Ich werde dir zeigen, was du tun musst, wenn so etwas nochmal passiert. Es ist ganz einfach –«

»Nicht heute.« Mein Herz pochte immer noch in meiner Brust.

»Schatz, du kannst hier doch nicht zu Fuß gehen.«

»Ich bin zu geschockt.«

»Dann werden wir die Pferde tauschen. Scout ist ruhig, ihn stört nichts.«

Ich zögerte.

»Ich weiß, dass du kein Feigling bist.« Er führte mich zu Scout und half mir aufzusitzen. Dann schwang er sich auf Solomon.

»Wir werden's ganz locker und ruhig angehen.«

Ich folgte ihm über die Wiese, die wegen der Regenfälle kreuz und quer mit Rinnsalen und Bächen durchzogen war. Wir ritten die Pferde hindurch, spritzend und beruhigend murmelnd, und allmählich kehrte mein Vertrauen zurück.

Zack musste es gespürt haben, denn er ließ sein Pferd in einen sanften, rollenden Galopp fallen. Langsam und stetig, wie auf einem Schaukelpferd, folgten wir dem Weg, der um die Wiese herum und auf einen Wasserfall zu bog. »Ich will nicht!«, rief ich, doch er winkte mich vorwärts. Wir ritten mitten durch die Lücke zwischen dem stürzenden Wasser und der Felswand, eisige Tropfen besprühten uns. Ich schrie auf, aber das Geräusch wurde gedämpft, und dann brachen wir ins Sonnenlicht hinaus und kamen auf einer Ahornlichtung zum Stehen.

Zack breitete eine Decke im Gras aus. Er löste die Satteltasche – die Teufelstasche – und holte eine Flasche Rotwein, die ich eingepackt hatte, Käse, Sauerteigbrot und seine M&M-Erdnüsse heraus. Er lehnte sich mit dem Rücken an einen gefällten Baumstamm und zog mich in seinen Schoß. Aneinander gekuschelt tranken wir den Wein und lauschten dem rauschenden und stürzenden Fluss und dem *Klick-Klick-Klickeklick* der Kolibris, die an den Wildblumen saugten. Seine Arme hielten mich umschlungen, und die Sonne schien warm und süß wie schmelzende Butter und durchdrang unsere Haut.

Wir legten uns auf die Decke. »Na, bist du nicht froh, dass wir das getan haben?«

»Ich werde Solomon trotzdem nicht reiten.«

»Sag einfach: ›Ja, Zack‹.«

»Ja, Zack.»

9

Kurz vor Mitternacht rief er mich von einem Münztelefon in Phoenix an. Er hatte Willie mit seiner Kleidung, seinen Werkzeugen und Rohleder voll gepackt und war im Begriff, auf die Interstate 10 zu fahren, die ihn an den Big Horn Mountains vorbei und durch die Mojave Desert zu den Bürohochhäusern im Zentrum von Los Angeles und schließlich zur Ausfahrt nach Santa Monica führen würde.

»Fahr vorsichtig.«

»Bestimmt, Schatz.«

Ich lag im Bett und las Zeitschriften, die sich in einem wilden Haufen auf dem Nachttisch angesammelt hatten. Ich versuchte immer wieder einzuschlafen, knipste die Lampe aus, legte den Kopf aufs Kissen, und nach zehn Minuten knipste ich die Lampe wieder an.

Ich las ein Porträt von Marvin Hamlisch und ein Interview mit Steve Martin über sein Stück *Picasso at the Lapine Agile*, und ich dachte, dass ich mit einem Dramatiker, einem Komponisten zusammen sein sollte. Ich las eine Kritik über ein neues Restaurant mit einem sensationellen neuen Chef aus San Francisco, der die Geschmacksrichtungen des Pacific Rim mit der kalifornischen Küche mischte, und ich dachte, in solche Lokale werde ich nicht mehr gehen. Zacks Lieblingslokal ist Polly's, ein Coffeeshop, der von älteren Leuten besucht wurde, die Zack die »grauen Dachse« nennt und wo man für $ 5.95 einen Hamburger und Spiegeleier bekommen konnte samt einem Stück hausgemachter Torte aus Äpfeln, Bananencreme und Zitronenbaiser.

Ich musste eingenickt sein, denn um fünf Uhr morgens wurde ich von vertrauten dumpfen Stiefelschritten geweckt. »Ich bin total erschlagen«, sagte Zack, als er in die Tür trat. »Ich habe mich mit Kaffee aufrecht gehalten. Will mich einfach nur hinlegen und dich festhalten.« Er zog seine Stiefel aus, ließ sich aufs Bett fallen und umklammerte mich, sein Herz raste, und sein Atem ging doppelt so schnell wie meiner. Seine Haut war feucht und verströmte den stechenden Geruch nach Schweiß und Zigaretten. Was habe ich da angerichtet?

Es hatte so klar ausgesehen; ich war so beruhigt gewesen. Zack hatte drei Tage mit den Wranglern gearbeitet, und dann hatte ihm Mike Riggins einen Ganztagsjob angeboten. Für Zack war dies der Anstoß zum Umzug und eine Möglichkeit, sich seinen Lebensunterhalt zu verdienen. Er dachte, es wäre auch für seine kunsthandwerkliche Karriere förderlich. In Kalifornien gab es eine bedeutende Anzahl von Leuten mit Pferden und Geld, und Zacks Flechtstil war im goldenen Zeitalter des Kunsthandwerks als »kalifornischer Stil« bekannt gewesen.

Am Freitagabend teilte ich den Kindern beim Abendessen mit: »Zack kommt her, um bei der Serie mitzuarbeiten.«

Sie rissen die Köpfe hoch.

»Du hast gesagt, dass ihr nicht heiraten werdet«, schrie Sophie.

»Wir werden nicht heiraten, aber wir möchten mehr Zeit miteinander verbringen, und er möchte auch euch beide öfter sehen.«

»Wo wird er wohnen?«, sagte Gabriel.

»Bei uns.«

Gabriel verschränkte die Arme. »Nein.«

Sophie schüttelte den Kopf.

»Hört mal zu, ich weiß, dass dies eine Veränderung ist, und Veränderungen können lästig sein, aber ich möchte, dass ihr der neuen Situation eine Chance gebt. Wartet einfach ab, wie es läuft –«

Sophie rannte in ihr Zimmer hinauf und knallte die Tür zu.

»Das ist auch unser Haus«, sagte Gabriel, »und wir wollen ihn nicht. Das heißt zwei gegen einen.«

»Du hast Recht, das hier ist euer Haus. Aber wir leben hier nicht in einer Demokratie. Ich bin die Mutter, und er kommt, weil ich es so will.«

»Ich werde nicht mit ihm sprechen.«

»Doch, das wirst du. Du musst ihn nicht lieben, du musst ihn nicht einmal gern haben, aber du musst höflich sein.«

Gabriel schüttelte den Kopf. »Das ist echt Scheiße.«

»Na, komm schon, ich hole Sophie, und wir gehen aus und gönnen uns etwas. Wir holen Joghurt.« Ich ging zu ihrem Zimmer hinauf und klopfte. »Sophie?«

Keine Antwort.

Ich klopfte noch einmal und öffnete dann die Tür. Sie lag auf ihrem Himmelbett, die weißen Gazevorhänge zugezogen und ihren Kater über dem Bauch drapiert. Sie zog einen roten Kamm durch sein Fell.

»Du hast mein Leben zerstört.«

Ich zog die Vorhänge auseinander und setzte mich aufs Bett. »Er möchte euer Freund sein.«

»Das ist unmöglich.«

»Warum?«

»So ist es eben. Er raucht, er läuft ohne Hemd herum. Ich hasse das.«

»Ich werde ihn bitten, es nicht zu tun.«

»Er schreit mich an. Das tut er, wenn du nicht da bist, und ich traue mich nicht, es dir zu sagen, weil du sonst sauer wirst.«

»Ich werde nicht sauer.«

Sie warf mir einen schnellen Blick zu, dann kämmte sie weiter Buttercups Fell. »Kann ich dir erzählen, was er gesagt hat, ohne Probleme zu kriegen?«

Ich nickte.

»Er hat gesagt: ›Scheiße.‹ Er hat gesagt: ›Ich baue nur Scheiße.‹«

»Das kann ich kaum glauben.

»Siehst du! Du stehst auf seiner Seite.«

»Sophie, ich weiß, wie dir zumute ist –«

»Nein, das weißt du nicht.« Sie wandte mir ein gequältes, blasses Gesicht zu. »Weißt du, wie das ist, in meinem Alter zu sein und eine Mutter zu haben, die einen Freund hat, der … der verrückt ist, der ein widerlicher Typ ist, der ein dämlicher Trottel ist, den du hasst?«

»Nein.«

Sie brach in Tränen aus.

Zack schlief bis mittags. Ich fuhr die Kinder zu Jeff, und als ich zurückkehrte, entlud er gerade Willie und trug Pappkartons und Metallröhren voller steifer, unbehandelter Tierhäute hinein. Der zerbeulte rote Pick-up sah weniger exotisch und charmant aus als in Arizona. In meiner Straße mit den zweistöckigen Häusern und den gepflegten grünen Rasenflächen wirkte er, als zöge der Gärtner ein.

Wir mixten Erdbeermargaritas mit einer Menge Tequila und trugen sie zum Jacuzzi hinaus. »Ahhhh«, seufzte Zack, als er sich in dem dampfenden Wasser niederließ. »Meine Knie und Schultern haben sich sofort entspannt.«

Wir stiegen aus der Wanne und trockneten uns ab, schenkten die Margaritagläser noch einmal voll und trugen sie hinauf ins Schlafzimmer. Wir nahmen unsere zeremoniellen Plätze ein – die dick gepolsterten Sessel neben der Kentila-Palme. »Ich habe Angst.«

»Das ist gut«, sagte Zack, »dann bin ich wenigstens nicht der Einzige, der das durchmacht.«

»Es ist kein Zufall, dass ich vier Jahre lang ohne Mann gelebt habe.«

»Ich könnte in meinen Pick-up steigen und auf der Stelle nach Hause fahren.«

Ich legte die Füße in seinen Schoß.

»Es war schwer, Nathan zu verlassen. Ich meine, es war längst überfällig. Er ist zwanzig, und er scheint sich total gebauchpinselt zu fühlen bei dem Gedanken, allein zu leben. Aber als es dann so weit war, loszufahren ...«

Ich hob seine Hand und küsste sie. »Hast du ein schlechtes Gewissen?«

Er nickte. »Wovor hast du Angst?«

»Vor der Verantwortung. Du bist meinetwegen hier.«

»Ver-pflich-tung.« Er tat, als müsste er ersticken, und wir lachten. Er führte mich zum Bett, und ich sank in seine Arme. Er fuhr mit den Fingern über meine Brust nach unten, über den seidenen Morgenmantel, berührte mich so leicht, dass es mir vorkam, als berührte er nur die Seide über meiner Haut. Entspanne dich, sagte ich zu mir, du musst dich nur entspannen. Atme ein, atme aus. Ich massierte seinen Rücken, drückte die mageren, harten Muskeln und nagte gleichzeitig sanft an seiner Schulter, aber alles fühlte sich anders an. Das war kein quälender kurzer Besuch, bei dem wir aus jeder Sekunde das Beste herausholen und gierig für die kommende Trockenzeit auftanken mussten. Vor uns lag unendlich viel Zeit.

Sonntagabend, als die Kinder von Jeff zurückkamen, bereitete ich für unser erstes gemeinsames Abendessen ihre Lieblingsgerichte zu, obwohl sie nicht zusammenpassten: Spaghetti mit Pesto für Sophie, Käsemakkaroni für Gabriel, Maiskolben und Krautsalat nach einem Rezept meiner Mutter.

»Kann ich im Studio essen?«, sagte Sophie.

»Nein, ich möchte gern, dass du auf deinem üblichen Platz sitzt, bitte.«

Sie stand mit dem Rücken an der Wand. »Er stinkt.«

»Das ist ungezogen. Du entschuldigst dich, oder du gehst in dein Zimmer und lässt das Abendessen ausfallen.«

»Ich meine ja bloß, dass ich die Zigaretten riechen kann, und da bin ich sehr empfindlich.«

»Dafür habe ich Verständnis«, sagte Zack. »Ich werde nicht im Haus rauchen.«

»Aber der Geruch hängt in deinen Sachen. Und ich will ihn auch nicht in meinem Zimmer haben.«

»Ich auch nicht«, sagte Gabriel und nickte zufrieden.

»Ich habe nicht vor, irgendein Zimmer zu betreten, wenn ich nicht dazu aufgefordert werde. Aber ich habe vor, hier zu wohnen, also ist es wohl das Beste, wenn wir versuchen, miteinander auszukommen.«

»Aber klar!«, sagte Sophie.

»Geh in dein Zimmer«, sagte ich.

»Mom, tut mir Leid. Ich habe doch nur gesagt –« Und sie änderte ihren Ton, damit er neutral klang: »Aber klar.« Sie setzte sich auf ihren Platz.

Wir reichten die Spaghetti und den Krautsalat herum. Niemand sprach ein Wort. Ich hatte das Gefühl, träge Materie zu kauen. Ich griff unter dem Tisch nach Zacks Hand. Er zwinkerte mir zu.

»Gut der Mais, meint ihr nicht?«, sagte er.

Schweigen.

»Früher haben wir zu Hause Mais angebaut und direkt vom Kolben gegessen. Du musstest ihn nicht mal kochen.«

Sophie verdrehte die Augen. »Und wenn schon.«

Er sah sie beide an. »Ich will nicht euer Vater sein. Ihr habt bereits einen Vater, und ich habe selbst Kinder –«

Gabriel ließ seine Gabel fallen, und sie fiel klirrend auf den Fliesenboden. »Darf ich fernsehen?«

Am nächsten Morgen, noch bevor ich aufgestanden war, rief mich Beth von der Ranch an. »Hast du Kevins Skript gelesen?«

»Ja, es ist nicht besonders gut.«

»Es ist eine Katastrophe. Ich entlasse ihn.«

»Schon?«

»Wenn er es nicht in zwei Entwürfen schafft, schafft er es auch nicht in hundert. Wie schnell kannst du hier sein?«

»Ich bin schon unterwegs.«

Ich legte den Hörer auf und wappnete mich. Schon seit drei Wochen hatten wir eine Lücke – diese lästige kurze Pause zwischen dem Abschluss einer Staffel und dem Arbeitsbeginn an der nächsten. Kevin Schwartz war als Produktionskontrolleur für die dritte Staffel eingestellt worden. Er war mit einer Liste beeindruckender Verdienste erschienen, aber schon am ersten Tag hatte er verspielt.

Ich zog meine Jeans und ein T-Shirt an, hinterließ Zack, der noch schlief, eine Nachricht, brachte die Kinder eilig zur Schule und machte mich auf den Weg nach Agoura hinaus. Als ich am Meer entlangfuhr, spulte ich die Affäre mit Zack in Gedanken noch einmal zurück, zurück bis Elko, und alles wurde in ein neues, gemeines Licht getaucht. Ich bewegte einen ungebildeten Cowboy von den Maststationen in Südarizona dazu, in meinem Haus zu leben und in meiner Sendung zu arbeiten. Er kannte die Stadt nicht, er wusste nicht, wie man die 411, die Nummer der Auskunft, anrief. Er war eine weitere Person, um die ich mich kümmern musste.

Ich betrat direkt hinter Josef Beths Büro.

»Hast du das Skript gelesen?«, fragte sie ihn.

»Ja, man muss daran arbeiten, aber die Story ist gut.«

Beth sah ihn an, als hätte er den Verstand verloren. »Sie ist seicht, sie ist tot. Es gibt keine Stelle, keine einzige, die authentisch ist.«

Josef zuckte mit den Schultern.

»Ich bin auch der Meinung«, sagte ich, »dass die Story nirgendwo hinführt, es gibt keinen Höhepunkt, und er hat die Ausdrucksweise der Figuren nicht drauf.«

»Er kapiert die Sendung nicht.«

»Gib ihm Zeit«, sagte Josef.

»Wir haben keine Zeit«, sagte Beth. Sie hatte ganze Staffeln damit zugebracht, junge Autoren auszubilden, aber Kevin hatte sie eingestellt, damit er sofort einsprang und ein Tor schoss. Er hatte einen ersten Entwurf geschrieben, wir hatten ihm ausführliche Notizen gegeben, aber er hatte einen zweiten Entwurf geschrieben, der nicht schlüssiger war als der Erste. »Besser, wenn wir unsere Verluste abschreiben«, sagte Beth.

Unglücklicherweise waren Josef und ich damit die einzigen angestellten Autoren. Toni G. und Toni P. hatten die Sendung in der vorangegangenen Staffel verlassen. Wir brauchten mindestens vier Autoren, um eine gut geölte Sendefolge aufrechtzuerhalten, denn alle sieben Tage hatten wir eine neue Folge, die in die Vorbereitung ging, sobald alle Abteilungen fertig waren – Kostüme nähen, Drehorte ausfindig machen und Besetzung; eine zweite Folge, die gedreht wurde, und eine dritte auf »Abruf« – die geschnitten und musikalisch untermalt wurde. Josef und ich müssten Kevins Skript völlig neu schreiben, müssten anschließend auf die nächsten Episoden aufspringen und würden das ganze Jahr einem Zug hinterherjagen.

Wir blieben bis sieben oder acht Uhr abends auf der Ranch, um die Story zu überarbeiten und neue Seiten zu schreiben. Wir teilten die Akte auf, setzten uns in unsere getrennten Büros und riefen einander an, wenn wir Details aufeinander abstimmen wollten. Ich setzte etwas in Bewegung, er brachte es ein gutes Stück vorwärts, und ich legte es beiseite. Am Donnerstag bauten wir die Seiten zusammen, lasen sie durch und waren überrascht, wie passabel sie waren.

Als Trost bestellten wir Mittagessen – Hackbraten und Kartoffelbrei aus der Cheesecake Factory. »Bist du noch mit dem Cowboy zusammen?«, fragte Josef.

»Er ist hier.«

»In Kalifornien?«

»Er wird bei der Sendung mitarbeiten. Er fängt am Montag an.«

Josef lächelte und gab mir einen Klaps auf den Arm. »Schön für dich.«

»Ich glaube nicht, dass er sehr glücklich ist. Die Kinder benehmen sich scheußlich. Und ich komme spät nach Hause, und die Kinder wollen Hilfe bei ihren Hausaufgaben, und wenn ich sie endlich im Bett habe, ist da noch jemand, der mich waidwund anstarrt und wartet, dass er an die Reihe kommt.«

Josef zuckte zusammen. »Das kann ich nachempfinden.«

»Ich habe keine Lust auf Sex. Tag und Nacht miteinander zu schlafen scheint mir im Moment eine sinnlose und absurde Beschäftigung zu sein.«

Es war dunkel, als ich in die Garage fuhr. Ich konnte die Kinder schreien hören, und als ich die Tür öffnete, wartete Veronica weinend auf mich. »Was ist los?«, fragte ich. »*Los niños estan peleando.*« Die Kinder zanken sich. Sie sagte, sie wären »*malcriados*«. Ich war nicht sicher, was das hieß, aber ich wusste, dass es schlimm war. *Mal.* Eine schlimme Kreatur.

»Mom!«, schrie Sophie von oben. »Ich komme nicht in den Computer. Gabriel hat ihn so frisiert, dass ich nicht reinkomme, und er hat meine Hausaufgaben gelöscht!«

Ich lief ins Studio hinauf, wo sie neben dem neuen Pentium-Computer standen, den ich ihnen gekauft hatte.

»Stimmt gar nicht«, sagte Gabriel. »Sie hat gedroht, meine Dateien zu löschen, darum habe ich ihre Privilegien gesperrt.«

»Moment mal. Du hast kein Recht, ihre Privilegien zu sperren. Das ist meine Sache.«

»Aber du tust es ja nicht. Du lässt ihr alles durchgehen, alles, weil sie ein Mädchen ist.«

»Halt den Mund!«, rief Sophie. »Du bist so ein Blödmann.«

»Du ziehst das Mädchen vor«, sagte Gabriel.

»Hört zu«, sagte ich, »wenn ihr beiden das nicht lösen und euch den Computer nicht teilen könnt, dann wird ihn keiner benutzen. Dann werde ich ihn aus dem Haus schaffen.«

»Danke, Mom! Deinetwegen werde ich in der Schule durchrasseln«, sagte Gabriel.

»Gabriel ist schuld, und ich werde bestraft«, sagte Sophie. »Das ist ganz blöd. Du bist die schlechteste Mom.«

»Sprich nicht in diesem Ton mit mir.«

»Hau doch einfach ab. Verschwinde!«, schrie sie, und dann schrie ich, riss den Stecker aus der Wand und schickte sie beide in ihre Zimmer.

Ich ging in die Küche und stützte den Kopf in die Hände. »Warum benehmen sie sich so?«

Veronica wischte sich die Augen. »Ich verstehe das nicht, Mrs. Sara. Sie tun alles für sie. Es fehlt ihnen an nichts. Und sie haben keinen Respekt. In meinem Land sprechen die Kinder nicht so mit ihrer Mutter. Und wenn ja ...« Sie machte eine Schlagbewegung mit der Hand. »Aber hier darf man das ja nicht. Hier ist das anders.« Sie schüttelte den Kopf. »*Muy diferente*.«

Veronica war kurz vor Sophies Geburt gekommen, um für uns zu arbeiten. Sie hatte Sophie von dem Tag an, als ich sie aus dem Krankenhaus nach Hause brachte, in den Armen gehalten, und als Gabriel ankam, trug sie in jedem Arm ein Baby. Veronica hatte selbst vier Kinder gehabt, aber als ihr Mann gestorben war, hatte sie die Kinder – im Alter von acht bis dreizehn – bei ihrer Mutter in El Salvador zurückgelassen. Zunächst hatte ich nicht verstehen können, wie sie es ertragen konnte, ihre Kinder zu verlassen. Einmal im Jahr besuchte sie sie, und wenn sie wiederkam, war sie jedes Mal den Tränen nahe und so lange niedergeschlagen, bis sie sich damit abgefunden hatte: Sie verdiente Geld, damit sie es für ihre Ausbildung und ihren Lebensunterhalt nach Hause schicken konnte. »Ich opfere mich«, sagte sie.

In den zwölf Jahren, die sie nun schon bei uns lebte, war sie zur Abendschule gegangen, um Englisch zu lernen, hatten wir ihr das Autofahren beigebracht und ihr geholfen, dass sie eine Greencard bekam und eingebürgert wurde. Im vergangenen Sommer konnte sie schließlich ihre drei Söhne, die mittlerweile achtzehn bis dreiundzwanzig waren, herkommen lassen. Ihre Tochter konnte nicht kommen, da sie schon verheiratet war und zwei Kinder hatte. Die Söhne wohnten eine Zeit lang bei uns, und sie waren höflich, zuvorkommend, respektvoll. Sie behandelten Veronica wie eine Königin.

Zack lag auf dem Bett und sah sich auf dem Filmkanal Clint Eastwood in *Für eine Handvoll Dollar* an. Er schaltete den Apparat aus, als ich hereinkam. »Einen schönen Tag gehabt?«

Ich nickte den Flur hinunter in Richtung der Kinderzimmer. »Haben sie dich verrückt gemacht?«

Er gähnte. »Ich saß am Tisch auf Sophies Stuhl. Ich wusste nicht, dass es ihr Stuhl war, aber sie legte großen Wert darauf, den Platz zu wechseln.«

Ich legte mich aufs Bett und lehnte mich ans Kopfteil.

»Sie sagte, sie würde es dir erzählen. Ich hab gesagt: ›Nur zu, deine Mom hat mich gern.‹ Sophie antwortete: ›Mich hat sie lieber.‹ Und ich sagte: ›Schon möglich, aber mich hat sie ziemlich gern. Wenn du versuchst, mich in Schwierigkeiten zu bringen, dann schadest du nur dir selbst.‹«

Ich verschränkte die Arme.

»Na, wie läuft's bei der Arbeit?«

»Immer dasselbe.«

»Was schreibst du gerade?«

»Ich möchte eigentlich nicht darüber reden.«

Er betrachtete mich. »Du bist auf dem Kriegspfad.«

»Wie bitte?«

»Du hast die Arme verschränkt, die Augen zusammengekniffen. Du bist bereit, dich auf alles zu stürzen, was dir in die Quere kommt.«

Ich lachte und drehte mich um, um ihn anzusehen. »Tut mir Leid. Das war keine schöne Begrüßung für dich.«

Er legte die Arme um mich. »Ich habe ein Ideal.«

Ich zuckte zusammen. Er meinte »eine Idee«. Er zerstückelte Wörter und gebrauchte sie falsch, und manchmal war das amüsant. Einmal sagte er »Profad«, und ich fragte, was er damit meinte. Profan? Fade? »Beides.« »Profad« konnte ich hinnehmen, aber »Ideal« war wie Fingernägel, die auf einer Schiefertafel kratzten.

»Es heißt ›eine Idee‹«, sagte ich.

»Ist doch nur ein Wort. Du weißt schon, was ich meine.«

»Wörter sind mein Leben. Und der ganze Sinn der Sprache ist Übereinstimmung – wir ordnen einem bestimmten Laut eine bestimmte Bedeutung zu, und wenn jemand einen anderen Laut benutzt, gibt es keine Sprache.«

»Schon gut, Baby, ich werde versuchen, daran zu denken.« Aber fünf Minuten später sagte er: »Was hältst du von diesem Ideal?«

»Zack.«

»Ich muss mir eine eigene Behausung suchen.«

Ja. Ich versuchte, meine Freude zu verbergen. »Du hast doch gesagt, wir müssen Geduld haben, den Kindern mehr Zeit lassen.«

»Ich möchte meinen Laden einrichten und anfangen zu flechten, und hier habe ich keinen Platz dafür.«

»Darüber haben wir doch schon gesprochen – du kannst im Studio arbeiten. Wir stellen die Tischtennisplatte hinaus, und du kannst dort deine Werkbank aufstellen.«

»Aber es hat keine Tür. Alle anderen Zimmer haben eine Tür.«

»Das stimmt.«

»Es wäre für uns alle besser.«

Wir einigten uns, dass wir versuchen würden, für Zack eine kleine Wohnung in der Nähe zu suchen, aber da war die Frage der Finanzen. Er war buchstäblich ohne Geld hergekommen, und es würde noch Wochen dauern, bis er seinen ersten Lohnscheck erhielt. Er musste Nathan immer noch bei der Miete in Phoenix unterstützen, die monatlich zweihundert betrug. Ich stellte Berechnungen an und sagte ihm, dass ich monatlich fünfhundert für eine hiesige Wohnung beisteuern könnte. Wenn er ein paar hundert bezahlen könnte, könnten wir uns nach etwas in der Preisklasse von sechs- bis siebenhundert umsehen.

Noch am gleichen Wochenende fingen wir an. Unsere erste Wahl war ein Studio oder Gästehaus irgendwo zwischen Agoura und West-Los Angeles, wo er Pferde halten oder, noch besser, dabei helfen könnte, sich im Ausgleich für die Miete um sie zu kümmern. Wir hängten Zettel ans schwarze Brett in Reitställen und Supermärkten auf, sahen die Zeitungen durch und fragten in Immobilienbüros nach, aber am Ende des Wochenendes hatten wir kein einziges Angebot erhalten.

In der folgenden Woche musste Zack nur zwei Tage arbeiten – er arbeitete nur, wenn in den Szenen, die wir drehten, Pferde gebraucht wurden. Während ich mich in meinem Büro verkroch, fuhr er ständig in der Stadt herum und verirrte sich. Wir stellten fest, dass es in unserer Preisklasse keine große Auswahl gab, daher erweiterten wir die Suche auch auf Apartments. Wenn nötig, würden wir die Idee, Pferde zu halten, aufgeben.

Er rief mich an, um mir zu erzählen, dass er in Las Flores Canyon ein Cottage gefunden hätte, das ihm gefiel, aber als ich mich dort mit ihm traf, war es bereits vermietet. »Wenn dir ein Haus gefällt, miete es auf der Stelle«, sagte ich zu ihm.

Bis zur Wochenmitte hatte er Dutzende von Wohnungen besichtigt und konnte sich nicht mehr erinnern, was die eine von der anderen unterschied. Er war müde. »Ich habe mir ein Haus neben der Autobahn angesehen. Es war ziemlich groß, aber …«

»Laut?«, sagte ich.

»Ich könnte vielleicht das Radio laufen lassen.«

Zu Hause redete er nicht mehr, es sei denn, dass ihn jemand zuerst ansprach. Er zog sich in eine Stille zurück, die schwarz war und sich wie etwas Aufblasbares im ganzen Haus ausbreitete. Er stocherte in seinem Essen herum, trank ununterbrochen Kaffee und ging nach draußen, um zu rauchen.

Am Samstag nahm er mich mit, um die beiden besten Behausungen, die er gefunden hatte, zu besichtigen. Die eine war ein Wohnwagen auf einem atemberaubenden Stück Land in Latigo Canyon, umgeben von Weiden und einem mit seltenen silbrigen Sukkulenten gesäumten Bach. In der Nähe war ein Staatsgefängnis für Frauen, und alle zehn Minuten dröhnten über Lautsprecher Mitteilungen an die Gefangenen. Das hätte mich nicht gestört, aber der Wohnwagen hatte nur ein einziges verdrecktes Fenster, keine Kochgelegenheit und einen Waschraum, der so schmutzig und übel riechend war, dass er niemals sauber würde.

Die zweite war eine Wohnung in den spanischen Vierteln rund um die Sluason Avenue, die ihren Preis wert war – zwei Schlafzimmer und eine sich anschließende Garage, frisch gestrichen. Die meisten Wohnungen, die er besichtigt hatte, besaßen keine Garage. Aber vor den Fenstern waren Stahlgitter, und aus jedem Fenster jeder Wohnung in dem Block dröhnte Mariachimusik. Auf dem Hof lag ein Haufen zerbrochenes Glas – die Leute warfen ihre Flaschen aus den Fenstern – und ein ausgeschlachtetes, mit Graffiti bemaltes Auto. »Ich habe früher auch schon in miesen Gegenden gelebt«, sagte Zack. »Wenn du die Leute respektvoll behandelst, lassen sie dich in Ruhe.«

In dieser Nacht wälzte ich mich strampelnd hin und her. Zack stieß mir mit dem Ellenbogen ins Auge und hatte einen Hustenanfall. Wie konnte ich ihn wegschicken und in einer Behausung leben lassen, die ich niemandem aus meiner Familie zumuten würde? In einer Gegend, in der ich mich nachts im Auto nicht sicher fühlen würde? Vielleicht sollte ich mehr beisteuern und ihm etwas Besseres verschaffen, aber wie viel mehr würde das kosten?

Morgens sagte Zack, er wollte mit dem Flechten beginnen, und er könnte sich mit der Wohnung im spanischen Viertel begnügen. »Es ist ein Anfang. Sie hat genug Platz, und du musst da nicht hinkommen. Ich werde dich hier besuchen. Einverstanden?«

Ich nickte. »Heute kommen die neuen Anzeigen heraus. Warum liest du nicht einfach ein letztes Mal die Zeitung durch?«

Er hatte zwar keine Lust dazu, aber er setzte sich mit den Anzeigen, dem Telefon und einer Tasse Kaffee hin, während ich in mein Arbeitszimmer ging, um ein Skript zu überarbeiten, das wir am Montag drehten. Nach einer Weile klopfte er an meine Tür. »Ich glaube, ich habe etwas gefunden. Es ist ein Gästehaus in To… Topago …«

»Topanga Cañon?«

»Genau. Die Dame sagte, dass sie ein paar Pferde habe, die versorgt werden müssten.«

»Du solltest besser gleich hinfahren. Es ist eine wunderschöne Gegend. Und wenn du es willst –«

»Ich weiß.«

Es dauerte fast drei Stunden, bis er zurückkam, und er lächelte. »Das könnte es sein«, sagte er. »Es kostet sechshundert Dollar, und es ist klein, aber was ihm an Größe fehlt, macht es an Atmosphäre wieder wett. Du musst einen Privatweg entlangfahren, um hinzukommen –«

»Hast du es gemietet?«

»Ich habe eine Bewerbung ausgefüllt. Die Dame hat noch ein paar andere. Am Montag will sie uns alle überprüfen.«

»Lass uns noch einmal hinfahren«, sagte ich. Wir hielten an einem Blumenladen und kauften ein Dutzend rote Rosen. Zack sagte mir, dass die Besitzerin Alice hieß. Als sie die Tür öffnete, trug sie einen limonengrünen Jogginganzug und hatte ihre weißen Haare zu einem Knoten geschlungen. Zack überreichte ihr die Rosen.

»Wozu denn das?«

»Das Haus, das Sie da gebaut haben, ist wunderschön«, sagte

Zack, »und ich möchte Sie wissen lassen, dass ich mich geehrt fühlen würde, hier wohnen zu dürfen.«

Sie stand in der Tür und hielt die Rosen umklammert. Ich erzählte ihr, dass ich Zack seit einem Jahr kennte, dass ich seine Familie in Arizona kennte und dass er eine ehrliche, verantwortungsbewusste Person sei, dem sie ihren Besitz und ihre Tiere anvertrauen könnte. »Früher hatte ich auch einmal ein Gästehaus, und daher weiß ich, wie wichtig es ist, dass dort die richtige Person wohnt.« Ich sagte, dass wir bereits eine Anzahlung für ein anderes Haus geleistet hätten, Zack aber dieses hier bei weitem vorzöge. Wenn er es nicht haben könnte, dürfte er sich das andere Haus nicht entgehen lassen. Wann sie meinte uns Bescheid sagen zu können?

Sie starrte erst mich schweigend an, dann Zack. »Kommen Sie herein, mal sehen, ob ich hier irgendwo eine Vase habe.« Während sie mit den Rosen herumhantierte, schrieb ich ihr einen Scheck über die Miete für den ersten und den letzten Monat aus – ich hatte noch nie so gerne einen Scheck ausgestellt –, und sie gab Zack den Schlüssel.

Ich hatte mich für die Hütte eingesetzt, ohne sie vorher gesehen zu haben, und als ich sie betrat, war ich überwältigt. Sie bestand aus einem einzigen großen Zimmer mit einem naturbelassenen Holzfußboden, bleigefassten Fenstern, einem freistehenden eisernen Kaminofen und einer reizenden, antiken Badewanne mit Klauenfüßen. Um ein Haar hätten wir eine Wohnung im spanischen Viertel mit Blick auf ein ausgeschlachtetes Auto und Glasscherben gemietet. Und diese Wohnung war sogar möbliert. Wir öffneten die Türen zur Holzveranda, die auf den Topanga State Park hinausblickte, sodass vor uns eine ungehinderte Aussicht auf Eukalyptusbäume und Pinien, Habichte, Rehe und grüne, zum Meer fließende Hügel lag.

Wir sahen uns an, fühlten uns benommen, klein. Es gibt Momente im Leben, in denen du einen Plan machst, und alles läuft schief: Der Flug hat Verspätung, ein Sturm zieht auf, du hast eine Reifenpanne und verfluchst alles, was dich dazu veranlasst hat, dich auf dieses Unternehmen einzulassen. Und dann gibt es Momente, in denen du einen Fuß in die Strömung setzt, und sie erfasst dich. Schlösser schnappen auf, Lampen gehen an.

»Lass uns mal hinten nachsehen«, sagte Zack. Das Einzige, was er sich gewünscht hatte und was dieses Haus nicht hatte, war eine Garage, wo er seine Elektrowerkzeuge aufbewahren, die dreckige Arbeit machen und Häute hängen lassen konnte. Hinter der Hütte war ein Lagerschuppen mit einer Schiebestange quer darüber. »Ich wüsste gerne, ob er zur Hütte gehört«, sagte er, während er mit dem rostigen Riegel kämpfte. »Wahrscheinlich ist er mit Sachen voll gestopft, die diese Dame ein Leben lang gesammelt hat.« Er stieß die Tür auf und hielt die Luft an. »Er ist leer.«

Am nächsten Tag zog er ein. Ich aalte, sonnte mich darin, mein Privatleben und mein Alleinsein wieder zu haben – zumindest in den Stunden, nachdem die Kinder zu Bett gegangen waren. Am Ende der Woche fuhr ich nach Topanga hinauf und fand ein brennendes Holzfeuer und Saywer Brown vor, der »Some Girls Do« sang.

»Hallo da«, sagte Zack, der in der Tür stand, bekleidet mit Jeans und einem marineblauen Flanellhemd, das seine Augen türkis strahlen ließ. Er hatte eine Kuhhaut über dem Bett ausgebreitet, ein Bärenfell auf den Boden gelegt und Nathans Gemälde an die Wände gehängt zusammen mit Zaumzeug, Seilen und Sporen, um, wie er es nannte, den »Kateneffekt« zu schaffen. Selbst der Toilettenpapierhalter im Waschraum war aus geflochtenem Rohleder.

Ich hatte eine Flasche Dom Perignon mitgebracht, um die Hütte einzuweihen. Er öffnete sie auf der Veranda, während er mit Saywer Brown sang, dass er zwar nicht zur High Society gehöre, aber auch nicht zum weißen Gesindel. Den Korken ließ er in die

Bäume knallen. Er brachte einen Teller mit Ritz-Crackern und Velveta-Käse nach draußen – für ihn war das Lebensart, aber für mich, Velveta? In Berkeley hatten meine Zimmergenossinnen und ich, als wir gerade ein ganz neues Interesse für leidenschaftliche Kochorgien entwickelt hatten, uns vor Velveta geekelt, hatten dagegen rebelliert, ihn verdammt. Er war ein künstliches Lebensmittel mit künstlicher Orangenfarbe, und er stand für alles chemisch Behandelte und Geschmacklose in der amerikanischen Gesellschaft, aber nach einigen Gläsern Champagner schmeckte er ganz ordentlich.

»Ich hatte heute einen guten Kordeltag«, sagte er.

»Prima.«

»Verdammt richtig. Am Ende eines schlechten Kordeltages würdest du mich nicht besuchen wollen.«

»Was heißt das?«

»Du ziehst und sägst nur an der Haut. Du kriegst keinen Fluss rein.« Er verzog das Gesicht.

Das kannte ich. Es gab Tage, manchmal Wochen, an denen ich mich so dahinschleppte, Wörter malträtierte und sie dann doch wieder so schrieb, wie sie vorher gewesen waren. Ich konnte meinen Stil nicht finden, meinen Rhythmus, gab alle Hoffnung auf, dass ich es jemals wieder könnte, und hätte mich am liebsten vom Balkon gestürzt. »Ernest Hemingway setzte sich ein Gewehr an den Kopf.«

»Ich bin sicher, dass es Flechter gibt, die sich an einem schlechten Kordeltag aufgehängt haben«, sagte Zack. »Wahrscheinlich haben sie sogar den Knoten an der Schlinge gemacht.«

Wir lachten, und er goss Champagner nach. »Aber heute – mein Gott, es war, als würde man ein Instrument spielen.« Er nahm eine imaginäre Gitarre in die Hand und zupfte an den Saiten. »Es ist aber auch keine Minute zu früh passiert. Ich bin … irgendwie von der Rolle gewesen in den letzten Tagen.«

»War ich der Grund dafür?«

Er legte noch einen Scheit ins Feuer.

»Ich bin gemein gewesen, ich weiß. Ich konnte mich nicht beherrschen.«

Er wandte sich zum Fenster. »Heute Morgen habe ich einen Spaziergang gemacht. Da oben auf diesem Hügel steht eine riesige alte Windmühle.«

Ich versuchte, seine Aufmerksamkeit wiederzuerlangen. »Ich habe mir keine große Mühe gegeben. Ich habe aufgehört, Dinge zu tun wie zum Beispiel … meine Beine zu rasieren.«

Er nickte zum Hügel. »Es würde mir einen riesigen Spaß machen, diese Windmühle zum Laufen zu bringen. Das macht ein so tolles Geräusch.«

»Zack, ich meine, wir sollten darüber reden.«

»Hast du deine Stiefel mitgebracht?«

»Ja.«

Er packte meine Bluse und zog mich zu sich heran. »Ich reite mit dir aus. Dann mache ich dir Abendessen. Dann werde ich mit dir schlafen und dich so verdammt verrückt machen, wie du mich verdammt verrückt machen darfst, und wenn du dann noch über irgendwas reden willst, dann können wir reden.«

Die Sonne ging unter, als wir uns auf den Weg den Canyon hinauf machten. Zack sagte, das sei die Tageszeit, zu der er am liebsten reiten würde, insbesondere bei Vollmond. Er hatte zwei von Alices Pferden ausgewählt, von denen er sagte, dass sie »gut erzogen« seien, aber ich fand sie lahm, wie sie so mit gesenkten Köpfen vor sich hin trotteten. »Na los, Susie, wach auf!« Zack rollte mit den Sporen über die Flanken des Pferdes, und wir ritten in lebhafterem Tempo weiter.

»Diese Pferde werden keine Dummheiten machen«, sagte er, »daher ist die Gelegenheit günstig, um zu üben, was du tun musst, wenn du in Schwierigkeiten bist.« Er sagte, ich sollte auf den Kopf und die Ohren des Pferdes achten. »Wenn es anfängt, den Kopf hängen zu lassen, nimm einen Zügel und reiße ihn senkrecht hoch. Es kann nicht bocken, wenn sein Kopf oben in der Luft ist. Versuch's mal.« Ich zog an dem Zügel. »Wir machen das, während wir weiterreiten, wie eine Feuerwehrübung. Also, in dem Moment, wo du Schwierigkeiten ahnst, wartest du nicht auf das erste Bocken. Du schaltest gleich auf Autopilot – reißt seinen Kopf hoch.«

Er schaufelte mit dem Arm nach vorn, und wir fielen in einen leichten Galopp. Es war jetzt dunkel, und ich konnte nicht erkennen, wo wir ritten. Die Bäume waren graue Schemen, und die Luft war voller Geräusche – Schreie, Knacken, entferntes Heulen. Als wir die Spitze des Kamms erreichten, richteten wir unsere Pferde zum Meer aus. Auf der anderen Seite des dunkel gewordenen Canyons konnten wir den gesamten mit blinkenden Lichtern gesäumten Küstenbogen sehen.

»Man nennt dieses Küstenstück das Halstuch der Königin«, sagte ich.

Er beugte sich herüber und zeichnete mit den Lippen den Weg eines Halstuches über meiner Brust nach. Ein großes Zikadenorchester stimmte seinen schnellen Sägelärm an und steigerte sich zu einem Crescendo. Er bedeutete mir, vor ihm den Hügel hinabzureiten. Ich konnte nichts sehen, doch das Pferd bewegte sich in selbstsicherem Rhythmus, und bei jedem Schritt konnte ich Zack hinter mir spüren.

Er briet Steaks auf dem Holzfeuer. Nachdem wir gegessen hatten, ließ er Wasser in die Klauenfußwanne ein. Während sie sich füllte, zündete er die Öllampen an, die er überall im Haus aufgestöbert hatte, und legte *American Beauty* von den Grateful Dead auf. Ich schälte mich aus meinen Jeans und ließ mich behutsam ins Wasser gleiten. Er kam mit einer Schüssel, einem Rasierer und Rasiercreme zu mir. »Den habe ich schon seit zwanzig Jahren«, sagte er und wog den Rasierer in der Hand. »Ich mag es, wenn er schwer ist. Diese Plastikdinger kann ich nicht leiden.«

Er kletterte auf den Wannenrand und setzte sich mit den Füßen im Wasser mir gegenüber.

»Was hast du vor?«

»Deine Beine rasieren.«

»Nein.«

»Doch, Ma'am.« Er hob mein rechtes Bein hoch, legte es sich auf den Schoß und schäumte es anschließend mit der Creme ein.

»Es ist nicht zu fassen, dass du das tun willst.« Für mich war das die langweiligste aller Pflegeprozeduren, die ich so lange wie möglich hinausschob. »Ich habe schon daran gedacht, es beim Friseur machen zu lassen.«

»Für den Frisör wäre das aber ein kitzliger Auftrag.«

»Das hinge doch wohl von der Frau ab, oder?«

»Aber das hier ist ein besonderes Ereignis, da willst du wohl nicht kneifen?«

Ich lachte und lehnte mich in der Wanne zurück, während die Öllampen flackerten und Jerry Garcia uns aufforderte, Uncle John's Band zuzuhören. Zack begann, den Rasierer über meine Haut gleiten zu lassen, wobei er sich der Aufgabe mit der gleichen Konzentration widmete, mit der er alles tat – langsam und sorgfältig. Er machte kleine Striche, wieder und wieder, bis ein schmales Stück Haut vollkommen sauber war. Dann wandte er sich der Reinigung des nächsten Stücks zu. »Könntest du dein Bein mal da lang drehen?« Ich drehte mich in der Wanne. »Da ist eine Stelle, die ich übersehen habe.«

»Über solche Stellen mach ich mir nie Gedanken.«

Er beendete das rechte Bein und drehte es von einer Seite zur anderen, um es zu begutachten.

»Es ist wunderbar. Danke.« Ich rutschte nach vorn und küsste ihn. »Das Reiten im Dunkeln heute Abend hat Spaß gemacht.«

Er bedeutete mir, mich wieder zurückzulegen, nahm das linke Bein hoch und schäumte es mit Creme ein.

»Vermisst du dieses Leben nicht?«, fragte ich.

»Manchmal.« Die Kassette war zu Ende, und er drehte sie um. »Ich vermisse das Aufsatteln um vier Uhr morgens, wenn niemand außer den Helfern da ist. Du steigst auf ein Pferd, das niemand reiten will. Alle schreien sie: ›Es wird dich abwerfen!‹, und dann fällst du nicht runter oder doch. Wie auch immer, du bist im Spiel.« Er schaute zu den dunklen Fenstern hoch, die zum Canyon hinausgingen. »Und die Arbeit mit dem Lasso. Mein Gott, einen fünfhundert Pfund schweren Stier jagen, ihm ein Lasso überwerfen, es an deinen Sattel binden und das Rucken spüren. Du wirst ganz schön durchgerüttelt!«

Er tauchte den Rasierer in die Wanne. »Hast du schon mal fünfundachtzigtausend Stück gesehen?«

»Nicht dass ich wüsste.«

»Als sie mich zum stellvertretenden Geschäftsführer gemacht haben, musste ich planen, wie man Tausende von Rindern durch die Maststation treibt. Das ist wie Schachspielen, und ich habe großartig gespielt. Ich war die Nummer zwei bei dem Einsatz und war als Nummer eins gesetzt, aber als die Nummer eins kündigte, wurde ich nicht befördert. Sie gaben meinem besten Freund den Job, und der warf mich raus.«

»Warum?«

Er senkte den Kopf, während er sorgfältige Striche rund um die sich wölbenden Knochen im Knie machte. »Er haute mit meiner Frau ab.«

»Das hast du mir noch nie erzählt.«

Er säuberte das Knie mit einem Waschlappen. »Sie packten meinen neuen Ford Pick-up voll und fuhren weg. Marianne nahm die Mädchen mit, und bis heute will keiner von ihnen mich sehen. Ich lasse mich trotzdem immer wieder blicken, und wenn ich Glück habe, dann schieben sie mich in ihr Programm ein.«

»Nach all den Jahren?«

»Ich war kaputt. Aber irgendwie musste es so kommen.«

»Warum sagst du das?«

»Ich war arrogant. Ich habe einfach jeden, wenn ich wollte, verarscht und erwartet, dass Marianne da ist, wenn ich nach Hause kam. Auf meinem Höhepunkt war ich für sechzig Leute verantwortlich. Wenn ich jemanden verletzen wollte, dann wusste ich, wie, und ich hab's getan.«

»Diese Seite von dir habe ich noch nie erlebt.«

Er untersuchte das Bein nach widerspenstigen Haaren. »Teilweise kommt das vom vielen Herumziehen in meiner Kindheit. Jedes Mal, wenn ich auf einen neuen Schulhof kam, war da ein Kind, dem ich die Seele aus dem Leib prügeln musste, sonst hätten mich die anderen nicht in Ruhe gelassen. Wenn ich dieses Kind erst mal geschlagen hatte, war so ziemlich alles vorbei.«

Ich stieg aus der Wanne und griff nach einem Handtuch, um meine Beine abzutrocknen, die rosarot und so empfindlich waren, dass das Handtuch wehtat. »Ich bin noch nie so gründlich rasiert worden«, sagte ich. Er schleuderte das Handtuch fort und drückte mich an sich. Unser beider Haut schimmerte feucht. *»Wild Nights!«* In meinem Kopf klang das Gedicht von Emily Dickinson. Ich drückte ihn aufs Bett hinunter und rieb seinen Rücken mit Babyöl ein. *»Wild Nights – Wild Nights! … Rowing in Eden – Ah, the Sea!«* Ich drehte ihn um, rieb seine Brust ein, hob die Flasche über seinen Schwanz und ließ das Öl fallen: tropf, tropf, tropf. Er zuckte und stöhnte, als ich das Öl einmassierte, und dann griff er nach meinen Hüften und hob mich behutsam auf sich. Wir glänzten, wir rutschten, durch unsere Körper strömte eine fast unerträgliche Hitze. Und ich dachte: Er hat mich gefüttert und gestriegelt, mit mir gelacht und gespielt, mich zum Reiten mitgenommen und in Stadien der Glückseligkeit versetzt, und ich beklage mich, dass er falsche Wörter benutzt?

Wir lagen regungslos da und ließen das Zimmer wieder in den Mittelpunkt rücken. Das Feuer, das im gusseisernen Ofen knisterte. Jerry Garcia, der »Truckin'« sang. Oben auf dem Hügelkamm jaulte, kläffte und heulte ein Rudel Kojoten. Ich langte nach dem Champagnerglas, aber es war leer. »Ich hol dir was.« Zack wollte sich erheben, aber ich packte ihn am Arm. »Ich bin wieder da.«

Er fiel auf mich. »Ich hatte schon befürchtet, dass wir es nie bis hierher schaffen würden.«

»Ich auch.«

»Weißt du, wie oft ich schon in meinen Pick-up steigen und nach Hause fahren wollte? Ich hatte es satt, zu versuchen, nett zu sein.«

»Ich hab's nicht einmal versucht.«

Wir starrten einander an, saugten das Unvorhergesehene in uns auf, das schier Unglaubliche der Wende, die wir vollzogen hatten.

»Was geht da vor sich?«, flüsterte ich.

Er sah sich in der Hütte um. »An manchen Tagen glaube ich, ich bin gestorben und in einer Limousine in den Himmel gefahren. Und an manchen Tagen, na ja …« Er wandte den Kopf. »Wo ist die Hintertür?«

Ich kniff ihn in die Rippen, aber er packte meine Hände und drückte sie nach unten. »Ich weiß, dass ich hier toll arbeiten werde, Sara. Du hast mich inspiriert. Du hast den Wunsch in mir geweckt, härter als jemals zu arbeiten.« Ich versuchte, mich zu befreien, aber er hielt mich fest. »Ich möchte gerne glauben, dass ich dich auch auf irgendein neues Gebiet führe.«

»Vielleicht.«

»Du weißt, dass ich das tue.« Er begann mich zu kitzeln.

»Ja, ja!« Er ließ meine Arme los, und ich wollte ihn wieder. »Das ist unser Weg«, sagte ich.

»Es ist ein klasse Weg.«

»Ohne dies haben wir gar nichts.«

»Ohne dies«, sagte er, »haben wir, was alle anderen auch haben.«

Wir fielen wieder in die Kissen, und die Hitze kam zurück, und das Telefon läutete. Zack nahm ab und reichte mir den Hörer.

»Mom«, sagte Sophie.

Ich setzte mich auf. »Was ist los?«

»Ich bin krank. Mein Hals tut echt schlimm weh. Ich kann nicht schlucken. Könntest du mich bitte abholen, damit du dich um mich kümmern kannst?«

»Das wird dein Vater tun.«

»Macht er aber nicht. Er gibt mir nur Medikamente und geht weg.«

»Sag ihm, dass er für eine Weile in deinem Zimmer bleiben soll.«

»Aber das macht er nicht. Er hat Fieber gemessen, und ich hab … neununddreißig.«

»Neununddreißig? Bist du sicher?«

Ihre Stimme brach. »Ich habe Angst.«

Ich legte auf und sah Zack an.

»Du gehst.«

»Tut mir Leid.« Ich fing an, meine Kleider zusammenzusuchen. »Kommst du mit?«

Er schüttelte den Kopf.

10

Als ich läutete, war es fast Mitternacht, und Jeff öffnete die Tür, bekleidet mit einem langen schwarzen Frotteebademantel. Rose stand auf dem Gang im ersten Stock und blinzelte zu uns herunter.

»Du hättest nicht kommen sollen. Ich weiß nicht, warum sie dich angerufen hat«, sagte Jeff.

»Sie hat Angst. Sie hat hohes Fieber.«

»Ich kümmere mich schon darum.«

»Mom!« Sophie riss die Tür zu ihrem Zimmer auf und hastete die Treppe herunter, mit rotem Kopf und glasigen Augen. Ich befühlte ihre Stirn, ihren Nacken. »Ich möchte nach Hause, bitte. Ich kann nicht schlafen.« Sie schlang mir die Arme um den Hals.

»Da siehst du, was passiert!«, sagte Jeff.

»Könnte ich dich unter vier Augen sprechen?« Ich erklärte Sophie, sie solle in ihrem Zimmer auf mich warten. Jeff und ich gingen ins Arbeitszimmer, und er schloss die Tür.

»Hier handelt es sich um eine außergewöhnliche Situation«, sagte ich.

»Wir halten uns an den Zeitplan, so lautet unsere Abmachung.«

»Ich weiß, und ich habe sie immer respektiert –«

»Das trifft auch umgekehrt zu. Gabriel will für imme hier bleiben, und ich sage nein.«

»Sie glüht wie ein Ofen. Hast du ihr etwas gegeben?«

»Tylenol.«

»Wann?«

Er schaute auf seine Uhr. »Um acht.«

»Sie könnte noch zwei nehmen. Jeff, bitte, wir wollen doch nur, dass sie wieder gesund wird. Lass sie mich mit zu mir nehmen –«

»Du willst sie bei dem Fieber mitten in der Nacht aus dem Haus schleppen? Das ist keine gute Idee.«

»Du kannst zusätzliche Tage haben, wenn es ihr besser geht.«

»Du hast kein Recht, einfach so hierher zu kommen!«

»Ich bin ihre Mutter, und wenn sie krank ist und weint, dann werde ich mich nicht weigern, zu kommen und bei ihr zu sein.«

»Das ist doch nur so eine Masche von ihr. Sie weiß doch, was passiert. Wenn sie lange genug weint, dann wirst du schwach und kommst sie abholen.«

»Und welche Lösung schlägst du vor? Dass wir sie so lange weinen lassen, bis es vorbei ist?«

»Sag einfach zu ihr, nein, du kommst nicht. Sie wird schnell darüber hinwegkommen. Das garantiere ich.«

»Wirst du sie morgen zum Arzt bringen?«

»Wie bitte?«

»Deine Termine absagen, nicht zur Arbeit gehen?«

»Nun mach aber mal einen Punkt, Sara.« Er öffnete die Tür und steuerte auf die Treppe zu.

»Weil ich das nämlich tue. Morgen früh werde ich sie als Erstes zum Arzt bringen und ihr Medikamente besorgen oder sie röntgen lassen oder was auch immer notwendig ist. Dann werde ich an der Schule vorbeifahren und ihre Aufgaben und Bücher abholen. Was ist also dabei, wenn ich sie gleich mitnehme?«

Er schwenkte mit einem Gesichtsausdruck auf mich zu, der mir Angst einjagte.

Rose rief von der Galerie: »Jeff.«

Er wippte sprungbereit auf den Zehenspitzen wie ein Preisboxer. Dann drehte er sich um, marschierte die Treppe hinauf, folgte Rose ins Schlafzimmer und knallte die Tür zu.

Ich schlief keine Minute. Ich lag neben Sophie in ihrem Himmelbett und erzählte ihr Geschichten – sie liebte es, Geschichten darüber zu hören, wie es war, als sie noch ein Baby war und laufen und sprechen lernte –, bis ihr die Augenlider flatternd zufielen.

Ich war nicht stolz auf mein Benehmen gegenüber Jeff. Wochenlang, manchmal monatelang, gelang es uns, miteinander auszukommen und eine oberflächliche Herzlichkeit zu wahren. Wir konnten die Illusion aufrechterhalten, dass wir Partner wären, die an einem Langzeitprojekt zusammenarbeiteten. Es gab sogar Augenblicke, in denen ich Dankbarkeit verspürte – er hatte mich geheiratet, und zusammen hatten wir diese Kinder hervorgebracht. Aber die Herzlichkeit war fadenscheinig, und als ich heute Nacht sein Haus betreten hatte, hatten wir sie einfach zerfetzt und uns gegenseitig gewünscht, dass wir tot wären oder uns in einer Rauchsäule auflösten. Es gab keinen Ausweg – und deswegen konnte ich nicht einschlafen und wälzte mich ständig herum. Wenn du Kinder hast, kannst du dich niemals trennen, du schlägst nur dein Lager in verschiedenen Häusern auf.

Obwohl wir keinen Termin hatten, erschien ich um neun, als sie aufmachten, in der Kinderarztpraxis. Unsere Ärztin, Vicky Paterno, hatte eine Tochter in Sophies Alter und Verständnis für berufstätige Mütter. Sie schleuste uns in weniger als dreißig Minuten durch. Sie machte einen Halsabstrich, betrachtete ihn unter dem Mikroskop und teilte uns mit, dass Sophie eine Streptokokkenangina hätte. Die Schwester rief in der Apotheke an, damit das Antibiotikum bereitläge, wenn wir vorbeifuhren. Ich verabreichte Sophie ihre erste Dosis, schrieb auf Spanisch ausführliche Anweisungen für Veronica nieder und raste zur Ranch hinaus, wo ich kurz nach elf eintraf.

Als ich an der Remonte vorbeifuhr, sah ich Zacks rostigen roten Pick-up am Zaun stehen. Ich parkte auf meinem reservierten Platz vor dem Autorenwohnwagen, zwischen Beths grauem Jaguar und Josefs klassischem 66er Mustang-Kabrio.

Die Autos waren eine Mahnung: Ich vögelte unter meinem Niveau, aber in der Welt des Sets – einer streng hierarchischen Welt – vögelte ich im tiefsten Keller. Da Zack kein Mitglied der Wrangler-Gewerkschaft war, wurde er als »reitender Statist« eingestellt und bezahlt. Als »Wrangler« konnte er nur beschäftigt werden, wenn gerade kein Gewerkschaftsmitglied zur Verfügung stand, und er musste in einem Jahr zweiundzwanzig Tage als Wrangler gearbeitet haben, um zu einem Beitritt berechtigt zu sein. Die einzige Möglichkeit, sich zu qualifizieren, hatte Mike Riggins gesagt, wäre, sich für mehrere Monate zu einem Spielfilm an einem Drehort abzusetzen, der so unerfreulich war, dass kein Gewerkschaftsmitglied dort hinwollte. In Südkalifornien würde Zack niemals zweiundzwanzig Tage zusammenbekommen.

Daher trat er der Screen Actors Guild, der Filmschauspielergilde, bei, die einfachere Bestimmungen hatte: Wenn man als Statist arbeitete, wurde man Mitglied. Zack fuhr jeden Morgen um sechs zur Ranch, half den Wranglern beim Satteln der Pferde, ging dann zum Garderobewagen, wo ihm eine Wollhose mit Knöpfen (Jeans und Reißverschluss waren 1865 noch nicht erfunden), ein Hemd, Weste, Hut (kein Cowboyhut – die gab es damals auch noch nicht) und Schnürstiefel ausgehändigt wurden. Anschließend ging er zum Maskewagen, wo sie ihm einen Schnurrbart auf die Oberlippe klebten. Er hasste den Schnurrbart, aber fürs Tragen wurden achtzehn Dollar bezahlt. Im Frisurwagen kämmten und besprühten sie seine Haare, damit sie authentisch für diese Zeit aussahen. Dann ging er mit diesem anmutigen, einzigartigen Gang zu seinem Pferd und war bereit, bei den Aufnahmen hin und her zu reiten.

Er wurde Teil der namenlosen, gesichtslosen Masse, die die niedrigste Kaste bildete, obwohl man ihn in Casa Grande jetzt für einen Filmstar hielt. Auf dem Set bezeichnete man die Statisten als »Hintergrund«. Wenn der Regisseur zu ihnen sprechen wollte, rief er: »Hintergrund!« Niemand machte sich die Mühe, ihre Namen zu lernen. Bevor Zack zur Arbeit gekommen war, hatte ich die Statisten kaum beachtet und war verärgert, wenn einer von ihnen versuchte, sich mit mir zu unterhalten, wenn ich zwischen dem Set und dem Autorenwohnwagen hin- und hersauste.

Die für den Hintergrund verantwortliche Person war der zweite Regieassistent. Er platzierte sie in den Szenen und choreographierte ihre Aktionen, um ein lebendiges Bild zu schaffen: Zwei Männer auf Pferden kamen zum Saloon geritten und stiegen ab, während drei Frauen vor dem Krämerladen stehen blieben, um nach Kartoffeln zu schauen, und vier Kinder mit Reifen auf der Straße spielten – alles schweigend. Unser zweiter RA, Marv Jabloner, war ein junger Mann mit Brille und beginnender Glatze, der Safarishorts und einen billigen Cowboyhut aus Stroh trug und ein Walkie-Talkie mit sich herumschleppte. Ich mochte Marv, weil er so eifrig war, aber anderen ging er auf die Nerven. Er sprach zu den Statisten mit der übersteigerten Konzentration desjenigen, der immer schon ein Schwachkopf gewesen war.

»Ich brauche einen Reiter beim Barbierladen!«, schrie Marv.

Zack sah sich um. Da er dem Barbierladen am nächsten war, stupste er sein Pferd in diese Richtung.

»Ich möchte, dass du vom Pferd absteigst und nach seinen Beinen siehst, so, als ob es hinken würde und du nachsehen willst, was los ist.«

Zack nickte. Nach einigen Wochen auf dem Set hatte er die unausgesprochenen Regeln gelernt. Die erste lautete, nicht zu eifrig zu sein. Am Anfang war Zack jedes Mal aufgesprungen, wenn Marv nach einem Reiter verlangte, aber Earl McCoy, einer der älteren Wrangler – derjenige, der mich zu dem Cowboylyrik-Festival nach Elko geschickt hatte –, war zu ihm gekommen und hatte gesagt: »Zack, du warst schon in jeder verdammten Szene. Setz dich hin. Ob du nun durch die Szene reitest oder Pause machst, du kriegst keinen Cent mehr bezahlt.« Das Ziel der Wrangler war, so viel wie möglich Pause zu machen, aber Zack wollte lieber »in Aktion bleiben«.

Die zweite Regel lautete, keine Aufmerksamkeit zu erregen, aber das war schwierig. Jeder Statist wollte entdeckt werden. Wenn Marv einen Statisten aussuchte, der zu Jane Seymour gehen und ihr einen Brief überreichen sollte, dann war das eine große Sache – eine »stumme Nebenrolle«, für die sie dreißig Dollar zusätzlich bekamen. Sie redeten wochenlang darüber und warteten ungeduldig auf den Sendetermin, denn der Statist, der neben dem Star stand, war sicher auf dem Bildschirm zu sehen. Aber nach diesem ruhmreichen Augenblick teilte ihm Marv dann mit, dass er zu Hause bleiben sollte, weil »wir zu viel von dir gesehen haben«. Wie Zack es formulierte: »Du möchtest Aufmerksamkeit erregen, aber wenn du's tust, dann kostet dich das was.«

Als ich auf der Ranch eintraf, piepste mich einer der Produktionsassistenten an und sagte, dass mich der Regisseur auf dem Set brauchte. Ich schnappte mir mein Skript und fuhr in einem Golfcart zu der Wiese neben der Kirche. Als ich durch die Ansammlungen von Crewmitgliedern und Gerätschaften schritt, über Kabel und Drähte stieg, stupsten mich Leute an und riefen mir Fragen zu. Chip Landau kam heran und umarmte mich. Zack hatte festgestellt, dass *Dr. Quinn* der »umarmungsreichste Ort« ist. Beth hatte es vorgemacht, indem sie die Leute bei der Begrüßung umarmte, und alle waren ihrem Beispiel gefolgt. Chip sagte: »Ich bin zu spät dran. Ich brauche Hilfe, wenn ich den Tag für mich retten will. Können wir diesen Text streichen?«

Ich überflog den Dialog. »Nein.«

»Es würde mir anderthalb Stunden einsparen. Ich müsste den Verlust nicht wieder gutmachen.«

»Aber wir müssen hören, wie Dr. Quinn das sagt – sie hat ihre Meinung geändert.« Ich schaute auf den Auftrittsplan, der alle Szenen auflistete, die an diesem Tag gedreht wurden. »Wir könnten die zehnte Szene weglassen, wenn es sein muss.«

»Danke«, sagte Chip.

Ich drehte mich um und sah mich blinzelnd auf der Wiese um. Neben der Eiche hielt sich eine Reihe von Reitern auf, und einer löste sich aus der Gruppe und ritt nach vorn. Zack erzählte mir später: »Als ich sehe, wie du den Kopf nach allen Seiten reckst, denke ich, das ist mein Einsatzzeichen.« Ich ging auf ihn zu, und wir blieben an der kleinen Holzbrücke, die sich über den Malibu Creek wölbte, stehen. Er beugte sich von seinem Pferd herunter, ich stellte mich auf die Zehenspitzen, und wir küssten uns.

»Hör … auf … damit.«

Ich wandte mich um und sah Marv durch sein Megaphon sprechen, seine Brille glitzerte in der Sonne.

»Lass … das Mädchen … in Ruhe.«

Die Crewmitglieder lachten und schüttelten die Köpfe. Jane Seymours Mann führte bei einigen Folgen Regie, Beths Mann spielte den Stadtbarbier, aber ich war die einzige Frau aus der so genannten »Höheren-Instanz«-Gruppe, die mit einem Statisten liiert war. Mich interessierte es nicht sonderlich, was die Crew dachte, aber Zack war andauernden Pöbeleien ausgesetzt. Die Wrangler nannten ihn einen Gigolo und »Saras Liebling«. Er wehrte sich ständig: »Ich bin mein eigener Herr«, und manchmal entwaffnete er sie, indem er sagte: »Ich habe mich bis hierher durchgebumst, klar? Aber ich mache meine Arbeit gut.« Eines Morgens steckte er eine Wildblume in sein Revers, und Mike Riggins hielt ihn auf der Straße an. »Was, zum Teufel, ist das denn?«

»Eine Blume«, sagte Zack.

»Das weiß ich. Was hat sie da zu suchen?«

Zack zuckte mit den Schultern. »Ich bin eben ein sensibler Mensch.«

»Du bist eine Hure.«

Die Wrangler scharten sich um Mike und lachten.

Zack erstarrte. »Meinst du vielleicht, dass es leicht ist, eine Frau so weit zu kriegen, dass sie dich dafür bezahlt? Zeig mir einen einzigen Mann hier – ich glaube nicht, dass es auf dem ganzen Set einen Mann gibt, vom ältesten bis zum jüngsten, von Joe Lando bis runter zum kleinsten Statisten –, der dafür bezahlt wird.«

Sie murmelten vor sich hin und trollten sich.

Der Zorn der Wrangler hatte mich überrascht. Ich hatte eigentlich erwartet, dass sie Zack freundlich aufnehmen würden. Er sprach ihre Sprache, er hatte bei der Red River Land gearbeitet und bei der Cattle Company, der Gesellschaft, die John Wayne gehörte, aber sie betrachteten ihn als eine Bedrohung.

Als Zack abstieg und sich anschickte, sein Pferd an den Zaun zu binden, eilte McCoy, ein großer, bulliger Mann mit Fettpolstern um die Hüften, herbei und riss Zack die Zügel aus der Hand. Er drehte sich um und rief den Wranglern auf der Bank zu: »Wenn es eins gibt, was ich nicht ausstehen kann, dann ist das ein gottverdammter Statist, der sich wie ein Wrangler aufführt!«

McCoy sagte Zack, dass nur Wrangler mit den Pferden und dem Zaumzeug umgehen dürften. Die Statisten sollten aufsitzen, reiten und wieder absitzen. Mehr nicht. Jedes Mal, wenn Zack um sechs Uhr morgens auftauchte, um Pferde zu satteln, ermöglichte er es Mike Riggins, an diesem Tag einen Wrangler weniger einzustellen. McCoy sagte Zack: »Deinetwegen bleibt ein guter Mann zu Hause.«

Zack ging zu Mike Riggins und fragte, ob er mit dem Pferdesatteln aufhören sollte, aber Mike sagte: »Nee, mach dir deswegen keine Sorgen. Unsere Jungs sind bloß faul, und sie brauchen was, worüber sie meckern können.«

Daher erschien Zack auch weiterhin um sechs Uhr, und McCoy riss ihm weiterhin die Zügel aus der Hand. Einer der Altgedienten warnte Zack, vorsichtig zu sein und seinen Sattel und das Zaumzeug zu überprüfen, bevor er aufsaß.

Am Wochenende nahmen Zack und ich Gabriel und drei Freunde, die Mitglieder seiner Band waren, zu ihrem ersten Liverockkonzert mit – Nine Inch Nails. Gabriel war im vergangenen Monat elf geworden, und die Karten waren ein Geburtstagsgeschenk. Den ganzen Tag war er derart aufgedreht gewesen, dass er Magenschmerzen bekommen hatte und ich ihn mit einer Wärmflasche und einem Glas Gingerale auf die Couch legen musste.

Er erholte sich augenblicklich, als seine Freunde eintrafen, gefolgt von Zack.

»Guten Abend«, sagte Zack.

»Warum musste der denn kommen!«, sagte Gabriel.

Ich warf ihm einen Blick zu. »Sei höflich …«

»Ich frage ja nur, warum.«

»… oder wir blasen das Ganze ab.«

Zack hob beschwichtigend die Hände. »Jetzt wollen wir alle einfach mal losziehen und unseren Spaß haben.«

Hinter seinem Rücken äffte Gabriel Zack nach, indem er mit den Händen wedelte und mit dem Kopf wackelte. Seine Freunde krümmten sich vor Lachen.

»Lasst uns jetzt in den Wagen steigen«, sagte ich. Sie drängten sich auf den Rücksitz des Kombis. Zack half mir einsteigen, schloss meinen Sicherheitsgurt, ging um den Wagen zum Fahrersitz, und wir fuhren los.

»Ich will mich mitten in die Höllengrube stürzen«, sagte Gabriel.

»Du lügst!«

»Nnnhhheeeh.«

»Ehrlich!« Gabriel sagte. »Ich will Publikumsurfen ausprobieren.«

»Brrrreehhh!«

Die Jungs schrien und gackerten, und die Luft roch zunehmend nach Moschus vor lauter Testosteron. Ich drehte mich um und sagte ihnen, dass ich für jeden Ohropax mitgenommen hätte.

»Ohropax!«, schrie Jason, der der Anführer war. Gabriel ließ den Finger kreisen und zeigte damit auf mich.

»Ihr werdet schon sehen – selbst die Platzanweiser tragen Ohropax«, sagte ich. »Als ich für den *Boston Globe* arbeitete, habe ich mal ein Interview mit Pete Townshend gemacht. Wisst ihr, wer das ist? The Who? Tommy?«

Alle schwiegen, dann sagte Jason: »Ja.«

»Kurz vor dem Interview wurde in der Presse über eine wissenschaftliche Studie berichtet, die belegte, dass lauter Rock 'n' Roll das Gehör schädigen kann.«

Die Jungs grunzten.

»The Who waren die lauteste Band im Umkreis, daher fragte ich Pete Townshend, was er davon hielt.« Ich beugte mich zu Zack. »Wir nehmen die nächste Ausfahrt.«

»Und was hat er gesagt?«, fragte Gabriel.

»Er sagte: ›Quatsch! Ich bin ständig von lautem Rock umgeben. Nachts schlafe ich meistens mit Stereokopfhörern auf den Ohren ein, und mein Gehör ist vollkommen in Ordnung.‹«

Ich drehte mich auf meinem Sitz nach vorn. »Heute ist er taub.«

Zack warf mir einen schnellen Blick von der Seite zu. Ich hörte, wie die Jungs flüsterten, und Gabriel rief: »Danke, Mom, aber … schon gut.«

Wir fuhren in den Parkturm der Universal City, der überfüllt und verwirrend war. Um das Amphitheater zu erreichen, mussten wir durch das neu erbaute Einkaufszentrum – den Universal City Walk –, dessen Architekt zwar Preise gewonnen hatte, dessen Werk jedoch eine grelle Höllenvision war, »Ulysses in Night Town« im Stil von Las Vegas. Es gab Neon-Palmen, Neon-Hotdogs, Neon-Ladenfassaden, alles blinkend und pulsierend wie Spielautomaten. Und das Einkaufszentrum wurde von einer Menschenrasse bewohnt, die sich schwarz kleidete, die Haare purpurrot und grün färbte und Körperteile – Nabel, Augenbrauen – mit Ringen durchbohrte. Zack war der Einzige, der einen Cowboyhut trug.

Unsere Plätze, die ich von einem Freund in der Musikbranche erhalten hatte, waren im Orchesterbereich, sodass die Chance bestand, dass wir die Künstler wirklich sehen konnten. Ich reichte Zack ein Paar Ohropax. Zum Anheizen der Stimmung trat der Jim Rose Circus auf, der, wie ich feststellte, keine Band, sondern eine Gruppe war, die Sadomaso-Kunst darstellte. Während Heavymetal aus Lautsprechern dröhnte, setzte Jim Rose ein Glas an den Mund und aß es auf. Dann zog er sein Hemd aus und ließ seine Muskeln spielen, während die Bandmitglieder ihm Pfeile in den Rücken warfen. Ich sah zu Gabriel und seinen Freunden, die vorgebeugt und mit offenem Mund auf ihren Plätzen saßen. Zack drehte meinen Kopf zu sich und küsste mich.

Auf der Bühne hängten sich die Künstler Elektrosägen und Toaster an Nasenringe, aber der Höhepunkt kam, als Jim Rose zwei an Metallketten befestigte Zementblöcke nahm und sie an Ringe in seinen durchstochenen Brustwarzen hakte. Er ließ sie von seinen Brustwarzen baumeln, dann gab er ihnen einen Stoß und ließ sie wirbeln. Ich presste das Gesicht ins Zacks Schulter.

Während der Pause liefen die Jungs zum Verkaufsstand, um T-Shirts, CDs und Ketten zu kaufen. Sie waren gerade auf ihre Plätze zurückgekehrt, als Nine Inch Nails zu spielen begann. Selbst mit Ohropax war die Lautstärke qualvoll. Die Jungs wandten sich in panischem Schrecken an mich und streckten die Hände aus. Ich bemühte mich, mir nichts anmerken zu lassen, als ich in jede Handfläche ein Paar Ohropax fallen ließ. Zack und ich kauerten uns in unsere Sitze. Eingezwängt zwischen den Reihen hüpfender Fans, konnten wir nicht unterscheiden, wann ein Song zu Ende war und ein anderer begann. Ich starrte Gabriel an. Er sang mit und stieß die Faust in die Luft. Zack ließ die Hand meine Jeans hinaufgleiten, versuchte, mich abzulenken. »Ich will dich tierisch ficken«, sang mein Sohn gerade.

Die Fans fingen an, Feuerzeuge hochzuhalten. Gabriel reckte

den Kopf nach allen Seiten und betrachtete, wie die kleinen gelben Flammen flackerten und immer mehr dazu kamen, bis das Theater eine Kuppel aus glühenden Punkten war.

Zack zog sein Zippo-Feuerzeug heraus und reichte es Gabriel, der ihn verblüfft ansah. Er schnipste es an, und seine Freunde murmelten aufgeregt. Dann reckte Gabriel es in die Luft.

Zack zog mich auf die Füße. »Lass uns einen Spaziergang machen.« Er führte mich den Gang hinauf und aus dem Theater. »Es ist peinlich, mit seiner Mutter im Rockkonzert zu sein.«

Am nächsten Morgen bat Zack Gabriel, ihm dabei zu helfen, Häute und Rosshaarstränge aus seinem Pick-up zu laden. Er wollte sie in unserem Geräteschuppen lagern, da sein eigener bereits voll war. Ich schloss die Tür des Schuppens auf und hielt sie offen, während sie die Kisten aus dem Pick-up hineintrugen. Ein altes Champion-Feuerzeug klirrte zu Boden. Gabriel hob es auf. »Was ist das?«

Zack warf einen kurzen Blick darauf. »Müll.«

Am Abend zuvor, nach dem Konzert, hatte Gabriel das Zippo zurückgegeben. Er versuchte, das Champion anzuschnipsen, aber es gab nur hohle Klicklaute von sich. »Es ist kaputt.«

»Es braucht Gas«, sagte Zack.

»Wenn du Gas hättest, würde es dann funktionieren?«

»Ja.«

»Wo kriegst du es her?«

Zack zuckte mit den Schultern. »Vom Drugstore.« Sie schleppten die letzten Kisten heran und stapelten sie im Schuppen. »Das war's«, sagte Zack.

»Wenn ich Gas kaufen würde, könnte ich es dann haben? Ich meine, wenn du es nicht benutzt?«

Zack ging in die Hocke, bis seine Augen auf gleicher Höhe mit Gabriels Augen waren. »Feuer ist eine ziemlich ernste Sache. Du müsstest zuerst deine Mom fragen, aber wenn du mir versprichst, dass du verantwortungsbewusst damit umgehst, werde ich ein gutes Wort für dich einlegen.«

»Ich verspreche es.«

»Ich vertraue dir, dass du klug damit umgehst. Du darfst es nicht im Auto anmachen. Du darfst es nicht in der Schule anmachen. Und wenn du auch nur einmal Mist baust – ist es weg.«

»Ich werde keinen Mist bauen.«

Zack drehte sich zu mir. Ich nickte unwillkürlich, und er reichte Gabriel das Feuerzeug.

»Danke, Zack!«

Zack hatte Gabriel schon viele Sachen geschenkt – eine Bärenklaue, ein Taschenmesser –, aber nichts machte einen solchen Eindruck wie dieses Champion-Feuerzeug für fünf Dollar. Das ganze Wochenende beschäftigte sich Gabriel damit, machte es an und machte es wieder aus, probierte, wie schnell er es aus der Hosentasche ziehen und anschnipsen konnte. Er füllte es zweimal mit Gas, und Zack zeigte ihm, wie man es mit der einen Hand aufschnappen lassen und durch ein Schnipsen mit den Fingern der anderen Hand anmachen konnte.

In den darauf folgenden Tagen wollte Gabriel, wann immer es sich einrichten ließ, mit Zack zusammen sein. Sie fuhren in dem Pick-up, den Gabriel zuvor verspottet hatte, zu Eisenwarenhandlungen und Schrottplätzen. Sie bauten eine Rampe für sein Skateboard und funktionierten den Lagerraum neben der Garage zu einem Probenraum für Gabriels Band um. Sie befestigten mit Draht Isoliermaterial an den Wänden und installierten Lampen. Sie heckten sogar Streiche aus. Zack zeigte Gabriel, wie er eine Schnur um einen G.I. Joe wickeln und den Soldaten, während man die Schnur festhielt, die Toilette hinunterspülen konnte. »Das ist irre stark!«, sagte Gabriel, als er den Soldaten wieder herauszog. Zack sagte ihm, dass er zwar in seiner Gegenwart fluchen, es sich von der Seele reden dürfe, »aber mach das nie in

Gegenwart von anderen Leuten und vor allem nicht in Gegenwart deiner Mom, sonst setz ich dich wie einen ungezogenen Hund vor die Tür«.

Zu dritt machten wir einen Ausflug zum Home Depot, einem Geschäft für Heimwerkerbedarf, was für mich einen Ausflug in die Hölle bedeutete. Ich saß auf einer Bank in einer Ecke des lauten Kaufhauses, das mit Sachen voll gestopft war, die ich weder wollte noch brauchte, und las Frank Conroys *Body and Soul*. Zack und Gabriel liefen in den Gängen auf und ab und sahen sich Bohrer, die Beton durchbohren konnten, Kreissägen und Propangasflaschen an.

Nach einer Stunde kamen sie mit einem metallenen Gerät mit Rollen und Ketten auf mich zu. Sie gaben ein seltsames Paar ab: Gabriel in seinen zerrissenen Jeans und der schwarzen Nine-Inch-Nails-Mütze und Zack in seinen Stiefeln und dem Stetson.

»Dürfen wir das kaufen, Mom?«, fragte Gabriel.

»Was ist das?«

»Ein tragbares Spill.«

»Ein was?«

»Eine Winde. Die ist zum Spannen von Maschendrahtzäunen«, sagte Zack.

»Wir haben doch gar keinen Maschendrahtzaun.«

»Ich habe damit ein Kalb aus seiner Mutter herausgezogen.«

»Nur zweiundzwanzig Dollar«, sagte Gabriel.

»Aber was wollt ihr damit machen?«

»Irgendwas.«

Zack nickte zu Gabriel. »Er findet, es sieht stark aus.«

Klar. Ich war sicher, dass er es als ein Folter- und Vernichtungswerkzeug betrachtete.

Zack beugte sich vor und sagte leise: »Ich glaube nicht, dass er viel Schaden damit anrichten kann.« Er sagte Gabriel, dass er ihm das Spill als ein verspätetes Geburtstagsgeschenk kaufen würde, wenn er es in zwei Wochen immer noch haben wollte.

Gabriel ballte die Faust und stieß sie nach unten, als zöge er an einem Hebel. »Ja!«

Gabriels Sinneswandel war mir ein Rätsel. Er ließ mich hoffen, aber gleichzeitig traute ich ihm nicht, denn ich wusste, dass Gabriel sich wie der Wind drehen konnte. Auf der Ranch erzählte ich Josef, dass ich nicht verstehen könnte, wieso dieses Champion-Feuerzeug eine derart starke Wirkung gehabt hätte.

Josef lächelte. »Ich schon. Das ist wie ein Aufnahmeritus. Feuer ist ein Symbol für Sexualität, richtig? Du hast einen starken Mann, der deinem Sohn einen brennenden Schwanz gibt und ihm sagt, dass er darauf vertraut, dass er ihn klug einsetzt.«

Die Winde von Santa Ana wehten und ließen die Luft heiß und trocken werden, als ich die Kinder zum ersten Mal zu Zacks Hütte fuhr. Gabriel marschierte hinein und schnurstracks auf die Kuhhaut zu. Ein Horn war noch frei, aber er legte Wert darauf, seine schwarze Nine-Inch-Nails-Mütze über Zacks Stetson zu hängen.

»Kommt raus«, rief Zack. »Das müsst ihr euch ansehen!«

Wir traten aus der Tür und sahen ein langes Hanfseil, das von dem Eukalyptusbaum baumelte, dessen Äste sich über den Canyon reckten. Die Kinder stießen einen Schrei aus und rannten zu dem Seil, als wäre es der Gral.

Unsicher spielten sie damit. »Ich werd's euch zeigen«, sagte Zack. Er packte das Seil, stützte den Fuß gegen den Knoten, den er geknüpft hatte, und stieß sich ab. Er schwang weit hinaus, wirbelte über die Schlucht dorthin, wo der Boden abfiel, dann schwang er dorthin zurück, wo wir warteten.

Gabriel versuchte es als Nächster, verbrannte sich jedoch die Hände an dem Seil, sodass Zack am unteren Ende eine Schlinge machte, in die er seinen Fuß stellen und auf der er stehen konnte. Sophie wollte, dass er ihr eine Schaukel machte, auf der sie sitzen konnte.

»Versuch's mal so«, sagte Zack. »Stell deinen Fuß genau hier hin. Ich halte dich fest.«

Sie schauderte vor ihm zurück. »Nein.«

»Du wirst nicht fallen.«

»Können wir nicht ein Brett daran befestigen?«

»Ein Brett funktioniert nur, wenn du zwei Seile hast, und da hoch klettere ich nicht nochmal.« Er nickte zu dem Ast, gut sechs Meter über dem Boden.

»Ich habe mich schon gefragt, wie du es da oben hingeschafft hast«, sagte ich.

»Ich habe versucht, das Seil drüberzuwerfen, aber das hat nicht geklappt. Darum bin ich auf diesen Schuppen geklettert und von dort in die Astgabel des Baums und dann auf dem Bauch zu dem Ast.«

»Du spinnst.«

»Klar. Und ich musste damit fertig sein, bevor Gabriel herkam, sonst hätte er auch hochklettern wollen.«

»Jaha, lass uns jetzt hochklettern«, sagte Gabriel.

Zack machte eine größere Schlinge am unteren Ende des Seils und sagte zu Sophie, dass sie ihre Beine hindurchstecken und auf der Schlinge wie auf einer Schaukel sitzen könnte.

Vorsichtig steckte sie ein Bein hinein, dann das andere. Zack trat vor.

»Rühr mich nicht an!«

Er trat zurück und hob die Hände.

Sie sah zu mir, dann stieß sie sich zaghaft ab und schrie. Sie brachte sich zum Stehen. »Das macht Spaß.« Sie wandte sich an Zack. »Könntest du mich ein wenig anstoßen? Aber wirklich nur ganz wenig?«

Er stieß sie behutsam, respektvoll an, und jedes Mal bat sie darum, ein wenig weiter geschickt zu werden. »Ich könnte anfangen, dich gern zu haben«, sagte sie. Zwei weitere Stöße und sie schwang mit zurückgeworfenem Kopf weit hinaus über die

Schlucht. Zack zog mich um den Schuppen herum und küsste mich.

An diesem Tag, wie sie da schwangen und sich drehten, sich gegenseitig auf dem Seil anstießen und Wasserballons mit einer Schleuder in die Bäume schossen, wirkten die Kinder wie Sylphen. Und sie riefen: »Zack, Zack, schau her, Zack, stoß mich an, Zack, schau zu.«

Er half Sophie, einen roten Wasserballon zu schleudern, der sauber über den Canyon hinwegsegelte und an einer Pinie zerplatzte. Jubelnd hüpfte sie über das Gras. »Der ist bisher am weitesten gekommen.«

»Ja, Ma'am.«

»Weißt du noch, als ich dich kennen lernte?«, sagte sie. »Ich hielt dich für ein Wesen aus einer anderen Welt, und ich wusste nicht, was du mit uns machen wirst.«

»Denkst du das immer noch?«

»Ich meine immer noch, dass du von einem anderen Planeten stammst, aber …« Sie setzte einen neuen Ballon in die Rundung der Schlinge. »Okay, Feuer!«

Später kletterten wir den Hügel hinter der Hütte hinauf, um Feuerholz zu sammeln, und auf halber Höhe wurde das Unterholz dicht und versperrte den Weg. »Wir brauchen eine Machete«, sagte Zack.

»Wir können eine im Home Depot kaufen«, sagte Gabriel. »Ich habe eine für neun Dollar gesehen.«

»Aber dann müssten wir sie auch benutzen. Kaufen ist der leichte Teil.«

Wir trugen das Holz nach unten, und Zack und Gabriel schichteten in der großen, stählernen Barbecuetrommel ein Feuer aus Zweigen und Scheiten. Sie streckten gleichzeitig ihre Feuerzeuge vor und steckten das Anmachholz in Brand. Zack sagte: »Wir lassen es ein paar Stunden brennen, und dann haben wir eine schöne Ko … Kohle –« Er begann zu husten und versuchte, es mit der

Faust zu unterdrücken, aber jedes Mal, wenn er hustete, wurden die Anfälle stärker und erstickender, bis sein Gesicht hochrot war.

»Bist du okay!«, fragte Gabriel.

Zack nickte und winkte uns weg. Er beugte sich vornüber und legte die Hände auf die Knie.

»Das kommt vom Rauchen«, sagte Sophie.

»Ich bin schon wieder in Ordnung.« Er holte ein paar Mal tief Luft, richtete sich auf und fragte die Kinder, ob sie lernen wollten, den Pick-up zu fahren. »Das ist eine Privatstraße, ihr braucht also keinen Führerschein.

»Dieses Ding fahre ich nicht«, sagte Sophie.

»Der hat ja eine Knüppelschaltung«, sagte Gabriel.

»Na und? Wenn du mit einer Knüppelschaltung fahren kannst, kannst du alles fahren.«

»Aber ich werde nie ein Auto mit Knüppelschaltung fahren«, sagte Gabriel.

»Ich dachte, du wolltest Rennfahrer werden.«

»Will ich auch.«

»Dann musst du schalten.«

»Nein, ich habe mit meinem Dad eine Probefahrt in einem Porsche gemacht, und die haben Automatik.«

Zack öffnete mit einem Ruck die Tür zur Fahrerkabine. »Steig ein, Cowboy.« Er setzte Gabriel vor sich, sodass er steuern und die Kupplung treten konnte. Sie fuhren den Feldweg hinunter, um die Kurve herum und verschwanden.

Sophie und ich gingen mit einem Korb in den verwilderten Garten, der von früheren Mietern gepflanzt worden war, und pflückten Tomaten, die so groß wie Grapefruits waren. »Ich werde einen Salat machen, und du kannst mir dabei helfen«, sagte ich.

»Einverstanden.«

Als ich die Tomaten gewaschen hatte, schnitt sie sie in seltsam geformte Stücke und richtete sie so auf einer Platte an, dass sie wie die Blütenblätter einer Rose aussahen. Dann machte sie aus wilder Minze, die wir gefunden hatten, Blätter für die Rose und stellte die Platte auf den Tisch. »Hast du die Kamera mitgenommen?«, fragte sie.

»Nein. Tut mir Leid.«

»Macht nichts. Ich werde für jeden Sets machen.« Sie holte ihre Wasserfarben heraus und Papier, ließ sich auf der Veranda nieder und begann Farben zu mischen, um die Topanga Hills zu malen.

Ich war begeistert, wie spontan und ungezwungen Sophie bei ihren kreativen Projekten war. Künstlerisches Gestalten schien nur so aus ihr herauszuströmen. Ständig war sie am Zeichnen, Malen, Töpfern, Tanzen, Singen, Backen, Stricken.

Gabriel und Zack kamen die Straße heraufgefahren. Gabriel saß immer noch eingekeilt vor Zack.

»Wie läuft's?«, rief ich.

Zack lehnte sich aus dem Fenster. »Er kapiert wirklich schnell.«

Gabriel riss ruckartig am Steuer, um den Pick-up zu wenden, und Staub aufwirbelnd fuhren sie wieder die Straße hinunter.

»Mom?«

»Ja.«

»Als du in meinem Alter warst, warst du da beliebt?«

Ich sah sie an; sie war scheinbar darin vertieft, wässrige grüne Streifen auf dem Papier zu verteilen. Die aschblonden Haare fielen ihr seitlich ins Gesichts.

»Nein, ich stand immer abseits und konnte es nicht verstehen. Warum waren manche Mädchen beliebt und ich nicht? Ich fand nicht, dass sie hübscher oder intelligenter waren als ich. Aber was war es dann?«

Sie machte sich daran, Blautöne zu mischen, um den Himmel zu malen. »Niemand in der Schule mag mich. Ich passe nicht dazu. Alle sind in Gruppen, und ich gehöre zu keiner Gruppe. Ich bin ein Nichts.«

»Das ist ein schreckliches Gefühl, aber es stimmt nicht«, sagte ich.

»Ich habe echt überhaupt keine Freundinnen.«

»Was ist mit Erin?«

»Sie ist nicht meine Freundin.«

»Letztes Wochenende hat sie doch bei uns übernachtet.«

Sophie legte ihren Pinsel hin. »Sie lädt mich nicht zu ihrem Geburtstag ein.«

»Ist das wahr?«

»Sie fährt nach Disneyland, aber sie darf nur drei Freundinnen mitnehmen, darum nimmt sie Megan, Chris und Kate mit. Die sprechen nicht einmal sehr viel mit ihr, aber sie möchte zu ihrer Clique gehören, und darum lädt sie die und nicht mich ein. Und ich, ich habe sie zu allem eingeladen! Zu jeder Party, die ich gegeben habe, zu jeder Reise. Beim Mittagessen haben sie darüber geredet, und ich musste einfach dasitzen, während sie sagten: ›Ach, Sophie, wirklich schade, dass du nicht mitkommen kannst.‹«

Ihr schmales Gesicht verzog sich, als sie gegen die Tränen ankämpfte. Ich legte den Arm um sie; wie ich mit ihr litt. Ich wusste, dass Mädchen in diesem Alter grausam waren, dass sie klatschten, stichelten, Grüppchen bildeten und sich wieder trennten, versuchten, ein wackeliges Selbstbewusstsein zu stützen, was sie dadurch erreichten, dass sie andere zu Boden schlugen. Das aufkeimende Gefühl für Jungen war nichts – gar nichts –, verglichen mit der Intensität ihrer Beziehungen zu anderen Mädchen.

Ein paar Wochen zuvor hatte Sophie drei Freundinnen zu einer Pyjamaparty eingeladen, und den ganzen Abend über hörte ich, sobald ich an ihrem Zimmer vorbeiging oder ihnen Pizza brachte, wie sie über andere herzogen:

»Habt ihr Annie mit Paul tanzen sehen? Sie ist so klein, dass sie ihm kaum bis zur Taille reicht.«

»Sie trägt diese grässlichen Schuhe …«

»Sie hat sich ihm richtig an den Hals geworfen.«

»Pfuiiii! Sie ist eine richtige Schlampe.« Sie brachen in Gelächter aus.

»Das hat sie auch von dir gesagt.«

»Sie hat gesagt, dass ich eine Schlampe bin?«

»Sie hat gesagt, dass du dich wie eine Schlampe anziehst. Aber verrate ihr ja nicht, dass ich das gesagt habe!«

Ich schauderte; ich erinnerte mich an Nächte in der Junior Highschool, als ich mich in den Schlaf weinte, weil A zu B etwas gesagt hatte, was ich über sie gesagt hatte, und B sich gegen mich gewandt hatte. A hatte versprochen, geschworen, dass sie niemandem etwas erzählen würde, und dann hatte sie es B erzählt, genau jener Person, der sie es nie hätte erzählen dürfen. Also rief ich B an und behauptete steif und fest, dass ich so etwas nie gesagt hätte, aber sie wollte mir nicht glauben, und sie und A wurden beste Freundinnen und ließen mich links liegen.

»Hör zu, Sophie«, sagte ich, als wir uns in Topanga auf die Veranda setzten. »Das ist eine Phase. Die macht jeder in diesem Alter durch. Sie wird vorübergehen.«

Sie schüttelte den Kopf. »Ich werde nie beliebt sein. Das weiß ich jetzt.«

»Ich will dir mal etwas erzählen. Leute, die in der Schule nicht beliebt sind, sind gewöhnlich diejenigen, die am kreativsten sind, die besondere Talente haben. Sie sind Außenseiter, und später im Leben erblühen ihre Talente. Sie leisten Großartiges und haben wunderbare Freunde, während die Kinder, die beliebt waren, am Ende oftmals ein sehr trübsinniges, langweiliges Leben führen.«

»Ja? Echt, wer? Nenne mir ein Beispiel.«

Ich dachte an Mike Nichols, Kurt Vonnegut, Mary McCarthy, andere Koryphäen, die davon gesprochen hatten, dass sie in ihrer Jugend Ausgestoßene waren, aber ihre Namen hätten Sophie nichts gesagt. »Abraham Lincoln. Er war in seiner Jugend ein Einzelgänger –«

»Man hat ihn erschossen!«, sagte Sophie. »Das ist toll, Mom.«

Ich begann, ihr den Rücken zu massieren. »Ja, aber mehr als hundert Jahre später sprechen die Menschen immer noch von ihm.«

Sie wischte sich die Augen mit den Fäusten, und ich konnte sehen, dass ich zu ihr durchdrang. Wir hörten, wie der alte Pick-up klappernd und tuckernd näher kam, und als er auftauchte, saß Gabriel allein hinter dem Steuer und Zack auf dem Beifahrersitz.

»Hallo, Mom! Sophie!« Sein Gesicht war gerötet.

»Gabriel!«

Er schalte in den Rückwärtsgang und setzte den Pick-up zurück, um umzudrehen. Der Wagen ruckelte, und der Motor starb ab. Ich konnte sehen, wie Zack ruhig mit Gabriel sprach. Gabriel startete erneut und fuhr los, trat auf die Kupplung, schaltete und lenkte auf die holprige Straße.

Es war so schnell gegangen: Er fuhr ein Auto. Sophie riss ein neues Blatt von ihrem Block und bat mich, ihr die Haare zu bürsten, während sie malte. Ich saß hinter ihr und zog eine Bürste durch die seidig blonden Haare, während wir zuschauten, wie sich die Hügel in der stillen Stunde vor Sonnenuntergang violett und tiefrot färbten.

»Ich fühle mich so frei«, sagte Sophie. »Ich wünschte, wir könnten hier leben.«

»Ich auch.« Die Jungen fuhren Auto, und das Grillfeuer brannte, und in der Luft lag der beruhigende, aufmunternde Geruch von Holzrauch, und ich erinnere mich, gedacht zu haben: Das Leben könnte nicht schöner sein.

Am Montag fuhr ich zum Set, um einige zusätzliche Dialoge zu schreiben, die für eine Szene benötigt wurden. Zack ritt neben dem Saloon, und als ich winkte, winkte er mich herüber. Ich ging gerade auf ihn zu, als Marv durch das Megaphon rief: »Mittagspause für dreißig Minuten!« Die Schauspieler und die Crew ließen alles stehen und liegen und eilten zum Verpflegungszelt. Zack stieg vom Pferd, sah McCoy direkt in die Augen und ließ seine Zügel auf die Erde fallen.

»Diener!«, rief er.

Dann nahm er meinen Arm und führte mich zur Essensschlange, während McCoy losstürzte, um die Zügel vom Boden aufzuheben, bevor das Pferd davontrabte oder sich in Elektrokabeln verfing.

»Willst du, dass er dich umbringt?«, sagte ich zu Zack.

»Nein, Ma'am. Ich zeige ihm, dass ich noch verrückter bin als er.«

Am Verpflegungswagen holten wir Tabletts und Geschirr. Eine Schiefertafel führte die Tagesauswahl auf: gebratene Schweinekoteletts; Orangenmüsli; Hähnchen Kiew. Alfredo, der Chefkoch, holte eine einfache Hähnchenbrust und gekochtes Gemüse hervor, die er für mich beiseite gestellt hatte. Zack bat um Schweinekotelett und Kartoffeln.

Wir trugen unsere Tabletts zum ersten langen Picknicktisch. Im Zelt gab es eine stillschweigende Sitzordnung. Die Leute der »höheren Instanz« – Schauspieler, Autoren, Produzenten und Regisseure – hatten den Tisch, der am nächsten zur Essensausgabe stand. Dahinter, am zweiten Tisch, saß die Kamera- und Toncrew, und hinter ihnen die Leute von der Maske, Frisur und Garderobe. Auf der anderen Seite des Gangs waren die Cutter und die Mitarbeiter der Dekorationsabteilung, des Aufbaus und des Transports. Die Wrangler belegten einen Tisch in der Nähe der Wiese, und ganz hinten im Zelt waren die Statisten.

Zack ließ sich zwischen mir und Josef und gegenüber von Beth nieder, die ihn wie üblich mit einer überschwänglichen Umarmung begrüßte. Alle Crewmitglieder mussten an uns vorbei, um zu ihren Tischen zu kommen. McCoy warf Zack einen bösen Blick zu, dann zwang er sich zu einem Lächeln und tippte in meine Richtung an seinen Stetson.

»Wann fährst du nach Hause?«, fragte Zack.

»Früh, hoffe ich. Warum?«

»Ich könnte eine Mitfahrgelegenheit gebrauchen.«

»Was ist mit Willie passiert?«

Er zog eine Packung Kools aus der Tasche und hielt sie hoch. »Ich bin vor ungefähr einer Stunde zum Sattelplatz gegangen, um die hier zu holen, und stellte fest, dass die beiden Hinterreifen total platt waren.«

»Du meinst doch nicht etwa –«

Er brachte mich mit einem starren Blick zum Schweigen. »Irgendwer hat ein Messer direkt durch die Seiten der Reifen gestochen, sodass man sie nicht mehr reparieren kann. Ich werde mir zwei neue suchen müssen.« Er sah sich kurz im Zelt um. »Natürlich weiß niemand was darüber.«

»Tut mir Leid.«

»Ist nicht der erste Satz Reifen, den ich eingebüßt habe.«

»Sie sind eifersüchtig. Dies hier ist ihre ganze Welt, und du gehörst nicht dazu.«

»Sie werden schon dafür sorgen, dass ich's nicht vergesse.«

»Und du sitzt bei uns.«

Er aß ein Stück Fleisch und legte seine Gabel hin. »Ich habe die Grenze überschritten. Ich gehöre weder hierhin noch dorthin.«

»Ich werde dir Reifen besorgen ...«

»Ich will dir keine Schwierigkeiten machen, Sara.«

»Ich komme damit zurecht, wenn du es durchstehen willst.« Aber ich war krank vor Sorge. Würden die Schikanen schließlich aufhören oder würden sie eskalieren? Falls nötig, könnte ich Beth um Hilfe bitten, aber ich täte es nur ungern, weil dies die Wrangler noch mehr verärgern würde. Zack war allein draußen im Schützengraben.

11

Ich sah den Rauch und hörte die Sirene, aber ich war mit meinen Gedanken woanders und achtete nicht richtig darauf, bis ich in meine Straße einbog. Vor meiner Einfahrt parkte ein Feuerwehrauto. Schwarze Rauchschwaden stiegen von der Hausseite auf. Die Kinder! Sophie war im Tanzunterricht, aber Gabriel hatte seinen Freund Jason nach Hause mitgenommen. Waren sie im Probenschuppen? Hatte es einen Kurzschluss gegeben? Feuerwehrmänner in schwarzen Regenjacken zogen einen Schlauch die Einfahrt hinauf in den Garten. Ich sprang aus meinem Wagen und rannte auf sie zu. »Ist jemand verletzt? Was ist passiert?«

»Ist das Ihr Haus, Ma'am?«

»Ja.«

»Niemand ist verletzt, ist alles unter Kontrolle. Es ist nur der Zaun zwischen dem Garten und Ihrem Nachbarn – der hat Feuer gefangen.«

»Der Zaun? Aber … wie?«

»Wir sind nicht sicher. Könnte die Schwimmbadheizung Ihres Nachbarn gewesen sein oder ein Leck in der Gasleitung. Wir haben sein Haus überprüft, aber es ist niemand zu Hause.«

»Er arbeitet in der Stadt. Seine Frau auch.«

Ich eilte die Einfahrt hinauf zum Garten, wo zwei Feuerwehrmänner Wasser auf den Zaun spritzten, und in Sekunden waren die Flammen gelöscht und hinterließen nur noch Dampf und geschwärztes Holz. Asche und verkohlte Stücke bedeckten die Einfahrt und den Rasen.

Veronica stand mit bebenden Schultern an der Gartenseite. »Mrs. Sara«, sagte sie, »ist schrecklich.«

»Ist ja schon gut, es ist vorbei.« Ich legte den Arm um sie und tröstete sie. »Wo ist Gabriel?«

»In seinem Zimmer. *Arriba*.«

Ich schaute hinauf und sah Gabriel und Jason am Fenster stehen. Ich holte tief Luft und atmete aus. Gott sei Dank.

»Gabriel …« Mit erstickter Stimme fing Veronica an, rasch in Spanisch zu sprechen, aber ich konnte sie nicht verstehen. Ich war erschöpft, ungeduldig. Dies ereignete sich am Ende eines Tages, an dem Zacks Reifen zerstochen worden waren, ich eine Stunde lang mit einem leitenden Angestellten der Fernsehanstalt gekämpft hatte, der ein Skript abwürgen wollte, und dann wegen eines Unfalls mit drei Fahrzeugen im Verkehr auf dem Pacific Coast Highway stecken geblieben war. »Was? Was ist mit Gabriel?«

»Sie mir nicht glauben.«

»Ich verstehe dich nicht.«

Sie schlug die Hände vors Gesicht.

Gabriel und Jason kamen aus der Hintertür in den Garten marschiert. »Ist es jetzt aus, ganz?«, fragte Gabriel.

»Ja. Habt ihr gesehen, wie es anfing?«

Jason sah mich mit aufgerissenen Augen an und schüttelte den Kopf.

»Wir waren draußen vor dem Haus«, sagte Gabriel.

»Du deiner Mommy erzählen«, platzte Veronica heraus.

Ich sah zu Gabriel. »Was sollst du erzählen?«

»Keine Ahnung.«

Veronica eilte ins Haus und ging auf ihr Zimmer. Ich wusste aus Erfahrung, dass es zwecklos war, ihr zu folgen – ich musste warten, bis sie sich beruhigt hatte.

»Ist jemand verletzt worden?«, fragte Gabriel.

»Nein.«

»Hat das Haus … hat irgendwas anderes Feuer gefangen?«

»Offensichtlich nicht. Nur der Zaun.«

»Das ist gut.«

»Hattet ihr beiden denn richtig Angst?«

Sie antworteten, als wollten sie sagen: Machst du Witze? »Ja.«

»Tut mir Leid, dass ich nicht hier war. Aber ich verspreche, dass wir herausfinden, wie das anfing, und dafür sorgen werden, dass so etwas nicht noch einmal passiert. In Ordnung?«

Sie nickten.

Ich ging in mein Arbeitszimmer hinauf und rief meinen Nachbarn an, der sagte, er würde sofort nach Hause fahren und bei den Ermittlungen helfen. Ich rief meinen Versicherungsagenten an und hinterließ eine Nachricht. Als ich gerade unser Faktotum wegen der Reparatur des Zauns anrufen wollte, kam Gabriel mit einem vor sich ausgestreckten Schuhkarton herein. »Hier!«, sagte er. Ich nahm den Karton, schaute hinein und sah seine Sammlung von Feuerutensilien: das Champion-Feuerzeug, Butangaszylinder, Streichhölzer, Weihrauch und einen Grillanzünder, den er im Supermarkt gekauft hatte. »Wirf die weg. Ich will sie nicht.«

Mein Magen sackte plötzlich nach unten. »Gabriel …«

Er schüttelte den Kopf und legte die Hände auf die Brust.

»Sag mir, was passiert ist.«

»Ich kann nicht.«

»Sag mir einfach die Wahrheit. Wenn du es für dich behältst, wird es mehr wehtun. Wenn du es mir sagst, kann ich dir helfen.«

Sehr zögernd sagte er, dass er und Jason herumgealbert hätten und mal sehen wollten, ob sie einen Vulkan basteln könnten, der echte Flammen spukte.

»Einen Vulkan? Warum in aller Welt?«

»Ich weiß nicht. Es ist uns einfach so eingefallen.« Sein Blick schweifte von mir weg. »Wir dachten vielleicht für die Forschungsmesse oder so.« Er sagte, sie hätten ein altes Spielzeugwigwam genommen, das ungefähr dreißig Zentimeter hoch war, es mit Lehm bedeckt und unten eine Schüssel hineingestellt, die sie mit Butangas gefüllt hätten. Aus einer Kordel bastelten sie einen Docht und setzten ihn in die Schüssel. Sie dachten, wenn sie den Docht anzündeten, würde das Feuer durch die Spitze des Wigwams aufsteigen und rasch ausgehen. Aber sie hatten zu viel Butangas eingefüllt. Der Wigwam explodierte, Flammen schossen in die Luft, und Funken regneten auf die Einfahrt, wo eine Lache Öl, das aus meinem Wagen getropft war, Feuer fing. Bevor sie nach Wasser laufen konnten, ging der Redwoodzaun in Flammen auf.

»Wir wollten den Schlauch holen und das Feuer löschen, aber wir konnten ihn nicht finden«, sagte Gabriel. Die Gärtner hatten den Schlauch zur vorderen Terrasse gezogen. Sie schrien: »Hilfe!« Veronica sah die Flammen und rief 911 an – was wir mehrmals gründlich geübt hatten. Die Buben liefen auf die Straße hinaus, wo sie sich hinter eine Hecke kauerten, bis die Feuerwehr eintraf.

»Warum habt ihr den Feuerwehrmännern nicht gesagt, was passiert war?«, fragte ich.

»Wir hatten Angst. Es war ein Unfall. Ich schwöre es. Bitte, du musst mir glauben.«

»Ich glaube dir ja, aber ihr hättet Wasser in der Nähe bereitstellen müssen. Ihr hättet einen Erwachsenen bitten müssen, das Ganze zu überwachen. Mit Feuer spielt man nicht herum. Zack hat dir das gesagt.«

»Ich weiß. Es tut mir Leid. Es tut mir echt, echt Leid. Bitte, sag Dad nichts.«

»Das kann ich nicht versprechen.«

»In Ordnung. Dann sag es ihm eben nicht sofort. Bitte, kannst du bis nächste Woche warten? Er wollte mir an diesem Wochenende ein Farbkugelgewehr kaufen, und ich habe Angst, dass er das dann nicht tut.«

»Das wäre durchaus möglich.«

Er brach in Tränen aus.

»Gabriel, ich möchte, dass du es deinem Vater selbst erzählst. Und wir müssen zu den Feuerwehrmännern und mit ihnen reden.«

Er machte ein verzweifeltes Gesicht und schüttelte den Kopf.

»Ich gehe mit dir.«

»Aber … werden sie mich ins Gefängnis stecken? Mich und Jason?«

Ich packte ihn an den Schultern. »Das wird nicht geschehen. Ihr hattet großes Glück – niemand wurde verletzt. Der Schaden kann repariert werden. Aber du musst dich dem, was du getan hast, stellen und den Preis bezahlen. Und Jason auch.«

»Ich bezahle! Ich verzichte für den Rest meines Lebens auf mein Taschengeld, wenn ich muss, aber ich gehe nicht da runter.«

Am gleichen Abend fuhren Zack und ich zu Jeff wegen einer Interaktion, die wir mittlerweile fürchteten – das Gipfeltreffen. Wir beriefen diese Treffen ein, wenn wir ein Problem mit den Kindern zu besprechen hatten. Anfangs waren es nur Jeff und ich gewesen, aber dann fing er an, Rose mitzubringen, weil sie mit ihm zusammenlebte und mit den Kindern zu tun hatte. Zack sagte, er möchte nicht, dass ich allein hingehe, und dass es besser sei, wenn er auch mitkäme.

Wir trafen uns in Jeffs aus Glas und Stahl gebautem Hightech-Haus mit spärlichster Möblierung, die einen nicht dazu einlud, es sich bequem zu machen. Jeff und Rose saßen auf der einen Seite eines zwei Meter langen Glastischs und Zack und ich auf der anderen, auf Stühlen aus schwarzem Leder und Chrom.

»Was ich wissen möchte, ist, woher er das Zeug hatte, um das Feuer zu entfachen?«, sagte Jeff. »Woher hatte er das Butangas?«

Ich wollte es gerade erklären, aber Zack unterbrach mich. »Ich habe ihm das Feuerzeug geschenkt.« Es herrschte Stille. »Und ich habe mit ihm das Butangas gekauft, aber es durfte nur für das Feuerzeug benutzt werden, als Füllung.«

Jeff kniff die Augen zusammen. »Das war absolut unverantwortlich.«

»Hör mal, Jeff«, sagte ich, »wenn Gabriel ein Feuer entfachen wollte, brauchte er dazu nicht Zacks Feuerzeug. Unser Haus ist voll von Streichhölzern.«

»Aber das war in seiner Hosentasche!«, sagte Jeff.

Rose nickte. »Viel zu verlockend.«

»Er ist elf, nicht fünf«, sagte Zack. »Ich dachte, wenn ich ihn wie einen Mann behandele, würde er sich auch da lang benehmen.«

Bei »da lang« fuhr Jeff zusammen.

»Das hätte überall passieren können«, sagte ich. »Die Frage ist, was wir nun machen –«

»Aber es ist nicht überall passiert. Es ist in deinem Haus passiert. Es ist immer das gleiche Problem – du verhätscheltst sie, und sie meinen, sie könnten sich alles erlauben. Ich will, dass sie bei mir leben.«

Ich erstarrte.

»Wenn du weg bist und ich sie für eine Woche oder länger habe, kann ich echte Fortschritte sehen. Sie benehmen sich höflicher, sie handeln verantwortlicher.«

Angst durchzuckte mich. Wenn Jeff sagte, dass er etwas wollte, fühlte ich mich augenblicklich in die Defensive gedrängt und hatte schreckliche Angst, dass er es auch bekäme. Zack rutschte auf seinem Stuhl hin und her.

»Es liegt eindeutig im Interesse der Kinder«, sagte Jeff. »Sie brauchen mehr Ordnung und Disziplin.«

»Dem kann ich nicht zustimmen«, sagte ich. »Sophie fühlt sich immer noch nicht wohl bei dir –«

»Weil sie nicht genügend Zeit hier verbringt. Und Gabriel muss unbedingt zu mir. Er braucht einen starken Vater im Haus.«

»Warte«, sagte Rose und beugte sich zu Jeff. »Darüber haben wir noch nicht gesprochen.«

»Wir sprechen jetzt darüber.«

»Jeffrey.« Sie lächelte und sprach ihre Worte mit übertriebener Betonung aus: »Wenn Gabriel hier ständig lebt –«

»Er ist mein Sohn.«

»Natürlich, das weiß ich ja. Aber er benimmt sich mir gegenüber ungehörig und unfreundlich, und du verbringst schon mehr Zeit mit ihm als die meisten Väter, die ich kenne.«

»Ich will, dass er unter meinem Dach lebt«, sagte Jeff.

Rose lächelte nicht mehr, und dieses eine Mal war ich froh, dass sie mit am Tisch saß. »Das ist ein Punkt der Abmachung, von dem ich nicht sicher bin, ob ich ihn akzeptieren kann.«

»Hier handelt es sich nicht um eine Verhandlung. Hier handelt es sich um meine Kinder.«

»Wir sollten keine drastischen Veränderungen herbeiführen«, sagte ich. »Gabriel hat wenig Urteilsvermögen bewiesen und verantwortungslos gehandelt, aber er war nicht bösartig. Und es wird Folgen für ihn haben. Er wird für die Reparatur des Zauns bezahlen, und er und Jason müssen den Garten allein aufräumen.«

»Das wird eine ganze Weile dauern«, sagte Zack. »Er wird etwas dabei lernen.«

Jeff presste die Lippen zusammen und schüttelte den Kopf.

Zwei Tage später fuhr ich Gabriel und Jason ins Tal zu einer Stiftung für Brandkatastrophen, deren Direktorin, eine würdevolle, silberhaarige Frau, ein Programm für »jugendliche Brandstifter« ins Leben gerufen hatte. Sie setzte die Buben in ein Konferenzzimmer und erzählte ihnen, dass ein brennendes Streichholz tödlicher wäre als ein geladenes Gewehr. »Eine Kugel kann nur eine

Person töten, aber ein einziges Streichholz kann ein Feuer auslösen, das Hunderte tötet, und es ist nicht zu kontrollieren.« Sie zeigte ihnen Großaufnahmen von jungen Menschen, bei denen Brände Narben und Entstellungen hinterlassen hatten. Gabriel und Jason verschränkten die Arme vor der Brust.

Sie erklärte, wie eine Verbrennung dritten Grades die tiefste Hautschicht, in der Nerven, Fett und Schweißdrüsen liegen, zerstört. »Ist sie erst einmal zerstört, kann die Haut nie mehr nachwachsen, und du wirst nicht überleben, wenn nicht schnell etwas unternommen wird«, sagte sie. Zuerst müssen die Ärzte die gesamte tote, verbrannte Haut wegschneiden. »Das ist das Entsetzlichste, was du vielleicht jemals in deinem Leben durchstehen musst.« Dann tragen die Ärzte eine vorläufige Haut auf – von einem Schwein oder einer Leiche. Ein paar Tage später beginnen sie mit dem langwierigen Prozess der Transplantation:

Sie hobeln ein kleines Stück gesunder Haut von einer anderen Körperpartie, dehnen es, ziehen es durch eine Maschine, die ein Hautnetz herstellt, und tragen es auf das rohe Fleisch auf.

Mir wurde übel, und ich hätte mich am liebsten zusammengekrümmt, als sie beschrieb, wie das rohe Fleisch geschmirgelt wird, damit es blutet und sich die roten Blutkörperchen »in dem Transplantat einnisten« können. Die Buben hatten die Arme wieder gelöst, saßen zusammengesunken auf ihren Stühlen und starrten die Direktorin an. Sie holte ein Foto von einem halbwüchsigen Jungen in einem »Druckanzug« hervor, der ihn wie der Mann mit der Eisenmaske aussehen ließ: Nur die Augen, die Nasenlöcher und der Mund schauten hindurch. Sie sagte, der Anzug sei wie ein starker elastischer Verband und müsse nach der Operation getragen werden, damit sich die transplantierte Haut nicht zusammenzog und sich nicht hässliche Ranken über dem vernarbten Fleisch ausbreiteten. Das Brandopfer musste eineinhalb Jahre in dem Druckanzug zubringen.

Ist das Brandopfer jung, sagte sie, wird es mit zunehmendem

Alter noch mehrmals operiert werden, weil die transplantierte Haut nicht wachsen wird. »Bis es einundzwanzig ist, hat es vielleicht schon hundert Operationen hinter sich.« Sie sagte, dass die Ärzte Gesichtszüge, die verbrannt wurden, nicht wiederherstellen können. »Wenn man seine Lippen verliert, hat man für den Rest des Lebens einen Schlitz im Gesicht.«

Die Buben waren sichtlich erschüttert, als wir das Dokumentationszentrum für Brandkatastrophen verließen. Ich beschloss, für die oberen Schlafzimmer in unserem Haus Klappleitern zu kaufen, damit wir im Falle eines Feuers eine Fluchtmöglichkeit hatten. Aber die Tage vergingen, und ich kam nicht dazu, die Leitern zu kaufen.

Ich hatte eine schwierige Woche auf der Ranch. Ein freiberuflicher Autor, den wir für eine besondere Episode engagiert hatten, reichte den ersten Akt ein und nichts weiter, weil ihm ein Job bei einer neuen Serie angeboten worden war und er keine Zeit hatte, unser Skript zu beenden. Wir waren also wieder einmal in eine Krise gestürzt worden.

Josef und ich igelten uns die ganze Woche über im Wohnwagen ein. Am Freitag ging ich zum Mittagessen ins Zelt und suchte die Tische nach Zack ab, aber er saß weder bei den Statisten noch bei den Wranglern. Ich fragte Mike Riggins, wo er sei.

»Brauchte ihn heute nicht.«

Ich schaute kurz den Tisch hinunter. Ein halbes Dutzend Reiterstatisten waren im Kostüm und aßen Eiscreme.

»Wir hatten einen Kürzungsbefehl, darum verteile ich die Arbeit«, sagte Mike. »Jeder muss ein paar Tage zu Hause bleiben.«

McCoy fügte hinzu: »Zack braucht nicht zu arbeiten. Er hat ja Sie!« Der ganze Tisch brüllte vor Lachen.

Als ich an diesem Abend nach Hause fuhr, war ich fest entschlossen, mit jeder Meile die Konflikte und Gifte der Ranch hinter mir zu lassen, damit ich ein angenehmes Wochenende mit den

Kindern und Zack verbringen konnte. Freitagabends feierten wir den Sabbat, und ich bat Veronica stets, ein besonderes Essen zuzubereiten – gebratene Truthahnbrust mit Preiselbeeren und Kartoffelbrei –, und dann machte ich einen Cäsarsalat. Zack pflegte bei Polly's anzuhalten und eine Bananen-Erdbeer-Torte mit Vanillecreme und Schlagsahne zu holen.

Wir versammelten uns am Tisch, und Sophie zündete die Kerzen an und sang ein Gebet. Sie hatte eine reine, starke Stimme, aber der Anblick des Streichholzes löste eine nervöse Assoziation aus. Gabriel sprach mit Traubensaftsprudel den Segen über dem Wein, und wir brachen Challah-Stücke ab und dankten Gott, dass er das Korn aus der Erde wachsen ließ. Als wir die Schüsseln mit dem Essen herumreichten, diskutierten wir, was wir mit dem Rest des Abends anfangen wollten. Gabriel wollte ins Kino und *The Crow* sehen. »Das wäre prima«, sagte Zack, aber Sophie sagte, sie sei müde, fürs Kino sei es zu spät. Sie wollte Monopoly spielen.

»Ich hasse Monopoly«, sagte Gabriel.

Ich schlug vor, Videos auszuleihen. Sophie war einverstanden, aber Gabriel begann zu schimpfen, dass wir immer das machten, was Sophie wollte, nie, was er wollte. Ich sagte, das sei mein Vorschlag, ein Kompromiss.

»Sophie wird wie eine Göttin behandelt und ich wie Scheiße.«

»Sprich nicht so. Du darfst keinen Film ausleihen.«

»'tschuldigung«, sagte er sarkastisch. »'tschuldigung!«

Wir fuhren vom Videoladen nach Hause, und Sophie saß vorn. Sie langte hinüber, um den Rundfunksender zu wechseln.

»Sophie, nimm deine Füße vom Armaturenbrett.«

»Gleich.«

»Sofort.«

»Okay!« Sie zog die Füße herunter.

»Ich habe dir das schon zwanzigmal gesagt.«

»Ich weiß, ich weiß.«

»Siehst du. Du hast Schmutzflecken hinterlassen.«

Sie schlug mit der Hand nach dem Schmutz. »Recht so? Du machst dir mehr Sorgen um dein Auto als um mich.« Sie drehte sich auf ihrem Sitz um, um Gabriel auf dem Rücksitz anzusehen. »Hör auf zu treten!«

Aus dem Augenwinkel sah ich, wie sein Bein den Sitz traf.

»Gabriel, lass das.«

»Was? Ich habe doch gar nichts gemacht. Du hörst immer nur ihr zu. Mir hörst du nie zu.«

Sophie wickelte ein Stück Kaugummi aus und warf das Papier auf den Boden. »Wirf dein Kaugummipapier in die Mülltüte. Nicht auf den Boden«, sagte ich.

»Schon gut. Schon gut!«

»Es ist nicht gut!«, schrie ich, als ich auf den Garagentüröffner drückte.

»Du bist eine schreckliche Mom«, sagte Sophie. »Ständig brüllst du mich an. Lieber hätte ich einen Stein als Mutter. Ein Stein würde mich besser großziehen.«

Zack stand am Kühlschrank und unterhielt sich mit Veronica, als ich, die Tür knallend, ins Haus kam und den Kindern befahl, auf ihre Zimmer zu gehen.

»Nein, Mom«, sagte Sophie.

»Warum? Ich hab doch nichts getan!«, protestierte Gabriel.

Ich riss ihnen die Videos aus den Händen. »Geht sofort auf eure Zimmer, oder ich setze mich in meinen Wagen und fahre weg. Zum Teufel mit euch.«

Sie stapften die Treppe hinauf, während Gabriel murmelte, dass er die strengste Mutter von allen in der Schule habe. »Meine Mutter ist verrückt. Sie ist eine Irre.«

Zack und Veronica wechselten einen Blick. Zack hatte schon sehr früh bei seinen Besuchen gespürt, wie wichtig Veronica war – welch unerlässliches Bindeglied im Haushalt. Er interessierte sich für sie, neckte sie. Morgens waren sie gewöhnlich die Ersten, die aufstanden und zusammen Kaffee in der Frühstücksecke tranken. Ich hörte, wie Veronica auf eine Weise kicherte und sich wie ein junges Mädchen benahm, wie sie es sonst bei niemand anderem tat. Zu mir sagte sie: »Ich glaub nicht, dass Sie einen besseren Mann finden können.«

Veronica entschuldigte sich, um sich ihre *novela* anzuschauen, eine Seifenoper, die jeden Abend im spanischsprachigen Sender lief. Zack sagte: »Ich gehe mal für einen Moment nach draußen.« Er nahm die Zigarettenschachtel aus der Tasche und ging in die Dunkelheit hinaus.

Ich polterte in der Küche herum, stellte Reste weg und schenkte mir einen Schluck T.Q. Hot Tequila ein. Zack kam wieder herein, umarmte mich und stupste mein Gesicht mit seinem an, damit ich seine Lippen berührte.

»Mom!«, brüllte Gabriel.

Ich küsste Zack auf den Mund.

»Mom!«

»Lass ihn«, sagte Zack.

»Ich blute!«

Ich riss mich los und eilte die Treppe hinauf. Gabriel stand mitten in der Tür. Von seinem rechten Arm, seiner Hand, seinem T-Shirt strömte Blut.

Ich keuchte: »Was ist passiert?« Ich packte seinen Arm und suchte nach dem Schnitt.

Ich sah ihm ins Gesicht. Er grinste. »Nasenbluten.«

Ich ließ seinen Arm los. »Leg dich hin. Ich hole Kleenex …«

»Ich brauche deine Hilfe nicht.«

»Warum hast du mich dann gerufen?«

»Weil ich wollte, dass du einen Herzanfall kriegst und stirbst.«

Ich ging ins Schlafzimmer, wo Zack wartete, und sank in den dick gepolsterten Sessel. Am liebsten hätte ich mich auf die Straße gelegt und mich von den Autos überrollen lassen. Meine Kinder legten Feuer, fluchten, bluteten, liefen Amok. Sie waren unzivilisierte Rabauken. Und ich war eine Versagerin. Wahrscheinlich musste ich mir einen Anwalt nehmen und vor Gericht gehen, und es würde wohl nicht gut aussehen. »Man wird sie zu ihrem Vater schicken«, sagte ich.

»Lass sie gehen«, sagte Zack, »es könnte das Beste für alle sein. Lass sie herausfinden, wie das so da drüben ist. Und Jeff und Rose werden bald die Nase voll haben, und bevor du dich versiehst, sind sie wieder da …«

Halt den Mund, halt den Mund. Am liebsten hätte ich geschrien: Ich verliere meine Kinder!

Es hämmerte an der Tür. Zack ging sie öffnen, und ich hörte Gabriel sagen: »Wo ist Mom?«

»Beschäftigt.«

»Sophie macht mein Zimmer kaputt.«

»Komm, lass uns mal nachsehen. Du und ich.«

Er und Gabriel gingen den Flur hinunter, und ich ging zur Tür und blieb stehen. Ich konnte hören, wie die Kinder herumbrüllten, wer was zuerst getan habe und wer schuld sei.

Zack sagte: »Sophie, du hast kein Recht, in sein Zimmer zu platzen und mit seinen Sachen herumzuspielen, und Gabriel, du hast kein Recht, ihr den CD-Man wegzunehmen. Gib ihn mir.«

Kurz danach hörte ich Sophie sagen: »Aber er gehört mir.«

»Ich behalte ihn so lange, bis ihr beiden euch beruhigt habt und anfangt, euch wie anständige Menschen zu benehmen.«

»Das darfst du nicht«, sagte Sophie. »Das erzähle ich meinem Dad.«

»Nur zu. Ich möchte gerne mit deinem Dad über dich reden. Du bist zwölf, aber du benimmst dich wie eine Zweijährige.« Seine Stimme klang bedrohlich. »Ihr bleibt jetzt in euren Zimmern und hört auf, euch gegenseitig zu ärgern. Wenn es noch mehr Ärger gibt, komme ich zurück. Und das nächste Mal bin ich nicht so nett.«

Er kam ins Schlafzimmer zurück, stand da und starrte mich an. »Das habe ich noch nie getan.«

»Ich bin froh, dass du es getan hast.«

Er begann auf und ab zu laufen. »Zum Teil ist es meine Schuld Wenn ich nicht hier wäre, wäre alles nicht so hart für sie.«

»Da bin ich nicht so sicher«, sagte ich. Ich hatte nicht vor, mein Privatleben aufzugeben und enthaltsam zu sein, bis sie groß waren. Irgendein Mann wäre sowieso hier und bekäme, was sie wollten – meine Aufmerksamkeit.

Zack setzte sich und ergriff meine Hände. »Bis jetzt habe ich dir nicht gesagt, wie du meiner Meinung nach deine Kinder erziehen solltest, weil ich bei meinen eigenen alles verkehrt gemacht habe. Ich war viel zu streng. Einmal habe ich jeden Einzelnen von ihnen gewürgt.«

»Gewürgt?«

Er nickte. »Ich habe die Hände um ihren Hals gelassen, bis sie fast ohnmächtig wurden, und dann ließ ich los. Sie saßen da und haben ganz schön lange darüber nachgedacht. Ich musste es nur einmal tun.«

»Heute könntest du das nicht mehr tun. Man würde dich anzeigen.«

»Sie hätten mich auch damals schon anzeigen können, aber davor haben sie sich gehütet. Du weißt gar nicht, dass du alle Macht hast. Du machst nur keinen Gebrauch davon. Du nimmst mit der einen Hand weg und gibst mit der anderen wieder zurück.« Ich sah ihn an. »Du sagst Gabriel, er dürfte sich kein Video ausleihen, und dann leiht er sich doch eins aus.«

Ich war betroffen; es stimmte. Ich konnte es nicht ertragen, wenn die Kinder enttäuscht oder traurig waren, wenn Abende verdorben wurden, wenn einer allein zu Hause bleiben musste, weil ich Karten für ein Theaterstück gekauft hatte. Ich gab ihnen eine zweite Chance. Eine dritte. Wenn ich eine Strafe aussprechen musste, zermarterte ich mir den Kopf. Ich hasste es, ihnen etwas zu verweigern, und da war ich nicht die Einzige, es war das häufigste Versäumnis der Jungen Wilden, die Eltern wurden. Wir hatten gegen Vorschriften, Autorität, das Establishment rebelliert, und wir herrschten nicht gerne über unsere Kinder. Wir wollten, dass sie uns vertrauten und bewunderten, dass sie gerne bei uns wohnten, dass sie das Gegenteil von dem empfanden, was wir für unsere Eltern empfunden hatten.

»Deine Kinder verlangen von dir, dass du sie von vorn bis hinten bedienst«, sagte Zack. »Deine Tochter sagt dir, dass sie gern einen Stein zur Mutter hätte.«

Ich nickte.

»Wenn du willst, könnte ich dir helfen, diese Kinder auf Vordermann zu bringen.«

»Würdest du das?«

»Willst du es?«

Ich nickte. »Bitte.«

Er schürzte die Lippen, zog die Vorhänge zu und drehte die Lampe an, die er aus seinen alten grünen Stiefeln gebastelt hatte. »Der Plan sieht so aus. Wir werden ihnen sagen, dass eine Familie eine Sache auf Gegenseitigkeit ist. Ich möchte, dass du eine Liste all dessen machst, was du für sie tust – sie zur Schule fahren, sie zum Fußball, zum Tanzunterricht bringen, ihnen Kleider kaufen – verdammt, du denkst überhaupt nicht über all das nach, was du tust, und sie tun's todsicher nicht. Das wird ihnen die Augen öffnen.«

Okay, dachte ich, eine Liste konnte ich machen.

»Dann mache eine Liste mit all dem, was sie tun sollen. Schreibe alles genau auf, und das hängen wir dann an den Kühlschrank, damit sie nicht sagen können, sie hätten nichts davon gewusst. Dann sagen wir ihnen: Wenn sie ihren Teil erledigen, wirst du deinen erledigen. Wenn nicht, kriegen sie nichts von dir. Keine Fahrten zur Schule. Keinen Tanzunterricht. Kein Fernsehen und keinen Computer. Kein für sie gekochtes Essen und keine gewaschene Wäsche. Kein Taschengeld. Einen Monat lang.«

»Einen Monat!«

Zack hob die Hände.

»Vielleicht eine Woche«, sagte ich.

»Wenn du es auf eine Woche begrenzt, dann wirst du es wieder tun müssen, weil sie zäher sind als du. Eine Woche lang können sie alles aushalten. Wenn du es auf einen Monat ausdehnst, brauchst du es nicht wieder zu tun.«

»Was ist mit der Schule?«

»Lass sie mit dem Fahrrad fahren oder laufen.«

»Es ist weit dorthin.«

»Gut. Sie sollen allmählich schätzen lernen, was sie als selbstverständlich betrachten.«

Am nächsten Morgen setzten wir uns mit den Kindern und Veronica an den runden Küchentisch. Sophie schob ihren Stuhl so weit wie möglich von Zack weg. Ich hatte die Liste mit den bestimmten Wünschen fotokopiert: »Seid respektvoll und höflich. Sagt guten Tag, wenn ihr nach Hause kommt und auf Wiedersehen, wenn ihr weggeht. Erledigt eure Hausaufgaben, bevor ihr fernseht. Räumt nach dem Essen auf.« Wir verlangten nicht, dass sie um vier Uhr früh aufstehen und Kühe melken sollten.

Ich las die Liste vor und gab ihnen dann die Liste ihrer Privilegien: Mahlzeiten, Fahrten, Unterricht, Filme, Computerspiele. Sophie fing an, sich wie eine eifrige Schülerin aufzuführen, indem sie die Hand hob und fragte, was passierte, wenn sie A aber nicht B täte, würde sie dann auch noch C und D verlieren? Gabriel weinte und hämmerte mit dem Kopf auf den Tisch. »Du nimmst mir meine Freiheit. Ich werde eine Maske tragen müssen.«

»Gabriel«, sagte ich, »da ist nichts Schwieriges dabei. Seid höflich –«

»Was, wenn ich schlechte Laune habe?«

»Dann musst du immer noch höflich sein.«

»Was, wenn ich es mal vergesse? Dann verliere ich alles.«

»Nein, du wirst verwarnt. Wir möchten, dass es dir gelingt. Jeder Mensch macht Fehler, und wenn du den Verstoß korrigierst, wird es keine Strafe geben.«

Gabriel knüllte die Listen zusammen und warf sie auf den Fußboden. »Daran ist Zack schuld! Ich hasse Zack!«

Der Rest des Wochenendes verlief relativ ruhig, und am Sonntag beschlossen wir, zum Abendessen auszugehen und uns den Sonnenuntergang bei Gladstone's 4 Fish anzusehen. Als wir die Channel Road zum Strand hinunterfuhren, schneuzte sich Sophie die Nase in ein Kleenex, ballte es zusammen und warf es auf Zack. Gabriel brach in Gelächter aus. Ich drehte mich auf meinem Sitz um. »He!«

»Ich hab es aus dem Fenster geworfen«, sagte Sophie.

»Sie hat nicht getroffen«, sagte Gabriel.

Zack fuhr an den Straßenrand und hielt an. »Das ist gefährlich, und das weißt du auch. Wir hätten einen Unfall bauen können.«

»Entschuldigung«, sagte Sophie.

Er fuhr wieder los. Ich hörte, wie die Kinder kicherten und Gabriel Sophie etwas zuflüsterte. Dann flog ein Marker auf Zacks Kopf zu. Er hielt mit quietschenden Bremsen an.

»Er ist mir aus der Hand gerutscht«, sagte Sophie und bemühte sich, nicht zu lachen. »Ich habe gerade gezeichnet, und da ist er einfach –«

»Da ist er einfach hochgeflogen«, sagte Gabriel.

»Wir werden euch kein Abendessen bezahlen, wir werden nach Haus fahren«, sagte Zack.

»Du bezahlst ja sowieso nicht«, sagte Sophie. »Das macht Mom.« Gabriel krümmte sich vor Lachen.

»Ihr beiden könnt nach Hause laufen«, sagte ich.

»Reg dich ab, Mom«, sagte Gabriel.

»Steigt aus dem Wagen.«

»Nein. Reg dich ab.«

Ich stieg aus dem Wagen, um die hintere Tür zu öffnen, aber Gabriel drückte die Verriegelung herunter. Ich forderte sie noch zweimal auf, auszusteigen. »Wenn ihr nicht aussteigt, werde ich alle eure Privilegien für eine Woche sperren. Steigt sofort aus.«

Sie rührten sich nicht.

»Ihr verliert eure Privilegien.«

Zack stieg aus, öffnete die hintere Tür mit seinem Schlüssel und griff hinein nach Gabriels Arm.

»Rühr mich nicht an – das ist Kindesmisshandlung.«

»Nein, Sir. Ich helfe Ihnen aus dem Wagen, weil Sie es allein nicht schaffen.« Er holte das Handy und streckte es Gabriel hin. »Ruf die Bullen an – ruf neun-eins-eins an –, lass sie herkommen und dir erzählen, wohin sie Kinder schicken, die nicht auf ihre Eltern hören wollen.«

Gabriel schlüpfte aus dem Wagen, gefolgt von Sophie, und sie drängten sich auf dem Bürgersteig aneinander. Zack und ich stiegen wieder ein. Er ließ den Motor an und beugte sich aus dem Fenster. »Na los – geht vor uns her.«

Gabriel schüttelte den Kopf.

Zack sah mich an. »Bis zum Haus ist es ungefähr eine Meile. Es wird sie nicht umbringen.«

»Was, wenn sie sich nicht von der Stelle rühren?«

»Das werden sie schon.« Er legte eine Clint-Back-Kassette ein. »Sara, wir müssen sie dazu zwingen, sonst verlieren wir an Boden.«

Ich blickte in meinen Schoß hinunter. Gabriel war stur, er würde auf dem Bürgersteig schlafen, um seinen Willen durchzusetzen. Zack beugte sich herüber, nahm mein Gesicht in die Hände und fing an, mich zu küssen. Als wir uns trennten, trotteten die Kinder wie unwillige Rinder mit gesenkten Köpfen die Straße hinauf.

Wir folgten ihnen, indem wir öfter an den Straßenrand fuhren, und als wir zum Haus zurückkehrten, bestellte ich für Zack und mich Abendessen von Louise's, und wir aßen allein im Garten. Gabriel machte Popcorn. Sophie stellte eine Dose gefrorener Makkaroni mit Käse in die Mikrowelle. Ich zog den Stecker vom Fernseher und Computer heraus, und erklärte den Kindern, dass sie sie eine Woche lang nicht benutzen dürften.

Sophie weinte, sagte, sie würde *Die Simpsons* versäumen, alle ihre Lieblingssendungen. »Es tut mir Leid, dass ich im Auto Sachen geworfen habe. Ich bin doch schon nach Hause gelaufen, und es tut mir echt Leid. Ich werde es nicht wieder tun. Bitte«, bettelte sie, »eine Woche ist so lang.«

Ich verspürte den Impuls, nachzugeben, die Strafe von einer Woche auf einen Tag zu verkürzen. Vielleicht hatte ich ja im Eifer des Gefechts den Schlagbaum zu schnell heruntergelassen. »Die Entscheidung ist gefällt«, sagte ich.

Am Montagmorgen gingen die Kinder in feindseligem Schweigen durchs Haus und starrten mich wie aus der hintersten Schädelecke finster an. Sie schnallten ihre Helme auf und machten sich auf ihren Fahrrädern auf den Weg zur Schule. Ich stand in der Einfahrt und sah zu, wie sie davonfuhren. Eigentlich sollte ich zu Hause schreiben, aber ich konnte mich nicht konzentrieren. Zack sagte: »Komm, wir fahren nach Topanga hinauf.«

Es war ein frischer Oktobertag, und die Blätter an den Platanen hatten sich gelb verfärbt und fielen. Wir gingen in die Hütte und öffneten die Türen zur Veranda. Eine Brise verhedderte die Rohlederschnüre, die über Zacks Tisch baumelten. Er zeigte mir das Stück, an dem er gearbeitet hatte. Es war ein Miniatur-Zaumzeug, und er hatte gerade ein winziges Stück Silber angebracht, an dessen Seiten Liliputrosen eingraviert waren. Gegen das Silber wirkte das Leder in seinem Rohzustand derb – wie das Schweinsohr gegen den Seidenbeutel –, aber zugeschnitten und fein geflochten ließen die blonden Schnüre die Einzelheiten und den Glanz des Silbers hervortreten, das wiederum seinen Schimmer auf die schmalen Schnüre zurückwarf.

»Es gefällt mir. Deine Finger sind so muskulös, und sie bringen diese feine Arbeit zuwege.«

»In Miniaturen steckt eine Menge Geld, ich kriege nur nicht raus, wie ich es in die Finger bekomme.«

»Was ist mit dieser Ausstellung in Sun Valley?«

Er schüttelte den Kopf. »Ich glaube nicht, dass sie das gut finden.«

»Warum nicht?«

»Es ist kein ernsthaftes Stück. Ich bastele nur so herum.«

»Es ist wunderschön, es ist kompliziert, und es ist etwas, was sich die Leute in ein Büro oder zu Hause hinstellen könnten. Schick es ihnen.«

»Meinst du wirklich?«

»Durchaus. Was könnte denn schlimmstenfalls passieren? Es wird nicht verkauft.«

»Tja, darin bin ich echt gut.«

Er winkte mich zum Bett, und ich musste mich hinlegen. Er massierte meinen Hals, meine Kiefern, die vom Zähnezusammenbeißen schmerzten, und ich machte mir Sorgen um die Kinder, waren sie heil zur Schule gekommen? Würde das neue System funktionieren, und hätte ich die Kraft, es durchzuhalten? Und dann merkte ich, wie Zacks Lippen meine Wirbelsäule bis zu meinem Kreuz hinunterwanderten.

Wir liebten uns stundenlang und hielten uns gegenseitig fest, und irgendetwas begann sich zu verschieben, die Maßstäbe wurden wieder zurechtgerückt. Es schien, dass wir nicht nur Haut und Nerven berührten, sondern tiefere Stellen. Weit weg von den Kindern, den Wranglern, den Bränden und Gipfeltreffen fanden wir unseren Weg zu einem anderen Königreich, einem persönlichen Reservat, wo die Zeit stillstand und wir, wie Zack es formulierte, »herumtollen« konnten. In diesem Königreich war alles üppig, geheimnisvoll, gesprenkelt mit jenem Licht, das nach einem plötzlichen Frühlingsregen durch die Bäume scheint. Wir lagen still da, die Oberkörper aneinander gepresst, spürten, wie wir ein- und ausatmeten, und zwischen seiner Haut und meiner, seinen Rippen und meinen, seinem Herzen und meinem fand ein Austausch statt, der unsere Batterien auflud und uns genesen ließ.

In diesem Königreich war er kein fremdes Wesen. Ich betrachtete unsere Verbindung nicht als sonderbar oder absurd. Wir waren zu Hause, in geschützten Gewässern, wo die Sonne warm und der Himmel blau war. Diesen Ort konnte ich mit niemand anderem erreichen, und mir wurde klar, dass ich mich fast mehr danach sehnte als nach sexuellen Wonnen.

»Nur in diesen Augenblicken lebe ich wirklich in Frieden«, sagte ich leise. Er lächelte. »Du bist mein Engel. Mein kleiner wilder Engel.«

12

Aber, ach, dieser Frieden, diese tief empfundene Dankbarkeit, diese Flut von Liebe für die Welt und ihre Geschöpfe ist so schwer festzuhalten wie eine Seifenblase. Als wir allein im Bett lagen, sagte Zack scherzhaft, wir sollten Aufkleber mit dem Spruch »Eins durch Sex« anfertigen, aber als wir uns anzogen und in dem rostigen roten Pick-up und dem Mercedes davonfuhren, wussten wir, dass der Aufkleber genauso aussähe wie wir: nur absonderlich. Was auch immer zwischen uns bestand, es ließ sich nicht in die Welt übertragen. Um sechs Uhr morgens überprüfte Zack seinen Sattel und bot McCoy die Stirn, und ich stählte mich gegen die Wut der Kinder und Bitten um Milde. Ich sah zu, wie sie die Küchenschränke zuschlugen, als sie sich selbst ihr Mittagessen machten und dann dreißig Pfund schwere Büchertaschen aufschnallten und auf ihren Fahrrädern zur Schule wackelten.

Als sie losfuhren, riefen sie allerdings ohne Aufforderung: »Auf Wiedersehen, Mom« – worum ich sie schon ein Jahr lang gebeten hatte. Im Laufe der Woche wurden sie einfallsreicher. Sie wuschen ihre Sachen selbst, sie liefen oder fuhren mit dem Rad zur Bücherei oder zu ihren Freunden, aber Sophie musste auf ihren gesamten Tanzunterricht verzichten, weil das Studio zu weit weg war. Sie machte sich Sorgen, dass die anderen Mädchen sie überflügeln könnten. Sie brach zusammen und weinte, dass sie unter derart großem Stress stehe – weil sie sich bemühen müsse, in der Schule gut zu sein, weil sie mit ihrem Tanzen in Übung bleiben und ehrenamtliche Aufgaben übernehmen müsse, die sie Stunden zusätzlicher Arbeit kosteten. »Und dann auch noch der Druck zu Hause – zwei Häuser, zwei Elternteile, die beide einen Freund oder eine Freundin haben, mit denen ich auskommen muss.«

Sie weinte so heftig, dass ihr der Schleim aus Mund und Nase lief, und ich litt insgeheim.

Auf der Ranch hatten wir eine Produktionssitzung wegen eines Skripts über eine Geächtete. Als ich den Konferenzraum betrat, saßen die Abteilungsleiter bereits an dem großen, ovalen Tisch. Ich nahm meinen Platz neben dem Regisseur ein. Der erste Regieassistent, Frank Martinez, öffnete eine Drei-Ring-Mappe, in die das Skript geheftet war. »Wir wollen anfangen«, sagte Frank. »Erste Szene. Wir sind vor dem Saloon, und Sally sieht, wie ein Fremder die Pferde losbindet und sie aus der Stadt zu treiben beginnt.«

Die Kostümbildnerin hob die Hand. »Ihr wollt, dass die Geächtete so angezogen ist, dass man nicht erkennt, dass sie eine Frau ist, richtig?«

»Richtig«, sagte ich.

»Was ist mit ihren Haaren? Sollen wir sie kurz schneiden?«

»Nein, setzen wir ihr irgendeinen Hut auf, damit sie es druntertecken kann.«

»Von wie vielen Pferden reden wir?«, fragte Vince Barsocchini. Er war der leitende Produzent, und wir nannten ihn »Mr. No«.

»Zehn«, sagte ich.

Vince schüttelte den Kopf. »Geht nicht. Vier.«

»Das wird die Aussage, die wir machen wollen, nicht rüberbringen. Das Mädchen ist dreist.«

»Wir müssen Statisten und Material einsparen«, sagte Vince.

»Dann sagen wir acht«, sagte ich. »Das ist der Aufmacher, und wir wollen stark anfangen. Einsparungen machen wir später.«

Vince runzelte die Stirn. Ich warf Mike Riggins, der am anderen Ende des Tisches saß, einen schnellen Blick zu. Jedes Pferd bedeutete für ihn Bargeld in der Tasche, und ich hatte gerade seine Einnahmen verdoppelt.

»Zweite Szene. Im Krämerladen …«

Wir nahmen das Skript Szene für Szene durch, und als wir fertig waren, folgte ich Mike aus der Tür. Wir gingen die Straße hinunter auf die Westernstadt zu.

»Was ist mit Zack los?«, sagte ich.

Mike sah mich von der Seite an. »Er ist kein großer Reiter.«

Ich erschrak. Ich hatte gedacht, Zacks Reitbegabung stünde außer Frage.

»Aber er ist besser als manch andere. Darum ist das nicht allzu schlimm.«

»Arbeitet er deswegen heute nicht?«

Mike verzog den Mund zu dem für ihn typischen kalten Lächeln. »Kann sein, dass er nicht genug Ärsche küsst.« Ich starrte ihn an. »Viele von diesen Reitern kommen an den Wochenenden zu mir raus und arbeiten an meinen Zäunen und so.«

Er holte ein Paket Camel heraus. »Wenn Zack mit Ihnen zusammen ist, wird er auch arbeiten. Wenn nicht …« Er riss ein Streichholz an und entzündete eine Zigarette.

»Er ist mit mir zusammen«, sagte ich, »und etwas wollen wir mal klarstellen. Ich bin der beste Freund, den Sie in diesem Wohnwagen haben, Mike, und Sie brauchen einen Freund. Ich weiß es zu schätzen, dass Sie Zack den Job gegeben haben – ich habe nicht darum gebeten –, aber da er nun mal hier ist, bin ich sicher, dass Sie einen Weg finden werden, ihn auch weiterhin zu beschäftigen.« Ich drehte mich um und ging zum Wohnwagen zurück.

Es war nach zehn, als ich hörte, wie Zacks Stiefel den Flur entlang zu meinem Schlafzimmer kamen. Ich war mit einem Skript in den Händen in dem dick gepolsterten Sessel eingeschlafen. Er ließ sich in den gegenüberstehenden Sessel fallen, seine Augen waren leicht blutunterlaufen. »Hallo, Baby.«

»Ich habe versucht, dich anzurufen.«

»Oh, ich war weg.«

»Wo?«

Er lächelte schief. »Ich bin zu dieser Bar an der County Line hochgefahren.« Er beugte sich vor, um mich zu küssen, und ich nahm den lehmigen Geruch von Bier wahr. »Du siehst so lieb und schön aus.«

»Spaß gehabt?«

Er neigte den Kopf von einer Seite zur anderen. »Ganz annehmbar.«

»Ich habe mit Mike gesprochen.«

»Ach ja?«

Ich hatte hin und her überlegt, ob ich ihm das Gespräch wiedergeben sollte, und entschieden, dass es besser wäre. Er sollte Bescheid wissen, und es gab keinen Grund, damit zu warten. Wie ich befürchtet hatte, wurde er wütend. »Ich gehe nicht mehr dorthin zurück, sonst ziehe ich diesem Hornochsen das Fell über die Ohren.« Er ging zum Fenster hinüber und stemmte seinen Stiefel auf die Fensterbank. »Ich habe meine eigenen Pferde zwanzig Jahre lang trainiert, und ich habe sie jeden Tag zwölf Stunden lang für mich arbeiten lassen. Das möchte ich Mike mal machen sehen. Er würde keine zehn Minuten bei Red River bleiben.«

»Er ist ein Dreckskerl. Aber warum tut er das?«

Zack wirbelte herum. »Er ist wie diese Bosse am Hafen. Du arbeitest. Du arbeitest nicht. Küss mir den Arsch.«

»Aber ich bin sein größter Verbündeter. Ich bin diejenige, die um mehr Pferde und Wagen kämpft. In der letzten Saison wäre er um Haaresbreite gefeuert worden, und ich habe geholfen, sein Geschäft zu retten.«

»Ich gehöre ihm nicht. Alle anderen gehören ihm.«

Ich dachte darüber nach. »Na gut, wir wollen aber nicht vergessen, dass er es war, der dich hergeholt hat.«

»Ja.«

»Dein Einsatz beginnt Montag sechs Uhr achtzehn.«

Zack ging zum Sessel zurück und setzte sich. »Ich hasse es, dir zur Last zu fallen.«

»Das tust du nicht. Mir tut es Leid, dass du das durchmachen musst.«

Er hustete. »Da ist noch etwas.«

Ich sah ihn an. Er schien nach Worten zu suchen, sie abzuwägen und wieder zurückzuwerfen. Er starrte auf die kleine geblümte Brücke, in die ein Lebensbaum mit gefiederten Vögeln gewebt war. »Ich bin mit meinen Rechnungen etwas im Rückstand, und die Miete ist fällig. Ich hab mir überlegt … meinst du, dass du mir ein bisschen Geld leihen könntest?«

»Wie viel?«

Er wand sich. »Eintausend.«

Mir fiel die Kinnlade herunter. Er musste nur zweihundert für die Miete aufbringen, alles andere bezahlte ich.

»Ich musste das Getriebe an meinem Pick-up reparieren lassen. Und wie du ja weißt, habe ich nicht so regelmäßig gearbeitet. Ich zahle es dir in ein paar Wochen zurück.

»Eintausend.«

»Ich weiß, die Rechnung wird immer höher.«

»Zack, was ich dir vorher gegeben habe, war ein Geschenk, und ich war froh, es geben zu können. Aber lass uns nicht über Darlehen reden, denn wir beide wissen, dass keine Chance besteht, dass du sie zurückzahlst.«

»Ich hatte ein bisschen Pech. In Ordnung?«

»Pech?«

Einer der Nachbarshunde, ein Basset, fing in seiner Hundehütte im Freien zu jaulen an. »Du musst dir deswegen keine Gedanken machen«, sagte Zack.

Hatte es einen Unfall, einen Notfall bei seinen Kindern gegeben?

Er nahm eine Vase, die auf dem Tisch stand, und drehte sie in den Händen. »McCoy und viele von den Jungs vom Set waren in der Bar. McCoy hat schrecklich angegeben mit einem Pferd, das er gekauft hat, er sagte, das könnte keiner schlagen. Aber Cal, du weißt schon, dieser junge Kerl? Er hat jedes Rennen gewonnen, an dem er teilnahm. Bevor wir uns versahen, sind wir alle nach Simi Valley rausgefahren, wir haben große Töne gespuckt, und der Topf war schon ziemlich groß.«

»Nein.«

»Alle waren betrunken. Wir waren da draußen in der Dunkelheit, die Scheinwerfer von den Pick-ups brannten, und haben uns ein Wettrennen geliefert. Es schien eine sichere Sache zu sein. Ich hatte zweihundert Mäuse. Ich dachte, dass ich es verdoppeln könnte. Und mir gefiel der Gedanke, McCoy Geld abzuknöpfen.« Er klopfte mit dem Stiefel auf den Fußboden. »Hat nur nicht funktioniert.«

Ich legte das Gesicht in die Hände.

Er beugte sich vor. »Baby, ich gebe mir Mühe, gut auf dich aufzupassen. Ich würde mein Leben für dich opfern. Aber was Rechnungen angeht, bin ich eine Niete. Ich werde sie zwar bezahlen, aber sie sind gleich überfällig.« Er legte mir die Hand auf die Jeans und ließ die Finger meinen Oberschenkel hinaufwandern, aber ich schob seine Hand weg.

»Tut mir Leid«, sagte ich, »du verwettest Geld, dessen Verlust du dir nicht leisten kannst, und dann bittest du mich, dir aus der Patsche zu helfen?«

Sein Gesicht wurde hart. »Lass es gut sein. Vergiss es. Tut mir Leid, gefragt zu haben.« Er zog sich in den Sessel zurück. »Ich dachte, wir wären Partner, aber da hab ich mich wohl geirrt.«

»Wir sind Partner, aber ich wäre froh, wenn du wenigstens auf dich selbst aufpassen könntest.«

»Warum haust du nicht mit Josef ab? Mach doch Schluss.«

»Was? Wovon redest du eigentlich?«

»Ich weiß doch, was da läuft. Ich beobachte dich mit ihm.«

Ich hatte den unwiderstehlichen Drang zu lachen. »Wir sind Freunde. Wir arbeiten zusammen.«

»Du solltest mit ihm zusammen sein. Nimm dir einen besseren Freund.«

Die Sprechanlage summte, und Sophies Stimme ertönte knackend im Zimmer. »Mom, bringst du mich ins Bett?«

»In ein paar Minuten.« Ich sah zu Zack.

»Na, geh schon. Das ist zwar kein guter Zeitpunkt, aber das ist es ja selten. Wenn du bei mir anrufst, Sara, dann könnte ich gerade am Hirn operiert werden, und ich würde mit dir reden. Aber wenn ich hier anrufe, dann muss ich einen Termin machen. Ich darf nur zu bestimmten Stunden anrufen, nur in bestimmten Nächten hier sein.«

»Mom! Wann kommst du denn?«

Ich ging zum Telefon und drückte die Sprechanlagentaste. »Ich unterhalte mich gerade mit Zack. Putz dir die Zähne und zieh dein Nachthemd an. Ich seh später nach dir.« Ich wandte mich zu ihm. »Ich verbringe mehr Zeit mit dir als mit irgendjemandem sonst, ausgenommen meine Kinder.«

»Du siehst mich, wenn es dir passt, und wenn nicht, werde ich auf die Bank geschickt. Also, ich bin es leid, auf die Bank geschickt zu werden. Ich bin nicht von so weit hergekommen, um auf der Bank zu sitzen. Ich habe dir alles gegeben, was ich habe, und du hast mir –«

»Nichts gegeben? Ist es das, was du denkst?«

»Wenn du es auf das Entscheidende verkürzen willst, ja.«

»Ich habe dir eine Menge gegeben!«

»Ich rede nicht von Geld.«

»Ich auch nicht.«

»Ich habe es satt, den Entertainer zu spielen! Ich habe es satt, so eine Art Spielzeug, ein Sexspielzeug zu sein. Du rufst mich an, wenn du dich vergnügen willst, so wie du nach Pizza schickst, und wenn nicht, auch egal. Ich esse heute Abend zu Hause.«

»Das ist nicht wahr. Ich habe dich in meinen Arbeitsplatz eingeführt, in mein Haus, meine Familie. Ich habe mich selbst aufs Spiel gesetzt.«

Er nahm den Stetson vom Tisch und setzte ihn entschlossen auf den Kopf.

»Zack.«

»Weißt du eigentlich, wie sehr ich meinen Sohn vermisse? Meine Freunde? Ich vermisse ... mein Gott, ich vermisse es, in die Wüste hinausreiten zu können und mich zu verirren.«

»Ich weiß, dass es schwierig gewesen ist. Du hast alles aufgegeben. Du hast ein viel größeres Opfer bringen müssen als ich.«

»Wir haben beide geopfert, was wir uns leisten konnten.« Er stand auf und starrte mich an. »Es hat sich nur herausgestellt, dass ich mir eine Menge mehr leisten konnte als du.«

Und deshalb grübelte ich. Sollte ich ihm die tausend Dollar geben oder ihn sich selbst aus der Patsche helfen lassen? Hier ging es um eine heiß gewordene Sicherung, einen entzündeten Nerv, denn ich gehöre nicht zu denen, die großzügig mit ihrem Geld umgehen, und das störte mich selbst. Ich zähle die Pennys nach und überprüfe die Restaurantrechnungen. Als ich jung war und Comicbücher las, identifizierte ich mich mit Scrooge McDuck. Ich konnte mir vorstellen, wie ich das Gold umklammerte. Ich mache mir Sorgen, dass ich nicht genug auf der Bank habe oder, wenn doch, dass es zur Neige geht und ich dann nicht mehr genug habe. Ich kaufe nicht gerne ein. Einkaufen ist keine Therapie für mich, sondern quälend, und ich führe das unmittelbar auf die Einkaufsmethode zurück, die meine Mutter mir beigebracht hat. Als wir loszogen, um ein Kleid für meine Abschlussfeier in der Grammar School zu kaufen, verliebte ich mich in ein blass lavendelfarbenes Organzakleid mit einer violetten Schärpe. In diesem Kleid kam ich mir hinreißend und überlegen vor, aber es kostete ein Drittel mehr als die anderen

Kleider, die wir uns angesehen hatten. Deshalb fuhren wir von Laden zu Laden, arbeiteten uns von einem Ende der Stadt zum anderen durch, prüften die Preise und verglichen, denn für meine Mutter war es eine Sünde, etwas nur deshalb zu kaufen, weil es einem sehr gefiel, es musste auch ein Geschäft dabei herausspringen (am liebsten durch einen Preisnachlass oder als Sonderangebot). Wenn ein Kleidungsstück zu teuer war, schrieben wir den Hersteller und die Modellnummer auf, und meine Mutter telefonierte herum, um herauszufinden, ob wir es im Großhandel bekamen, aber bei dem lavendelblauen Kleid streikte sie. Wir kauften schließlich einen weißen Rock und Pullover, die nur halb so viel kosteten und, wie meine Mutter mir beteuerte, genauso hübsch waren, aber das stimmte nicht. Auf meinem Abschlussball verfolgte mich ein Schatten meiner selbst, das in dem lavendelblauen Kleid schimmerte.

Ich habe Freunde, die großzügig und lässig mit Geld umgehen. Jodie, mit der ich samt unseren Söhnen auf Radtour in Colorado gewesen war, ist immer die Erste, die eine Rechnung in die Hand nimmt, ihr Scheckbuch aufschlägt und stattliche Summen für wohltätige Zwecke spendet oder bedürftigen Freunden Geld gibt, dessen Rückzahlung sie nicht von ihnen erwartet. Ich wünschte mir, dass ich genauso wäre, aber ich war es nicht. Meine erste Vermutung nach dem Zusammenstoß mit Zack war daher, dass ich – den Überbleibseln meiner Schwäche entsprechend – geizig war. Ich hatte das Geld, und er brauchte es, und er war äußerst freigebig mit seiner Zeit, seiner Fürsorge. Männer unterstützen ihre Partnerinnen, sagte ich mir, warum sollten Frauen dies nicht auch tun, vor allem, wenn sie passabel verdienten? Das logische Prinzip war mir klar, aber die Perspektive beunruhigte mich zutiefst. Er war vierzig Jahre alt, seine Kinder waren erwachsen, warum konnte er also nicht auf eigenen Füßen stehen? Ich hatte seinen Beitritt in die SAG bezahlt, ich hatte seine Miete mit finanziert, die Rechnungen für unsere Mahlzeiten, unsere Unterhaltung und Reisen beglichen. Warum war er nicht in der Lage, seine Grundkosten abzudecken?

Und was sagte es über mich aus, dass ich keine Verbindung mit einem Mann aus meiner eigenen gesellschaftlichen und wirtschaftlichen Schicht eingehen konnte, sondern jemanden, der am Rande lebte, hereinziehen musste? Zack hatte mir einmal erzählt, dass er drei Lohnschecks von der Obdachlosigkeit entfernt wäre. Er hatte kein Netz, das ihn auffing – keine Ersparnisse, keine Versicherung. Wenn Geld hereinkam, kaufte er Dom Perignon, bestellte maßgefertigte Stiefel, schickte seinen Kindern Geschenke und kaufte Silber für seine Rohlederstücke, aber er verschwendete keinen Gedanken daran, für bevorstehende Rechnungen vorzusorgen. Die jungen Produktionsassistenten im Set verdienten keinen Cent mehr als Zack, aber sie besaßen Kreditkarten, hatten ihre Autos versichert, gingen regelmäßig zum Zahnarzt, um ihre Zähne reinigen zu lassen. Zack hatte nichts von alledem, und das machte mir Angst.

Er war eine Zeitbombe. Ohne mich könnte er diesen Job nicht behalten, und was passierte, wenn die Serien vom Bildschirm verschwänden? Er säße in seinem Zimmer und würde für eine mikroskopisch kleine Stammkundschaft Pferdegeschirre flechten. Eigentlich hatte ich geplant, nach einer weiteren Staffel aus *Dr. Quinn* auszusteigen, aber damit gäbe ich einen garantierten Gehaltsscheck für garantiert Null auf. Ich wollte mir nicht noch eine weitere Person aufhalsen, für die ich sorgen musste. Und ich war zornig. Ich sah zwei Möglichkeiten: Entweder half ich ihm aus der Patsche, oder ich trennte mich von ihm, und wenn ich ihm aus der Patsche half, dann würde ich ihm damit zu verstehen geben, dass er keine Verantwortung tragen musste.

»Er versteht mich, er akzeptiert mich, er bringt mich zum Lachen«, sagte ich zu Josef und Jeanne, als ich sie im Autorenwohnwagen sah. »Aber die Kehrseite der Medaille –«

»Es gibt immer eine Kehrseite der Medaille«, sagte Jeanne.

Und Josef fügte hinzu: »Er macht nicht den Eindruck, als wäre er nur einen Schritt von der Straße entfernt.«

»Er stärkt seine Hemden! Als ich ihn kennen lernte, besaß er zwar kein Bett, dafür aber ein Bügelbrett.«

»Vielleicht muss er ja nur lernen, wie man richtig wirtschaftet?«, schlug Jeanne vor.

Ich schüttelte den Kopf.

Josef lächelte. »Er ist ein Cowboy.«

Ich beschloss, Zack anzurufen und ihm alles zu erzählen, was mir durch den Kopf ging. Normalerweise konnte er die Wahrheit gut verkraften, auch wenn sie hart war. Als ich jedoch seine Nummer wählte, hörte ich drei aufsteigende Pieptöne und eine muntere Frauenstimme: »Dieser Anschluss ist außer Betrieb. Wenn Sie der Meinung sind, Sie hätten sich verwählt, überprüfen Sie bitte die Nummer und wiederholen Sie Ihren Anruf.« Ich musste mich verwählt haben. Ich rief nochmals an und hörte die gleiche Aufnahme. Was, zum Teufel, war da los? Man musste seine Rechnungen schon monatelang unbezahlt lassen, und erhielt erst einmal zahlreiche Mahnungen in roten Umschlägen, bevor sie einem das Telefon sperrten!

Gabriel war im Hof hinter dem Haus, kauerte auf dem Zement und arbeitete an irgendeiner Art Motor. Er zog an der Schnur und die Maschine hustete, spuckte anschließend und erstarb. Er zog wieder. Nichts. Seltsam geformte Metallteile, Röhren und Öldosen lagen überall auf der Einfahrt herum. Im Dunkeln hinter Gabriel stand jemand an der Werkbank und bediente eine Motorsäge. Ich ging auf die beiden zu. Es war Zack.

»Hallo, Jungs.« Ich tätschelte Gabriels Schulter.

»Hallo, Mom.«

Zack stellte die Säge ab und richtete sich auf. Er trug ein türkisfarbenes Hemd und die türkisfarbenen Stiefel mit schwarzer Stickerei, und als ich ihm in die Augen sah, stockte mir der Atem.

»Wie geht's dir?«, sagte er.

»Ich habe versucht, anzurufen, aber dein Telefon …«

»Macht Pause«, sagte er und zwinkerte.

Ich betrachtete ihn. »Wie geht es dir?«

»Jetzt bereit, wieder loszulegen.« Er lächelte. »Okay?«

Ich sah mich auf dem Hof um. »Was geht hier vor?«

»Wir bauen ein Go-Kart«, sagte Gabriel, »aber wir schaffen es nicht, es zum Fahren zu bringen.«

Zack sagte, sie hätten auf Schrottplätzen und Flohmärkten Teile zusammengesucht und ein Go-Kart-Gerippe erstanden, in das sie einen alten Autositz und eine Rasenmähermaschine eingebaut hätten. »Der Motor war verrostet, daher haben wir ihn auseinander genommen und in Lösungsmittel eingeweicht.«

»Es wird nie fahren«, sagte Gabriel.

»Aber klar doch. Das ist wie ein Puzzle. Nur, dass es so viele Teile gibt. Wir probieren eine Sache, und wenn das nicht funkt, probieren wir die Nächste.«

»Das ist zu schwierig«, beklagte sich Gabriel.

»Na, komm schon, Cowboy, wir arbeiten uns ran. Wir wissen doch, dass es der Vergaser ist. Wir müssen nur zusehen, dass wir das richtige Verhältnis von Gas und Luft reinkriegen, damit nichts überfließt.«

Ich nahm Zacks Arm und zog ihn beiseite. »Hör mal, wir wollen nicht noch so einen Zwischenfall wie mit dem Butangas.«

»Das wird auch nicht passieren. Vertrau mir.« Er hob die Hand.

»Aber wo soll er dieses Ding denn fahren?«

»Auf einer Go-Kart-Bahn. Im Tal gibt's eine. Da wird kontrolliert. Sie prüfen dein Fahrzeug, du kannst nur ein bestimmtes Tempo fahren, und du musst einen Helm tragen.«

Ich sah zu Gabriel, der wieder an der Schnur zog und versuchte, den Motor zu starten. »Das werde ich mit Jeff klären müssen.«

»Tu das nur. Wenn du willst, spreche ich mit ihm. Verdammt,

das ist gut für Gabriel. In ein paar Jahren wird er Auto fahren, und er muss wissen, wie ein Motor funktioniert.«

Er beugte sich vor, um mich zu küssen. Seine Lippen hinterließen eine feuchte Spur, und ich wischte mir den Mund ab, als ich mich umdrehte und ins Haus ging.

Eine Stunde später rief ich sie zum Abendessen und wich Zacks Blick aus, als wir gegrilltes Hähnchen und Reis aßen. Nachdem wir die Küche aufgeräumt hatten, hörte ich Sophie ihre französischen Vokabeln ab. Dann half ich Gabriel, einen Biologieaufsatz über Gliederfüßer zu schreiben. Nachdem ich die Kinder ins Bett gebracht hatte, fand ich Zack im Schlafzimmer vor, wo er in seinem Sessel am Fenster saß. »Ich hab eine gute Nachricht« sagte er und schaltete eine Wiederholung von *Star Trek* aus.

»Und die wäre?« Ich setzte mich ihm gegenüber auf meinen Sessel.

»Erinnerst du dich an diese Miniatur, bei der du mich ermuntert hast, sie nach Sun Valley zu schicken?«

»Ja.«

Er hatte eine Flasche Armagnac aus der Küche mit heraufgebracht und schenkte ihn in zwei kleine Gläser. »Die Tante, die das Museum leitet, hat mich heute angerufen, kurz bevor das Telefon abgeschaltet wurde.« Er hob sein Glas. »Das Stück ist verkauft.«

»Ist das dein Ernst?«

»Irgendwer hat's am Eröffnungsabend gekauft. Der Präsident des örtlichen Rinderverbands.«

»Dann hat das Preisschild also einen roten Punkt?«

»Sie schicken mir den Scheck. Zwölfhundert Dollar.«

»Das ist phantastisch. Gratuliere!«

Er trank den Armagnac aus. »Ich habe meinen Rekord gebrochen. Ich kann's immer noch nicht glauben.«

»Warum hast du mir vorher nichts davon gesagt? Ich hätte Champagner besorgt.«

»Wir werden noch oft feiern, Baby. Das ist erst der Anfang. Wir sind auf dem aufsteigenden Ast.«

Ein Gefühl der Schwäche überkam mich. Er reichte mir mein Glas, und ich starrte auf die schwere, bernsteinfarbene Flüssigkeit. »Es ist schon spät.«

»Musst du noch irgendwohin?«

»Nein.«

Er beugte sich vor. »Was ist los?«

»Nichts. Ich … freue mich nur riesig für dich.«

»Du siehst aus, als ob du Millionen Meilen weg wärst.«

Ich setzte den Brandy an die Lippen.

»Tut mir Leid wegen neulich Abend. Es war mir sehr unangenehm, so zu dir kommen zu müssen.«

Ich holte tief Luft. »Ich begreife nicht … wieso du in all den Monaten deine Telefonrechnung nicht bezahlen konntest.«

Zack zuckte mit den Schultern.

»Was ist mit dem Geld passiert, dass du verdient hast?«

»Es ist mir durch die Finger geronnen.«

Ich stellte das Brandyglas auf den Tisch. »Ich komme mir kleinlich und schäbig vor, aber wenn du deine Rechnungen nicht bezahlst und ich sie ständig begleiche, dann wird das einfach nicht klappen.«

Er nickte. »Wenn wir an etwas scheitern, dann daran. Nicht ein anderer Mann oder eine andere Frau. Wenigstens was mich angeht.«

Ich erzählte ihm von meinen verworrenen Gefühlen – peinlich berührt, stocksauer, schuldbewusst. »Ich habe mir überlegt … dass ich gern einige Zeit allein wäre.« Ich beobachtete sein Gesicht, erwartete Schmerz oder Wut oder steinernen Verzicht, denn im Grunde schickte ich ihn aus dem Spiel.

»Das geht in Ordnung, Schatz. Nimm dir so viel Zeit, wie du willst.«

Erleichterung durchflutete mich.

»Ich liebe dich, Sara. Ich möchte den Rest meines Lebens damit verbringen, dich zu lieben, aber ich will dich nur dann haben, wenn du aus freien Stücken hier bist. Wenn du Zweifel hast. Wenn dein Glück irgendwo anders liegt …«

»Es gibt niemand anderen.«

»Was auch immer.«

»Ich brauche einfach nur Zeit.«

»Ich verstehe. Und ich gebe sie dir. Ich werde nicht schwer zu finden sein.«

Ich wusste nicht, was ich sagen sollte. In diesem Augenblick hatte ich keinerlei Verlangen, irgendwo anders zu sein. »Das hatte ich nicht erwartet.«

Er lächelte, und ich konnte oder wollte den Aufruhr unter der Oberfläche nicht sehen. Ich konnte nicht erkennen, was ihn das kostete. Ich sah ihm in die Augen und er in meine, und wir hielten diesen Augenblick fest, bis alles – Geräusche, Farben, Gedanken – verschwamm und sich auflöste.

Ich glitt zum Sessel hinüber und in seine Arme.

»Ich habe nie behauptet, etwas anderes zu sein als das, was ich bin.«

»Das weiß ich«, flüsterte ich.

»Lass mich dich ins Bett bringen.«

Er half mir beim Ausziehen. Er zog die Bettdecke mit ihren violetten Rosen und Weinreben hoch und deckte mich zu. Er küsste mir die Hand, knipste die Lampe aus, und ich hörte, wie die Sporen – *klickklack, klickklack* – den Flur hinuntergingen.

13

Zack verbrachte einige Tage mit Flechten in Topanga, und sein Telefon machte weiterhin »Pause«. Jeff flog nach Frankreich zu einer Kabelfilm-Konferenz, was den Kindern eine unverhoffte Atempause von der ständigen, mühseligen Hin- und Herzieherei gönnte. Sie vermissten ihren Vater, schwelgten aber in dem Luxus, es sich an nur einem Ort bequem machen zu dürfen. Wir aßen zu ungewöhnlichen Zeiten zu Abend. Am Sonntag beschlossen wir, ins Auto zu steigen und ohne bestimmtes Ziel die Küste hinaufzufahren, was wir nach der Scheidung oft und seit einiger Zeit gar nicht mehr getan hatten.

Mittlerweile hatten sich beide ihre Privilegien wieder verdient, als ich jedoch Gabriel bat, den Picknickkorb zum Wagen zu tragen, sagte er: »Mann, ich habe doch schon meinen Rucksack. Warum bittest du zur Abwechslung nicht mal Sophie!«

Ich stellte die Segeltuchtasche, die ich in der Hand hatte, ab und drehte mich um, um nach oben zu gehen.

»Mom, tut mir Leid. Ich habe die Beherrschung verloren«, sagte Gabriel. »Ich würde mich freuen, wenn ich dir helfen kann.« Er lächelte affektiert, nahm den Korb und trug ihn zum Kombi.

Sophie verrichtete die Aufgabe, die Zack gewöhnlich übernahm, öffnete die Fahrertür und schnallte mir den Sicherheitsgurt um. »Danke«, sagte ich, und sie lächelte befriedigt.

Als wir Ventura erreichten, beschlossen wir, das Boot nach Anacapa Island zu nehmen, einem Wildschutzgebiet, in dem die

Westmöwe nistete. Wir hatten gehört, dass alle dort geborenen Vögel jedes Jahr zurückkehren, um hier ihre Eier zu legen. Jetzt waren die Jungvögel sechs Wochen alt, und Tausende von ihnen bevölkerten die Felsen – kleine Kugeln mit braunem, weiß gesprenkeltem Gefieder. Während der Überfahrt mit dem Boot hatte Sophie gesagt, dass sie auf keinen Fall einen naturkundlichen Spaziergang machen würde. »Da musst du stehen bleiben und über eine einzige kleine Pflanze reden. Dann gehst du einen Schritt weiter und redest über die neue Pflanze.« Als wir jedoch anlegten, und eine Aufseherin namens Debbie in einer adretten grünen Uniform anfing, Leute für eine Wanderung zu versammeln, zuckte Sophie mit den Schultern und reihte sich ein.

In vierzig Minuten waren wir über die Insel gelaufen und hatten den Jungmöwen zugesehen, wie sie das Fliegen übten, indem sie auf und nieder hüpften und mit ihren wuscheligen Flügeln schlugen. »Wir nennen das Trampolinspringen«, sagte Ranger Debbie. »Noch ein paar Wochen und sie können sich in der Luft halten.«

Als die Tour zu Ende war, verließen wir den Pfad und setzten uns auf einen Felsblock, um den Seelöwen zuzuschauen, die in der Bucht unter uns auf den Felsen entlangrutschten und sich sonnten. Sophie stimmte »Baby Beluga« an. Als sie jünger waren, hatten die Kinder dieses Lied geliebt, und nun sangen wir alle mit, kasperten und fuchtelten herum und zogen die Töne des Refrains in die Länge: »Bääää-bii be-luuuuga«. Gabriel fing an, den Rhythmus auf seinen Schenkeln zu klopfen. Plötzlich, ohne Vorwarnung, kamen drei große Möwen flatternd und kreischend auf uns zu. Sophie schrie. Gabriel rannte zum Pfad zurück. Die Möwen schickten sich an, auf uns herabzustoßen, schlugen dabei mit den Flügeln und schrien so laut, dass die Ohren schmerzten. Ich packte Sophies Hand, als wir mit gekrümmtem Rücken, den Kopf schützend und in die Luft schlagend auf den Pfad zu liefen. Das ist Wahnsinn, dachte ich, das ist eine verfluchte Szene aus *Die Vögel.* Als wir den Pfad erreichten, fielen die Möwen ab und kreisten zu der Stelle, wo wir gesessen hatten, zurück. Sophie war geschockt. Ich legte den Arm um sie und tätschelte sie. »Ist schon gut. Wir müssen ihrem Nest zu nahe gekommen sein, und sie beschützen ihre Jungen. Jetzt sind sie weg.«

Wir folgten dem Pfad zurück zum Bootsanleger und verzehrten zusammen mit den anderen Passagieren unser Mittagessen an Picknicktischen. Die Möwen rund um den Anleger schienen vollkommen gutartig zu sein. Gabriel und Sophie wurden wieder mutig und wollten ihnen Brotkrümel zuwerfen. Obwohl ein großes Schild uns davor warnte, die Vögel zu füttern, fingen sie an, Brocken zu werfen. Wenn sie nicht damit aufhörten, sagte ich, würden ihnen ihre Privilegien entzogen.

»Auf der Liste stand aber nichts über Vögelfüttern«, sagte Gabriel.

»Wie wäre es, wenn ihr mal das tut, was Mom euch sagt?«

»Jajaja«, sagte Sophie. »Schaut mal! Die Weiße da hebt gleich ab.« Wir beobachteten eine junge Albinomöwe, die Trampolin sprang, höher und höher hüpfte, es sah aus, als ob sie gleich schwebte, aber dann fiel sie erschöpft wieder auf die Felsen. Ich reichte Sophie ein Hühnerbein und Gabriel ein Avocadosandwich. Gerade als ich den Obstsalat öffnete, hörten wir einen schrillen Schrei. Eine Möwe stürzte senkrecht auf die Mitte des Picknicktisches herab. Die Federn und das Flattern versperrten mir die Sicht auf Sophie, und als die Möwe davonflog, sah ich, dass das Hühnerbein verschwunden war.

»Hat sie es dir direkt aus der Hand geschnappt?«

Sie nickte.

»Frechheit!«, sagte Gabriel.

»Ich merkte, dass etwas zog, und da habe ich losgelassen.« Sie hielt die Hand vor den Mund und begann zu lachen. Wir lachten alle – dieses hilflose Lachen, bei dem du dich zusammenkugeln und immer stärker lachen möchtest, und wenn es abklingt, fühlst du dich befreit und zufrieden.

Auf der Überfahrt zurück nach Ventura standen wir drei am Bug und hoben und senkten uns mit dem Schiff, als es durch die Wogen schnitt. Plötzlich stoppte das Schiff, und die Maschinen wurden abgeschaltet. Von einer Seite zur anderen Seite schaukelnd, sahen wir uns verwundert um. »Delphine!«, rief jemand.

Im Nu waren sie alle um uns herum – Hunderte und Aberhunderte. Passagiere jubelten und eilten an die Reling.

»Schau nur!«

»Ich seh's!«

»Hol die Kamera!«

Nicht zum ersten Mal stellte ich fest, wie der Anblick von Delphinen selbst die trübsinnigsten Gemüter aufheitern kann. Es ist, als zöge man den Hebel an einem Spielautomaten und gewänne den Jackpot. Die Bewegung der Tiere – wie sie sich wölbten und mit einem unbekümmerten kurzen Schlag des Schwanzes in die Luft katapultierten – drückte eine wilde Freude aus, die im Gegensatz stand zu der gezackten, kaltäugigen Entschlossenheit des Hais, der fetten, trägen Pose des Seehundes oder der majestätischen Masse des Wals. Wir hielten uns an dem Tau fest und beugten uns über das Wasser, während die Delphine geradewegs auf uns zu schwammen und sich seitwärts drehten, sodass ein Auge uns direkt anzusehen schien.

»Das ist toll«, sagte Gabriel. »Kaum zu glauben. Dieser Tag ist klasse!«

Sophie streckte den Arm dem Wasser entgegen, als könnte sie ihre silbrige Haut berühren. »Wir müssen unbedingt wiederkommen.«

Um acht Uhr am nächsten Morgen stand ich im »Elefantentheater«, der alten, mit Wellblech gedeckten Scheune, die in ein Tonstudio umgewandelt worden war. Ich war früh hergefahren, um mir die Proben für eine Liebesszene anzuschauen, die ich für

Dr. Mike und Sully gleich nach ihrer Rückkehr aus den Flitterwochen geschrieben hatte. In der Szene ist es später Abend, Sully ist fertig zum Schlafengehen, doch Mike macht sich Sorgen um ihre fünfzehnjährige Tochter. Als sie Sully von ihren Sorgen erzählt, hört er zwar zu und gibt Ratschläge, aber gleichzeitig schnürt er ihr die Schuhe auf. Er streift ihr die Strümpfe ab, massiert ihr die Füße, dann küsst er ihre Fußsohle, und sie denkt nicht mehr über ihre Tochter nach.

Der Regisseur, Bobby Roth, kam auf den Set und umarmte mich. Er war schlank und drahtig, hatte eine Adlernase und einen Kopf voller dunkler Locken, die ein Ausdruck der aufgedrehten Vitalität zu sein schien, mit der er arbeitete. Ich war froh, dass Bobby bei dieser Folge Regie führte. Er war einer der talentiertesten Regisseure, die wir eingesetzt hatten, und besaß ein Gespür für intime Momente.

»Wir wollen das mal proben«, sagte Bobby.

Jane Seymour und Joe Lando, beide in Straßenkleidung, gingen zum Bett. Sie setzte sich mit dem Rücken zum Kopfteil und er sich ans Fußende. Der winzige, enge Drehort begann sich mit Leuten zu füllen, die redeten und lachten. Der Inhalt der Szene hatte sich herumgesprochen, und jedes Crewmitglied, das irgendeinen Grund hatte, am Drehort zu sein, war da.

Zack war nicht auf der Ranch, weil wir Innenaufnahmen drehten. In der vergangenen Woche, als er die Westernstraße entlanggegangen war, hatten die Wrangler und einige der Kamera- und Tonleute gerufen: »Was hat das mit dieser Fußmassage auf sich? Küsst ihre Füße?! Mann, die hat doch den ganzen Tag in ihren Stiefeln geschwitzt!« Aber die jungen Frauen, die in der Frisur und Maske arbeiteten, fingen an, Zack verstohlen anzuschauen, und Mike Riggins Freundin Sue, ein Stuntdouble, sagte, die Idee mit der Fußmassage gefiele ihr. Die Männer der Crew brachte das nur noch mehr auf. Jetzt würden die Mädchen auch noch so einen Quatsch erwarten. Mike schrie Zack vor den Reitern an:

»Man küsst einer Frau nicht den Arsch, und todsicher küsst man ihr nicht die Füße.«

Zack hob beide Hände, als gäbe er zu, den Sheriff erschossen zu haben. »Ich hab's getan. Alles klar?«

»Was ist denn das für'n Mann, der so was tut?«

»Einer, der seine Frau befriedigt.«

Sie buhten und fluchten.

»Was glaubt ihr wohl, warum ich hier bin?«, sagte Zack. »Bestimmt nicht, weil ich ein Scheißpferd reiten kann.«

»Benehmen wir uns doch wie Erwachsene«, sagte Bobby. »Oder ich muss den Set räumen lassen.« Es wurde still im Raum. Bobby zwängte sich über Gerätekisten und Kameraschienen zum Bett, wo er sich neben Jane und Joe kauerte.

»Ich habe schon eine Menge Liebesszenen gedreht«, sagte er, »und festgestellt, dass es, wenn man alles sieht, nicht so erregend ist, wie wenn man nicht alles sieht, es sich aber vorstellen kann.« Er beschrieb mit den Händen einen Rahmen. »Ich werde breit anfangen, wenn ihr euch unterhaltet und Joe dir die Schuhe auszieht.« Er wandte sich an Joe. »Dann möchte ich, dass du näher rutschst.« Joe schob sich nach vorn, sodass er mit Janes Körper auf gleicher Höhe war. »So ist's gut. Jetzt komme ich so nah heran, dass ich euch nur noch von hier ab habe.« Er berührte ihre Schultern. »Wir werden nicht erfahren, was du mit deinen Händen machst, Joe, aber wir werden die Reaktion auf ihrem Gesicht sehen. Können wir das mal probieren?«

Joe und Jane sagten ihren Text mechanisch herunter, deuteten nur an, wie sie sich an Schlüsselstellen des Dialogs bewegen würden und wo sie sich befänden. Ozzie Smith, der Aufnahmeleiter, sagte seinen Kameraleuten, welche Linsen er haben wollte und welches Licht er benötigte, um Kerzenlicht vorzutäuschen.

»Zweite Besetzung«, rief der Regieassistent. Jane und Joe wurden zu ihren Wohnwagen gefahren, um ihre Kostüme anzuziehen und sich schminken und frisieren zu lassen. Die Doubles nahmen ihre Plätze auf dem Bett ein, sodass die Crew damit fortfahren konnte, Lampen einzustellen, Meterstände zu überprüfen und Schienen für die Kamera zu legen.

Ich ging den Hügel hinauf zum Autorenwohnwagen und holte meine Nachrichten ab. Zack hatte nicht angerufen, aber das erwartete ich auch nicht. Ich arbeitete an dem Entwurf für eine neue Episode, und von Zeit zu Zeit wanderte mein Blick zu den Fotos von Zack auf dem Schreibtisch: Eines hatte Jeanne in Elko aufgenommen; eines zeigte uns beide auf Pferden an der Maststation in Casa Grande; eines stammte aus Topanga, wo ich ihn auf der Veranda aufgenommen hatte, nackt von der Taille an aufwärts und lachend.

Mein Piepser ging los; auf dem Set waren sie bereit. Ich ging genau in dem Moment zum Elefantentheater zurück, als Jane in einem langen viktorianischen Kleid und Schnürstiefeln wieder erschien. Sie lehnte sich an die Kissen auf dem Bett, während Joe sein Hemd abstreifte und sich, nur noch mit hirschledernen Hosen bekleidet, zu ihren Füßen niederließ. Der Raum war spannungsgeladen. »Ruhe bitte!«

Während der Dreharbeiten zum Pilotfilm waren Jane und Joe ein Paar gewesen, aber sie hatten sich wieder getrennt, bevor *Dr. Quinn* im Fernsehen anlief. Im Laufe der ersten Staffel hatte Jane den Regisseur James Keach geheiratet, und Joe hatte eine Karawane von außergewöhnlich schönen jungen Freundinnen zur Ranch mitgebracht. Die beiden verband also eine gemeinsame Vergangenheit, Spannung und Wettbewerb. Jane war zwar der Star der Serie, aber Joe forderte die gleiche Behandlung, die er nicht erhielt. Sie beschuldigten sich gegenseitig, Störenfriede und kleinlich zu sein, und sprachen, wenn sie nicht vor der Kamera standen, kaum ein Wort miteinander, aber wenn sie eine Liebesszene spielen sollten, dann brachten sie eine ihrer stärksten Leistungen.

Sie schufen eine Atmosphäre von Liebe und sinnlichem Verlangen, die greifbar war, die rüberkam, als wäre sie authentisch. Josef pflegte zu sagen, dass Joe für diese Szenen die volle Wattleistung einschaltete. »Er fixiert sie mit diesen elektrisierenden blauen Augen. Er berührt sie, als meinte er es ernst, er will sie wirklich bumsen, und er bringt sie dazu, es auch zu wollen. Das ist seine Art, sie zu quälen.«

Trotzdem wehrte sie sich nicht. Sie wurde sanft, sie schmolz dahin, sie fing Feuer, und in diesem Augenblick des Entflammens war niemand mehr auf dem Set außer ihnen beiden. Alles andere war unwichtig, alles andere zählte nicht.

»Fangen wir mit dem Drehen an«, sagte Bobby. Die Türen wurden gesichert. Eine Glocke läutete. Ich zog eine Holzkiste zu einer Stelle, von der aus ich zuschauen konnte und nicht bemerkt wurde.

»Action.«

Jane zog eine Bürste durch ihr Haar. »Colleen benimmt sich … anders. Ist dir das nicht aufgefallen?«

»Sie wird erwachsen«, sagte Joe.

Er schnürte ihren Stiefel auf, und ich war beeindruckt, wie rasch und anmutig er ihn abstreifen konnte. Er griff nach oben unter ihr Kleid und bekam den schwarzen Strumpf zu fassen.

»Sie will einen Ausflug auf dem Heuwagen machen, und ich habe nein gesagt. Morgen früh hat sie Schule.«

Joe streifte den Strumpf über ihre Wade, ihren Knöchel und ihre Zehen. Jane hatte wunderschöne Füße mit dem hohen Spann einer Tänzerin.

»Hast du nie einen Ausflug auf dem Heuwagen gemacht?«, fragte er.

»In Boston gab es so etwas nicht.« Sie zuckte zurück. »Meine Füße sind kalt.«

»Nicht mehr lange.«

Er sah ihr in die Augen, während er ihre Füße massierte, dann streifte er den anderen Stiefel und Strumpf ab.

»Sie ist noch so jung ... Das tut gut.«

Er begann, die Sohle ihres anderen Fußes zu massieren.

»Ich glaube nicht, dass sie ... bereit ist«, sagte Jane.

»Können wir ein anderes Mal darüber reden?«

»Ich möchte nicht, dass man ihr wehtut. Sie ... weiß noch so wenig.«

»Sie hat ein Kind entbunden. Eine Schusswunde vernäht.« Joe küsste den Spann ihres Fußes.

»In der Medizin, ja, da kennt sie sich besser aus, als ihr Alter vermuten lässt. Aber auf anderen ... Gebieten ... ist sie sehr naiv.«

Er nahm ihren Zeh in den Mund. Das stand nicht im Drehbuch. Er saugte an ihrem Zeh, um Gottes willen, und das hier war Acht-Uhr-Familienfernsehen.

»Wie ... ich auch«, flüsterte Jane.

Jetzt hatte er sie soweit. Sie sank in die Kissen zurück. Er rutschte nach vorn und schob den Stoff ihres Kleides nach unten. Seine Hand glitt an ihrem Körper herunter, außerhalb der Kameraeinstellung. Sie schloss die Augen, und ihre Lippen öffneten sich.

Bonnie, die das Drehbuch überwachte, machte ein Klopfgeräusch auf dem Fußboden.

Jane und Joe erschraken. »Ja?«, rief Jane.

Bonnie las den Text vor, der später von dem Schauspieler, der Janes Sohn spielte, einsynchronisiert werden würde: »Du musst mir bei meinem Aufsatz helfen.«

Joes Lippen glitten an der Seite ihres Halses hinauf.

Ich schauderte in der Dunkelheit. Es war unheimlich, beklemmend und erregend, sie bei der Darstellung einer Szene zu beobachten, die geradewegs meinem Schlafzimmer entsprang.

Und ich erkannte, was ich unglaublicherweise bis zu diesem Moment nicht erkannt hatte: Die Geschichte, die ich jede Woche schrieb, war die Geschichte, die ich lebte, oder war es umgekehrt? Jane spielte eine Ärztin aus einer kultivierten Familie, aufgewachsen in Boston, und Joe war ein Mann der Berge, ungebildet, aber klug, und verfügte über sexuelle Macht.

»Ich helfe dir morgen früh«, rief Jane ihrem Sohn durch die Tür zu. »Wir sind … schon ziemlich müde.«

»Aber, Ma …«

Joe küsste ihre nackte Schulter.

»Morgen früh. Ich werde dich zeitig wecken, und dann erledigen … wir das. Einverstanden?«

»Na gut, einverstanden.« Bonnie trommelte mit den Füßen, um das Geräusch von Schritten, die sich zurückziehen, nachzuahmen.

Joe rief: »Gute Nacht, Brian.« Er lächelte Jane an.

»Du siehst zufrieden aus«, sagte sie.

»Bin ich auch. Wenn eins der Kinder klopft und du nicht sofort aufspringst … dann weiß ich, dass ich deine Aufmerksamkeit habe.«

Sie lachte leise. Er beugte sich für den Kuss vor, sie schlang die Arme um seinen Hals, und sie glitten zusammen vom Bett herunter und aus dem Bild.

»Schnitt!«, sagte Bobby. »Ozzie, lass mich hören.«

»Ich habe Joe in der Eile für eine Sekunde verloren. Aber das Licht sieht wunderbar aus.«

»Ton?«, fragte Bobby.

»Gut für mich«, sagte der Mischer.

Bobby wandte sich in meine Richtung. »Was meinst du?«

Jane, Joe, Ozzie, die Crew – alle beobachteten mich.

»Großartig.«

Nachdem die Kinder an diesem Abend ins Bett gegangen waren, nahm ich ein Bad und blätterte eine Ausgabe des *New York Magazines* durch. Aus reiner Neugier überflog ich die Spalten »Persönliches«. Fast jede Zeitung, von der *Los Angeles Times* bis zum

Jewish Journal, brachte mittlerweile solche Bekanntschaftsanzeigen, aber die im *New York Magazine* standen in dem Ruf, die anspruchsvollsten zu sein.

»Mozart, Monet und Margaux. Erfolgreicher Anwalt, gut aussehend, geistreich, 50, aber wie 40 aussehend, liebt guten Wein, klassische Musik, CNN.« Ich stellte mir vor, wie ich mit ihm auf Ledersofas Chateau Lafitte süffelte und dabei über eine hochmoderne Hi-Fi-Anlage Streichquartetten lauschte. Nicht mein Fall.

»Kultivierter, vermögender, geistreicher Vegetarier, scheut sich nicht zu lachen, lachen, lachen!« Ich stellte mir vor, wie ich mit ihm von Porzellantellern Tofu und Geranienblüten aß. Ha, ha, ha.

»Arzt und Verleger, gut aussehend, viele kulturelle Interessen, lebt auf großem Landsitz mit zwei modernen Gästeflügeln.« Das klang interessant. »Sucht große – 170 oder darüber …« Das war ich. »… schlanke, leidenschaftliche, gebildete Frau, keine Kinder im Haus.« Ich war ausgeschieden.

Ich las weiter: Da gab es den lebenslustigen jüdischen Tierarzt; den sportlichen Risikokapitalgeber, der sich in seiner Freizeit mit benachteiligten Kindern beschäftigt; den Fernsehjournalisten mit Eliteuniversitätsabschluss, »der an den Wochenenden ein Jeanstyp ist mit Smoking für Spendenaktionen zur Abwechslung«. Sie wollten am Strand spazieren gehen, am Kamin sitzen, ausländische Filme anschauen, in den Rockys Ski fahren und Scrabble und Golf spielen. »Wenn du das Laub von Vermont, die Landschaften von van Gogh, Hummer in Maine, Narzissen im Central Park magst …« Wer, zum Teufel, mochte das nicht, dachte ich, als ich das *New York Magazine* auf den Boden warf und aus der Wanne stieg. In den folgenden Tagen trug ich den Fall meinen Freunden vor: War Zack der Mann, mit dem ich zusammen sein sollte, und wenn nicht, wer dann? Wenn jemand für ihn stimmte, wies ich auf die eindeutigen Warnsignale hin, und wenn jemand gegen ihn stimmte, verteidigte ich ihn. Nora, eine Autorin aus

Chicago, die schon seit Jahren eine Ein-und-aus-Affäre mit einem anderen Autor, Jake, hatte, stimmte dagegen. »Ich kann es nicht ertragen, wenn jemand nicht wie ich ist. Jake und ich passen ja so gut zusammen – in unseren Empfindungen, unserem Humor, unserem Geschmack. Wenn ich das Gefühl habe, es passt nicht zusammen, werde ich ärgerlich und unleidlich. Daher könnte ich es mir nicht vorstellen, mit einer Person wie Zack zusammen zu sein.«

»Aber wir passen im tiefsten Sinne zusammen«, sagte ich, »und er ist hundertprozentig da. Ob ich von Ängsten geschüttelt werde und kaum atmen kann, er hält mich fest, hört zu, schläft mit mir, und nach kurzer Zeit ist die Qual vorüber. Einfach vorüber.«

»Nun ja, da liegt das Problem«, gab Nora zu. »Jake ist nicht hier. Er trägt noch zu meinen Ängsten bei.«

Andere Freunde sagten, Zack wäre ein entgleister Zug, und jetzt wäre der richtige Zeitpunkt abzuspringen. Aber Jeanne sagte, ich wäre verrückt, wenn ich nicht bei der Stange bliebe. »Ihr habt tollen Sex, er respektiert dein Bedürfnis, allein zu sein, und er vergöttert dich.« Jeanne nickte. »Ich würde sagen, das ist tausend Dollar wert.«

Während meiner Gespräche stellte ich fest, dass mich nach wie vor eine Idee mit einer beinahe übernatürlichen Kraft fesselte: die Idee von einer ebenbürtigen Beziehung, in der beide Partner eine Arbeit haben, die sie lieben, in der beide einen finanziellen Beitrag leisten und in der beide sich umeinander kümmern und des anderen Talent hegen und pflegen. Es gab nur wenige, sehr wenige Paare, die diese Form der Harmonie erreicht zu haben schienen. Ich betone *schienen*, denn man erlebte auch böse Schocks, zum Beispiel als das berühmte Autorenehepaar Michael Dorris und Louise Erdreich die Scheidung einreichte und er später Selbstmord beging. Ich persönlich hatte, als ich mit einem vermeintlich Ebenbürtigen liiert war, die Erfahrung gemacht, dass wir am Ende des Tages sowohl eine Ehefrau als auch eine Haushälterin brauchten: jemand, der das Bad einließ, die Kerzen anzündete, unsere Schultern massierte und uns in den Garten führte, weil wir beide zu erschöpft waren.

Ich machte mir Notizen, wenn ich von starken und intellektuellen Frauen las, die Männer geheiratet hatten, die sich um sie kümmerten. Jane Smiley, deren Romane ich bewunderte, wurde in einem Interview mit den Worten zitiert, dass es Aufgabe ihres Mannes wäre, »mich zu managen«. Roseanne hatte sich von ihrem Ehemann, dem Komiker Tom Arnold, scheiden lassen und ihren Bodyguard geheiratet. Valerie Harper hatte ihren Privattrainer geheiratet, dem sie dazu verhalf, Produzent zu werden. Und dann waren da noch die New Yorker Autorinnen und Intellektuellen – Elaine May, Anne Roiphe, Lois Gould, Barbara Lazear Ascher –, die Psychiater geheiratet hatten und, wie ich vermutete, zu Hause therapiert wurden. Aber die Wahrheit war, und ich kannte sie, dass niemand sich um dich kümmert, auch wenn es den Anschein hat, diese Person könnte es.

In der Wochenmitte hatten wir während der Mittagspause eine Leseprobe für eine zweistündige Sonderfolge über ein Viehtreiben. Die Schauspieler saßen rund um den Konferenztisch, und wir ließen uns hinter ihnen nieder und machten Notizen.

Das gab uns Gelegenheit zu hören, wie die Geschichte im Entwurf klang: Was war lustig, was war bewegend, was kam nicht an? Ich hatte Mühe, mich zu konzentrieren, und beugte mich zu Josef. »Könntest du das übernehmen?«

»Klar. Alles in Ordnung?«

»Brauche bloß ein bisschen frische Luft.«

Ich verließ den Wohnwagen und ging die Straße zur Westernstadt hinunter. Ich sah Mike Riggins, und aus einem Impuls heraus fragte ich, ob ich ein Pferd zum Ausreiten ausleihen könnte.

Er starrte mich mit diesem für ihn typischen kalten Blick an. »Allein?«

»Ja.«

Er nickte. Drei Pferde waren am Pfosten angebunden, eines davon war Solomon, der mich abgeworfen hatte, als sich die Satteltasche auf seinem Rücken gelockert hatte. Ich zögerte. Heute trug er keine Satteltasche. Ich ging hinüber und löste seine Zügel.

»Wie lange wollen Sie wegbleiben?«, sagte Mike.

»Weiß noch nicht.«

Ich schwang mich in den Sattel und steuerte auf den Pfad zum Malibu Creek Park zu. In den letzten Tagen hatte es geregnet, sodass die Luft auffallend sauber und frisch war. Die Farben der Landschaft leuchteten so stark, wie ich es seit Monaten nicht mehr gesehen hatte: Der Himmel konnte nicht blauer sein, die Wolken waren flaumig weiß. Ich schaute auf Solomons Kopf, und er legte die Ohren an. Ich versteifte mich. Er senkte den Kopf, und ich zog mit einem scharfen Ruck einen Zügel nach oben. »Ruhig, Solomon.« Er warf den Kopf hoch und nieder, versuchte mir die Zügel aus der Hand zu reißen.

Ich zog noch einmal und hielt meinen Arm steif und einsatzbereit, während mein Puls ängstlich in meiner Kehle schlug. Nach ein paar Minuten entspannte er seinen Hals und schritt ruhig voran. Ich lockerte meinen Griff.

Wir kamen zu der hohen Felswand am Malibu Creek, wo der Stuntjunge neun Meter tief auf die Pappkartons gesprungen war. Ich stieg ab und band Solomon an einen Baum. Ich setzte mich auf einen Baumstumpf. Wegen der Regenfälle war das Wasser hoch und strömte schnell über Steine und gefällte Baumstämme. Ich saß da, zupfte angelegentlich Grashalme und betrachtete die Schatten der Bergahorne und der dunkelroten Berge, die sich im Fluss widerspiegelten. Und dann kam der Moment, in dem ich mit Sicherheit wusste, was ich vorher nicht gewusst hatte: Es gab zwei Wege, die ich einschlagen konnte. Ich konnte entweder mit Zack weitergehen, oder ich konnte allein weitergehen, und so oder so ginge es mir gut. So oder so würde ich überleben, und mehr noch, ich würde ein Leben reich an Abenteuern, Herausforderungen, Kummer und Belohnung führen. Eine plötzliche Leichtigkeit erfasste mich. Es war, als wählte man zwischen links oder rechts, blau oder rot. Es gab etwas, was ich mir wünschte – und in diesem Augenblick wusste ich, was es war –, aber es hatte nichts mit Logik oder Argumenten oder den Folgen meiner Wahl zu tun.

Ich begann, tief und langsam zu atmen. Ich hatte das plötzliche Verlangen, alle Freunde, die ich gekannt hatte, anzurufen und ihnen zu sagen, dass ich sie liebte. Ich war wieder dreizehn und lief in der frühmorgendlichen Dunkelheit, als alle anderen noch schliefen, nackt durch mein Elternhaus, nur um das Vergnügen an der Bewegung und an der Luft auf meiner Haut zu spüren.

Es war sechs Uhr, und die Sonne war untergegangen, als ich den Pfad zu Zacks Hütte hinauffuhr. Sein Pick-up war nicht da. Ich klopfte an die Tür, und als ich keine Antwort hörte, nahm ich den Schlüssel aus seinem Versteck in einem Eukalyptusbaum. Ich öffnete die Tür. »Zack?« Ich knipste eine Lampe an. Vielleicht war er auf ein Bier ausgegangen. Ich ging durch die Hütte zur Küche. Auf dem Tisch stand eine halb volle Tasse Kaffee und ein vor Kippen überquellender Aschenbecher. Er konnte nicht weit sein, dachte ich, aber etwas veranlasste mich, mich umzudrehen und zu seinem Arbeitstisch zu sehen: Die Rohlederstränge und Werkzeuge waren verschwunden. Ich eilte zum Kleiderschrank. Seine Kleider und Stiefel waren verschwunden. An dem Kuhschädel hingen keine Hüte.

Ich lief hinaus und den Weg zu Alices Haus hinauf. Sie kam in einem ausgeblichenen rosa Bademantel an die Tür. »Haben Sie Zack gesehen?«, fragte ich. Sie sah mich mit kurzsichtiger Verwunderung an.

»Er ist fort.«

14

Während ich, scharf die Kurven schneidend, den Canyon hinunterfuhr, hörte ich über das Handy meinen Anrufbeantworter ab. Nichts. Ich wählte Phoenix.

»Hallo?«

»Hallo, Nathan, hier ist Sara.«

»He! Wie geht's?« Aus seiner Stimme klang dieser typische schwanzwedelnde Eifer.

»Ist dein Vater da?«

»Mein Dad?«

»Er scheint seine Wohnung in Topanga verlassen zu haben.« Ich hielt inne. »Seiner Vermieterin hat er gesagt, dass er weg müsste und nicht wüsste, wann er zurück wäre.«

»Er ist nicht hier.«

»Nathan«, sagte ich sanft, »ich mache mir Sorgen. Bitte sag es mir, wenn du von ihm gehört hast.«

»Ich habe mit ihm gesprochen, warte mal … am Sonntag, glaube ich.«

»Hat er denn nichts davon erwähnt?«

»Nee. Bestimmt nicht.«

»Wenn er anruft oder auftaucht, würdest du mir Bescheid sagen?« Ich gab ihm meine Nummer und erklärte ihm, wie er ein R-Gespräch anmeldete. Ich sagte ihm, dass das möglich wäre, auch wenn er von seinem Telefon keine Ferngespräche führen könnte.

»In Ordnung.«

Als ich auf unser Haus zufuhr, kam Sophie mit erhobenen Händen aus der Haustür, um mich auf der Einfahrt anzuhalten.

»Mom, fahr nicht in die Garage.«

»Warum nicht?«

Sie grinste erwartungsvoll. »Steig einfach aus, ja? Keine Sorge, es ist nichts Schlimmes. Komm mit, du wirst schon sehen.«

Ihre Augen huschten zum Hof und wieder zurück. Sie platzte fast vor irgendeinem Geheimnis. War Zack vielleicht da?

»Vertraue mir.« Sie öffnete die Wagentür und bedeutete mir, mit ihr die Einfahrt hinaufzugehen. Ich hörte übermütiges Gekicher und ließ meine Augen über den Hof wandern. Die Außenbeleuchtung war eingeschaltet und warf messingfarbene Kreise auf den Zement. Ich hörte, wie ein Motor spuckend ansprang, und Gabriel kam röhrend in dem Go-Kart aus der Garage gefahren. Der Motor lief, er wummerte, das Kart fuhr geradeaus weiter, und Gabriel winkte triumphierend, als er mit seinem Helm auf dem Kopf an mir vorbeikam. Sophie rannte hinter ihm her, und ich folgte. Er steuerte die Einfahrt hinunter, auf den Bürgersteig und in die kreisförmige Einfahrt unseres Nachbarn, wo er herumschwenkte, zum Haus zurückkam, das Tempo drosselte und im Hof anhielt.

»Wie hast du es geschafft, dass es läuft?«, fragte ich.

Er kletterte aus dem Kart. »Der Schwimmer ist endlich gekommen. Wir haben ihn aus dem Katalog bestellt, und erst heute ist er eingetroffen.«

»Du hast ihn selbst eingebaut?«

Er nickte und setzte seinen Helm ab. »Ich habe versucht, Zack anzurufen, aber sein Telefon ist tot oder so was. Also habe ich ihn ausgepackt, und er sah genauso aus wie der, den wir ausgebaut hatten. Ich habe ihn eingeschraubt, an der Kordel gezogen, und der Motor sprang an! Ich kann es nicht erwarten, es Zack zu zeigen. Kommt er zum Abendessen?«

»Nein.«
»Wann kommt er denn?«
»Gar nicht … für eine Weile.«
Gabriel machte ein verdutztes Gesicht.
»Er musste verreisen.«
»Nein! Wann kommt er zurück?«
»Ich weiß es nicht genau. Vielleicht in ein paar Tagen.«
»Aber er hat doch gesagt, dass er mich an diesem Wochenende zur Bahn bringt. Das ist nicht fair!«
Ich schaute zu dem Go-Kart mit dem alten Autositz, der auf das Metallgerippe vom Schrottplatz geschraubt war, und dann zu Gabriel. »Ich werde dich zur Bahn bringen.«

Am nächsten Morgen fing ich zu zittern an, bevor ich noch ganz wach war, und konnte mich an den Grund erinnern. Ich griff nach dem Telefon und rief Nathan an. Ich versuchte, aus einer anderen Ecke an ihn heranzukommen, indem ich ihm erklärte, dass Zack und ich, na ja, keinen Streit, aber … eine Diskussion gehabt hätten, die ihn vielleicht gekränkt hätte. Und ich wollte die Gelegenheit haben, die Sache in Ordnung zu bringen.
»Hm«, sagte Nathan.
»Ich bin sicher, dass er dich früher oder später anrufen wird.«
»Das weiß ich nicht. Als er und meine Mom sich getrennt haben, hat er sich einfach aus dem Staub gemacht. Es dauerte ein Jahr, bis ich ihn wieder sah.«
»Ein Jahr.«
Ich werde nicht schwer zu finden sein.
»Ach, so lange wird's wahrscheinlich nicht dauern.«
»Nathan, bitte, würdest du ihm sagen … dass ich ihn liebe?«
»Wenn ich Gelegenheit dazu habe, ganz bestimmt.«
Ich fuhr zur Ranch, weil ich wusste, dass alle – zwanzig Reiterstatisten – auftreten mussten, und ich sinnloserweise hoffte, dass er da wäre. Ich ging zur Hufschmiede, wo die Reiter zwischen

den Aufnahmen herumsaßen. »Wo, zum Teufel, steckt Zack?«, rief Mike Riggins.

»Ihm ist etwas Unvorhergesehenes dazwischengekommen. Familienprobleme. Ich hätte es Ihnen eigentlich sagen sollen.«

»Wie lange bleibt er denn weg?«

Ich zögerte, und Mike grinste süffisant. Du hast mit ihm Schluss gemacht. Bist endlich zur Vernunft gekommen.

»Ich gebe Ihnen Bescheid.«

Ich ging ins Büro zurück und stürzte mich in die Arbeit, schrieb eine Neufassung für »Viehtrieb« und zog dabei meine Notizen mit Beths Wünschen, mit den Wünschen des Senders zu Rate. Sobald das Telefon läutete, stürzte ich mich darauf, aber es war nicht Zack. Es war meine Agentin; es war Veronica; es war der Doktor in der Smithsonian Institution, der unsere Drehbücher auf historische Genauigkeit überprüfte.

Die folgenden Tage verschwammen wie im Nebel: Inhaltskonferenzen, Drehbuchüberarbeitungen, die Kinder durch ihr hektisches Programm treiben – Tanz, Fußball, Hebräischunterricht, Zahnarzttermine. Auf der Fahrt zur Ranch und zurück probte ich, was ich sagen würde, wenn er anrief: Es tat mir Leid, ich war durcheinander, ich war erleichtert. Als jedoch eine Woche ohne eine Nachricht vergangen war, beschimpfte ich ihn dafür, dass er so abrupt ausgestiegen war, dass er nicht den Anstand besessen hatte, mir zu sagen, dass er wegging, oder zumindest den Kindern auf Wiedersehen zu sagen.

»Geht es ihm gut?«, fragte Gabriel.

»Ja, ich denke schon.«

»Er ist sauer auf mich«, sagte Sophie, »deswegen ist er fort. Ich habe gemeine Sachen gesagt, zum Beispiel, dass er stinkt.«

»Nein, das ist nicht der Grund.«

Es war meine Schuld, dachte ich, als ich den Pacific Coast Highway entlangfuhr. Ich hatte versucht, ihn zu domestizieren, was ich niemals hätte tun dürfen, und wenn es mir gelungen wäre, hätte mir das Ergebnis nicht gefallen. Und ich hatte ihn auf Distanz gehalten, indem ich ihn zwang, sich dem Zeitplan für mein Sorgerecht, dem Zeitplan für meine Arbeit anzupassen und zu beugen.

Aber er hatte doch gesagt, dass er Verständnis hätte, er hatte doch gesagt, dass es in Ordnung wäre. *Nimm dir so viel Zeit, wie du willst*. Und die Kinder – Gabriel fühlte sich im Stich gelassen, und Sophie fühlte sich verantwortlich und schuldig. Hatte er keinen Gedanken an sie verschwendet? Vielleicht war es besser, dass er gegangen war. Ja, es war das Beste, wir hatten es die ganze Zeit gewusst, es konnte nicht so weitergehen. Ich war innerlich darauf vorbereitet, alleine weiterzugehen, es war Zeit, mich zu lösen, und dann musste ich von der Straße herunterfahren, weil ich mich vor Schmerzen krümmte.

Zu Hause waren die Kinder in heller Aufregung über einen Kettenbrief, den Gabriel gerade erhalten hatte. »Da steht drin, wenn ich an zehn Leute Kopien schicke und einen Dollar an die erste Person auf der Liste, kriege ich in vierzehn Tagen einhundertachtzig Dollar! Dann kann ich diese Becken kaufen, die ich mir wünsche – Zildjian hi-hats.«

Ich erzählte ihm, dass ich schon Dutzende von Kettenbriefen, Postkarten, Schmuck und Dollarscheine an den ersten Namen auf Listen geschickt hätte mit dem Versprechen, dass ich in vierzehn Tagen der erste Name wäre und eine Belohnung erhielte.

»Aber in meinem ganzen Leben habe ich noch nie etwas durch einen Kettenbrief erhalten.«

»Aber der hier funktioniert«, sagte Gabriel. »Und es bringt Unglück, ihn zu unterbrechen. Einem ist das Haus abgebrannt, genau vierzehn Tage nachdem er ihn unterbrochen hat.«

»Na gut, von mir aus, wenn du den Brief zehnmal kopieren und Umschläge adressieren und Briefmarken kaufen willst …«

»Ich helfe dir«, sagte Sophie. »Wir werden ihn auf Moms Gerät kopieren und ihn in der Nachbarschaft austragen.«

»Klasse Idee«, sagte Gabriel.

Sie machten von dem Brief Xerokopien und steckten sie in Umschläge, die sie an »Augenblickliche Bewohner« adressierten. Ich stand auf dem Balkon und lächelte, während ich zusah, wie sie, als wären sie in einer Geheimmission unterwegs, über die Rasenflächen flitzten, die Briefe in Postkästen warfen und zum Bürgersteig zurücksausten.

An diesem Wochenende nahm ich sie zu einer Neuinszenierung von *Carousel* im Musikcenter mit. In meiner Jugend hatte ich den Film mit Shirley Jones gesehen und mir das Album so lange angehört, bis ich jedes Lied auswendig konnte. Heute hatte ich ihn als hochgradigen Schmalz in Erinnerung, aber beim ersten Ton der Ouvertüre und beim Anblick von einem Dutzend blühend aussehender junger Frauen, die mit gebeugten Schultern in einer Reihe saßen und am Webstuhl in der Mühle arbeiteten, kamen mir gleich wieder die Tränen. Bis das Stück zu Ende war, heulte Sophie, und ich schluchzte so heftig, dass haufenweise feuchte Kleenex in meinem Schoß lagen und ich nicht mehr durch die Nase atmen konnte. Julie Jordan hatte den Jahrmarktschreier Billy Bigelow geheiratet, obwohl jeder sie davor gewarnt hatte, und dann war er erschossen worden und ließ sie mit einem Kind mittellos und ausgestoßen zurück. Gabriel tat so, als wäre er nicht gerührt. »Wieso habt ihr eigentlich so viel geheult?«

»Komm schon, Gabriel«, sagte Sophie, »als der Vater vom Himmel herunterkam und versuchte, mit seiner Tochter zu reden, habe ich gesehen, wie du dir die Augen gewischt hast.«

Er zuckte mit den Schultern.

»Mir tat die Tochter so Leid«, sagte Sophie. »Die Kinder in der Stadt machten sich über sie lustig, und sie hatte keine Freunde.«

Ich erklärte ihnen, ich hätte geweint, weil wir uns im Leben zwischen der herkömmlichen, sicheren Zukunft und dem romantischen Wagnis entscheiden müssen, und manchmal, wenn man seinem Herzen folgt, kann das zu Kummer und Verderben führen. »Das Leben ist ein Sturm, durch den du hocherhobenen Hauptes gehen musst, und dann kommt die Sonne heraus.«

Wir drei hielten uns, was wir fast nie taten, an den Händen, als wir die Treppe hinauf- und über den Theaterplatz zum Parkhaus gingen.

Am Morgen setzte ich sie an der Schule ab und schlug bereits automatisch die Strecke zur Ranch ein, doch dann bog ich stattdessen auf die Rampe zum San Diego Freeway. Ich rief übers Handy im Büro an und verlangte Beth, aber sie war in einer Sitzung mit Managern von CBS. Ich verlangte Josef.

»Ich muss die Stadt für ein paar Tage verlassen«, sagte ich.

»Wann?«

»Sofort.«

»Ist das dein Ernst?«

»Es hat sich etwas ereignet.«

»Wirklich? Was ist los?«

»Nichts. Es ist … privat.«

»Aber heute beginnt doch ›Viehtrieb‹, richtig?«

»Ja.« Alle Mitwirkenden, die gesamte Crew und Lastwagen voller Gerätschaften waren nach Simi Valley zu einer Viehranch gezogen, die wir für die Episode gemietet hatten.

»Ich meine, du solltest dort sein, Sara. Gott weiß, auf welche Probleme sie stoßen werden.«

»Kannst du nicht hinfahren?«

»Eigentlich nicht. Heute Morgen haben wir die Produktionssitzung für ›Väter und Söhne‹ und heute Nachmittag die Besetzung. Könntest du deine Reise einen Tag verschieben, bis wir diese Episode in Schwung kriegen?«

»Nein. Tut mir Leid.«

Er zögerte, und ich konnte die Besorgnis und Verärgerung in seiner Stimme hören. »Na schön. Ich werde Beth Bescheid sagen.«

Ich erwischte den Neun-Uhr-dreißig-Flug nach Phoenix, mietete einen Pontiac Grand Am und fuhr durch den alten Teil der Stadt zum Coronado-Bezirk mit seinen verwilderten Gärten und Maschendrahtzäunen. Ich drückte einen Schalter am Armaturenbrett, was ein vierfaches Klicken auslöste, mit dem die Türen verriegelt wurden. Ich hatte keinen Plan. Ich hielt vor dem Haus, aber da stand kein roter Pick-up. Nathan kam mit seinem plattfüßigen Schleifschritt aus der Tür und trug einen Rucksack, der genauso viel zu wiegen schien wie er selbst.

Als ich seinen Namen rief, drehte er sich verwirrt um und blinzelte durch die flaschendicke Brille in meine Richtung.

»Ich bin's, Sara.«

»Stark! Was machst du hier?«

»Kann ich hereinkommen?« Ich stieg aus dem Wagen.

Er verlagerte sein Gewicht. »Ich wollte gerade den Bus zur Schule erwischen.«

»Ich fahre dich hin.«

»Super.«

Er drehte sich um, tastete nach dem Schlüsselloch und schloss die Tür auf. Ich folgte ihm nach drinnen, und der Geruch nach schalem Bier, altem Essen und Zigaretten ließ mich stehen bleiben.

»Er ist nicht hier«, sagte Nathan.

»Aber er ist hier gewesen.« Im selben Moment, als ich es sagte, wusste ich es. Ich sah auf meine Uhr. »Komm, ich lade dich zum Essen ein, Nathan. Danach setze ich dich am College ab.«

Wir fuhren zum Lone Star Steak House, wo Zack und ich am Silvesterabend gegessen hatten. Ich bestellte Nathan ein Corona. »Ich weiß, dass dein Dad mit dir in Kontakt bleiben will. Und sei es auch nur, um dir Geld für deine Malutensilien zu schicken.«

»Tja, schon möglich.«

Die Kellnerin brachte unsere Salate, und Nathan hielt beim Essen die Gabel mit der Faust fest, so wie er auch seine Pinsel hielt.

»Ich bin sicher, dass du ihm versprechen musstest, mir nichts zu sagen. Aber du kennst ja deinen Dad. Er ist ein Dickschädel.«

»Das stimmt. Aber du passt verflixt gut zu ihm.« Er wedelte mit der Gabel. »Von so weit herzukommen.« Er trank einen Schluck Bier.

»Dein Dad will, dass ich ihn finde, Nathan.«

Er warf den Kopf zurück und lachte. »Du bist echt überzeugend.«

Unsere Steaks kamen, und er stieß ein anerkennendes »Ooooh« aus. Er beugte den Kopf über den Teller, damit er sehen konnte, was er da schnitt, und ich dachte: Er ist nervös.

Wir unterhielten uns über seinen Unterricht und darüber, wo er nach dem Phoenix College studieren wollte. In New Mexico gab es eine Schule für indianische Kunst, und er liebäugelte auch mit dem San Francisco Art Institute.

»Machst du dir Sorgen um ihn?«

Er drückte Butter in seine gebackene Kartoffel. »Irgendwie schon.«

»Ist er in Schwierigkeiten?«

Er steckte ein Stück Kartoffel in den Mund und kaute.

»Was auch immer los ist, er sollte mit den Menschen zusammen sein, die ihn lieben.«

Er nickte. »Hm. Ich glaube, da hast du Recht.« Er leerte sein Bier.

»Möchtest du noch eins?«

Er nickte, und ich machte der Kellnerin ein Zeichen.

»Er kann nicht gut atmen.«

»Was?«

»Er hat Lungen…«

Ich spürte, wie der Raum aufleuchtete und dann alle Farbe verlor.

»Krebs?«

»Nein. Chronische Lungenerkrankung. Sie ist echt schlimm. Sie zerstört seine Lungen.«

»Wie lange weiß er das schon?«

Die Kellnerin brachte noch ein Corona, und er trank einen Schluck. »Einen Tag oder so nach deinem Anruf kam er her. In der Nacht hat er auf der Couch geschlafen, und er hat so stark zu husten angefangen, dass er keine Luft mehr bekam, er war ganz rot im Gesicht und ist fast erstickt. Ich habe seinen Kumpel Ray angerufen, und wir haben ihn ins Notfallkrankenhaus transportiert.«

Nathan wischte sich mit der Hand den Mund ab.

»Und dann?«, fragte ich zaghaft.

»Sie haben ihn behandelt. Er bringt mich um, wenn er erfährt, dass ich dir das gesagt habe.«

Ich hatte ihn nicht verstanden. »Behandelt?«

»Er musste sich hinsetzen und ein paar Stunden lang irgendwelche Medizin gemischt mit, ich weiß nicht, warmem Dampf, glaube ich, aus einem Schlauch einatmen, und dann ging's ihm wieder gut.«

»Aber … muss er noch weiter behandelt werden?«

Nathan schüttelte den Kopf. »Er muss mit dem Rauchen aufhören. Wenn er das tut, dann, meint der Arzt, besteht eine gute Chance, dass seine Lungen gesund werden.« Er rückte die Brille hinter den Ohren zurecht. »Er sagt, dass er aufhören will. Aber wenn nicht –«

»Wo ist er?«

»Das weiß ich eben nicht so genau. Er ist in den Süden gefahren, um seinen Maestro zu besuchen.«

»Joe Pintero?«

»Genau. Joe hat sich vor ein paar Jahren zur Ruhe gesetzt, und Dad weiß nur, dass er unten an der Grenze auf einer großen Ranch in einer Barackensiedlung lebt. Er hat kein Telefon, und ich kann dir nicht sagen, wie man da hinkommt. Wenn du ihn findest und mein Dad bei ihm ist, dann weiß ich nicht, in welchem Zustand er ist. Wenn er nicht da ist, gib dich mit Joe gar nicht erst ab. Er wird dir bestimmt nichts verraten.«

Ich setzte Nathan am Phoenix College ab und bog mehrmals falsch ab, bevor ich den Weg auf die Interstate 10 fand. Mary Chapin Carpenter sang gerade im Radio ›Independence Day‹. Während meiner Fahrt nach Süden wichen die Tankstellen und Mini-Einkaufszentren sandigen Abschnitten und Saguaro-Kakteenhainen – dieser archetypischen Wüstenpflanze, die mich immer wieder begeistert. Die Saguaros sind so hoch wie zwei- oder dreistöckige Gebäude, mit großen grünen Armen, die zeigen, greifen, herabhängen, sich miteinander verschränken. Ich entdeckte eine Gruppe, die mich veranlasste, an den Straßenrand zu fahren und sie lange anzustarren. Auf fünf gigantischen Saguaros hockten fünf schwarze Truthahngeier, die sich scharf gegen den tintenblauen Himmel abhoben. Die Flügel der Vögel waren ausgebreitet, sodass sie wie Fledermäuse mit roten Truthahnköpfen aussahen, aber sie waren keine Fledermäuse, sie waren Aasfresser.

In Tucson fuhr ich von der Autobahn ab, um zu tanken und Wasser in Flaschen zu kaufen. Ein paar Stunden später fuhr ich durch Benson und fand die zweispurige Straße nach Douglas und Agua Prieta. Die Sonne ging jetzt unter, der Himmel verfärbte sich in funkelndes Gold mit lavendelblauen und rosaroten Tupfen und hüllte mich ein wie eine Lautsprecheranlage mit Stereoklang. Zack hatte oft über die Sonnenuntergänge von Arizona gesprochen: Er hat gesagt, sie müssten weiblich sein, weil sie so verdammt sinnlich wären. Ich stellte fest, dass sich die Landschaft veränderte. Der Sand und die dornige Vegetation waren verschwunden, und an ihrer Stelle gab es nun Grashügel mit Viehherden an den Hängen. Die Straße war kurvenreich und schlängelte sich um Pinien und Eichen; an einen Stamm war ein handgeschriebenes Schild genagelt: »Langsam fahren. Kein Arzt in der Nähe«.

An einer Kreuzung von zwei unbefestigten Straßen hielt ich vor einem alten Krämerladen aus Adobeziegeln mit einer Benzinpumpe davor an. Ich kaufte eine Tüte mit M&M-Erdnüssen und fragte die Frau, die hinter der Kasse auf einem Schemel saß: »Können Sie mir sagen, wie ich zur Mule Shoe Ranch komme?«

Sie hatte dünnes, orangefarbenes Haar, das sie offensichtlich selbst gefärbt hatte. »Schätzchen, da gibt's kein Schild. Sie beginnt etwa fünf Meilen weiter unten, aber sie ist dreißigtausend Morgen groß. Wollen Sie zum Haupthaus der Ranch?«

»Ich suche die Barackensiedlung.«

»Davon gibt's jede Menge.«

»Die, in der Joe Pintero wohnt.«

Sie drückte eine Zigarette in einer Dose aus, in der einmal geschmorte Tomaten gewesen waren. »Das ist drüben bei Patagonia.«

»Ich habe eine Karte im Auto.« Ich drehte mich um und öffnete die Fliegengittertür. »Es regnet.«

»Ja. Um die Zeit regnet es jeden Tag. Hält nicht allzu lange an.«

Ich fand das Wort Patagonia auf der Karte neben einem kleinen Punkt, aber dorthin führte keine ordentliche Linie, nur eine schwach gepunktete. Ich zeigte es der Frau, und sie schüttelte den Kopf.

»Fahren Sie einfach ungefähr vierundzwanzig Meilen die Straße weiter, und dann ist da rechts ein großes Eisentor. Da fahren Sie rein. Nach ungefähr einer Meile kommen Sie zu einem Viehschutzgitter und dann zu einer Gabelung. Halten Sie sich links und nochmals links. Da bleiben Sie, sagen wir mal, ungefähr vier Meilen. Und dann nochmal links, und Sie stoßen direkt drauf.«

Ich bat sie, die Angaben zu wiederholen, und schrieb sie auf. »Danke.«

»Vielleicht wollen Sie ja warten, bis es hell wird«, sagte sie. »Ich habe Decken. Sie könnten im Laden schlafen.«

»Das ist sehr freundlich, aber ich möchte lieber weiter.«

Bis ich das Eisentor gefunden hatte, war der Himmel pechschwarz, und es regnete immer noch. Es machte mir nichts aus, manchmal war es einfacher, im Dunkeln zu fahren, ich konnte mich im Licht der Scheinwerfer auf den Weg direkt vor mir konzentrieren und wurde nicht davon abgelenkt, was zu beiden Seiten lag. Es gab Furchen und Steine, aber ich kam gut zurecht.

Ich spürte, wie die Reifen über Metall holperten – das Viehschutzgitter. Dann die Gabelung – wie angekündigt. Ich nahm die linke Straße. Nichts konnte mich aufhalten. Ich bog wieder nach links ab, während der Regen unaufhörlich trommelte und die Scheibenwischer hin und her sausten, aber nach fünf Minuten war ich wieder an der selben Gabelung. Ich sah auf meine Notizen. Sie hatte links gesagt. Oder hatte ich eine Abzweigung verpasst? Ich versuchte, die Straße nach rechts zu nehmen, aber sofort waren die Steine derart groß, dass ich darum herum steuern musste, und dann fuhr ich gegen einen Felsbrocken und wurde seitwärts in eine Furche geschleudert. Ich trat voll auf die Bremse, aber der Wagen schwänzelte, ich hatte keine Bodenhaftung mehr, die Schnauze kippte vornüber, und ich fiel, o Gott – ich streckte die Arme aus und stützte mich ab. Ich rutschte einen Hügel oder einen Felsen hinunter, das war idiotisch, es war verrückt, dafür musste ich bezahlen, und dann kam der Wagen mit einem dumpfen Knall und der Vorderfront im Schlamm zum Stehen.

Ich drückte gegen die Tür. Irgendetwas blockierte sie – Erde.

Ich zog die Tür wieder nach innen und drückte noch einmal und noch einmal. Mit einem heftigen Ruck ging sie auf. Als ich hinauskletterte, rutschte ich aus, sank bis zu den Knöcheln ein und packte den Türgriff. Ich sah mich um – alles war schwarz bis auf die abgeschwächten Scheinwerfer des Wagens unter der Erde. Ich hatte keine Taschenlampe, ich war durchnässt vom Regen. Ich hatte kein Handy, und selbst wenn ich eins gehabt hätte, würde es hier nicht funktionieren. Seit zwanzig Meilen hatte ich weder einen Wagen noch irgendein Licht gesehen.

Ich kletterte wieder hinein und drückte auf die Hupe. Kühe brüllten aus kurzer Entfernung, wie es schien, zurück. Gleich darauf hörte ich, wie sie um das Auto herum grunzten und schnieften. Ich rollte das Fenster herunter und brüllte: »Haut ab! Heejaa!« Sie starrten mich an, drehten sich um und traten schwerfällig die Schlucht hinauf den Rückzug an.

Ich krabbelte auf den Rücksitz, streckte mich aus und versuchte zu schlafen, was unmöglich war. Es war ja erst acht Uhr abends, noch viel Zeit bis zum Tagesanbruch. Ich stellte das Radio an und suchte einen Sender – nichts außer atmosphärischen Störungen und einem spanischsprachigen Sender, der Mariachimusik mit Trompetenfanfaren spielte. War das Mexiko? Arizona? Verdammt nochmal, ich weiß nicht, wo ich bin!

Gegen sechs wurde es hell. Da der Regen aufgehört hatte, schulterte ich meine Handtasche und nahm die Wasserflasche in die Hand. Aber wohin sollte ich gehen? In alle Richtungen zogen sich Hügel dahin und nirgendwo ein Zeichen menschlichen Lebens. Ich beschloss, der holprigen, matschigen Straße zu folgen, die ich am Abend zuvor gefahren war. Sie musste ja irgendwohin führen.

Ich wanderte eine Meile, indem ich mich um Regenwasserpfützen und Steine herumschlängelte, dann wanderte ich eine weitere Meile. Die Sonne ging auf, und ich wandte mich in ihre Richtung. Dort war Osten, was bedeutete, dass ich nach Westen gegangen war. Stimmte das? Dies konnte die Gegend sein, wo Immigranten die Grenze zu überqueren versuchten, sich verirrten, verdursteten und erfroren. Ich zog meine Jacke aus und schlang sie mir um die Hüften. Ich suchte den Horizont ab. Etwa eine halbe Meile entfernt bewegte sich irgendetwas auf einem Plateau. Es kam in meine Richtung, aber es hatte nicht den Anschein, als würden wir uns einander nähern. Ich trank einen Schluck Wasser und ging weiter. Dann erkannte ich, dass es ein Reiter war. Ich blieb stehen und schirmte die Augen ab. Er trug einen schwarzen Hut und ritt einen Fuchs. Nicht Zack. Aber wer auch immer es war, kannte wahrscheinlich Joe Pintero. Vielleicht war es ja Joe. Ich sah mich zu den verlassenen Hügeln, den leeren Straßen um. Es konnte jeder sein.

Ich beobachtete den Reiter. Er tauchte in eine Schlucht und verschwand. In meiner Brust begann ein Puls zu klopfen, unrhythmisch – wie ein unregelmäßiger Herzschlag, wenn man kurz davor ist, in Panik zu geraten, und sich einredet, erst einmal abzuwarten und tief durchzuatmen.

Der Reiter kam aus der Schlucht nach oben und trabte direkt auf mich zu. Seine Beine hingen locker herunter, sein Gesäß bewegte sich nicht aus dem Sattel. Elegant, entspannt – diese Haltung kannte ich, und erleichtert schlang ich die Arme um mich. Ich wollte meine Haare glatt streichen, aber es war zwecklos. Meine Augen waren rot, meine Kleider feucht und zerknittert.

Fünf Meter von mir entfernt brachte er sein Pferd zum Stehen, stieg ab und ließ die Zügel auf die Erde fallen. »Was zum Teufel machst du hier draußen?« Er kam mit großen Schritten auf mich zu.

»Ich habe gestern Abend versucht, hier hereinzufahren. Mein Wagen ist in eine Schlucht gekippt und im Schlamm stecken geblieben.«

Er nickte. Ich konnte einfach nicht übersehen, dass er gut aussah – sonnengebräunt, mit grünen lebhaften Augen. Neuer schwarzer Stetson. »Wir haben etwas gehört«, sagte er. »Dachten, wir müssten einen von diesen gottverdammten Touristen aus dem Schlamassel ziehen.«

»Wie geht's dir?«

Er starrte mich an. »Ganz gut.«

»Warum bist du weggelaufen?«

»Ich bin nicht weggelaufen. Ich wurde entlassen.«

»Du hast gesagt, dass du mir Zeit lassen würdest.«

»Wofür? Ich weiß, dass ich nicht der Typ bin, den du schon immer wolltest. Aber wo ist der? Soll ich vielleicht einfach so herumhängen, bis er auftaucht oder du dich mit mir langweilst oder mich satt hast und mich zum Teufel schickst?«

»Zack, ich bin hergekommen, um dir zu sagen …« Ich fing von vorne an. »Du bedeutest mir mehr als sonst irgendjemand, ausgenommen meine Kinder, und sie werden größer und werden ihren eigenen Weg gehen.«

»Schöne Worte.«

»Worte?«

»Die Party ist aus. Wir hatten viel Spaß.«

»Was redest du da? Ich habe meine Arbeit im Stich gelassen – ich hab mich ohne Vorwarnung aus dem Staub gemacht, ohne eine Vertretung zu haben – und bin hier heruntergeflogen, habe einen Wagen gemietet, den ich zu Schrott gefahren habe und für den ich bezahlen muss, und ich habe die Nacht bei strömendem Regen und in Gesellschaft von Kühen in einem gottverdammten Graben verbracht und dabei Todesängste ausgestanden. Sagt dir das nicht irgendetwas?«

»Doch. Du bist eine sture Frau, die in jedes Extrem fallen wird, um ihren Willen durchzusetzen.«

»Und du bist nicht stur?« Ich trommelte auf seinen Arm ein. »Du bist der dickköpfigste, starrsinnigste, störrischste, verbohrteste, halsstarrigste Trottel.«

»Siehst du, dein erster Eindruck war gar nicht so falsch. Du hast gedacht, ich bin ein verdammter Trottel. Aber ich habe deine Aufmerksamkeit erregt.«

»Ist das der Punkt, um den es hier geht?«

»Schatz, ich hab's dir doch gesagt …« Auf seinem Gesicht breitete sich ein Lächeln aus. »Du musst zäh sein, wenn du mit mir weglaufen willst.«

Wir lagen uns in den Armen. Er küsste meine Wangen, meine Augenlider. »Du siehst wunderschön aus.«

»Nein.«

»Doch.« Er stupste mich Schritt für Schritt zu seinem Fuchs. »Komm, wir besuchen Joe. Er wird dir gefallen. Er macht gute Tortillas. Meinst du, dass du reiten kannst?«

»Vielleicht.«

Er hielt den Steigbügel fest, als ich in den Sattel stieg. Dann schwang er sich hinter mich auf den bloßen Rücken des Pferdes. Er schnalzte mit der Zunge, und wir machten uns auf den Weg durch den Schlamm.

»Der alte Joe hat mir ganz schön den Kopf gewaschen.«

»Wirklich?«

»Er mag es genauso wenig wie du, wenn ich rauche. Und er hat zu mir gesagt: ›Mein Sohn, wenn du schon im Leben Prügel beziehen musst, dann am besten von einer Frau.‹«

Ich lachte.

»Ich liebe es, dich lachen zu hören.«

»Ich liebe dich.«

Ich lehnte mich entspannt an ihn und atmete den Geruch von Pferd und regennassem Gras ein.

»Das will ich doch hoffen.« In der einen Hand hielt er die Zügel, mit der anderen griff er um mich herum und knöpfte meine Bluse auf. Und dann waren seine Finger auf meiner Haut und sprachen zu mir mit jedem Schritt, mit dem er den Fuchs den Hügel hinauf und auf die Barackensiedlung zu trieb.

Epilog

Seit Zack und ich uns in Elko, Nevada, kennen lernten, sind fünf Jahre vergangen. Kurt Vonnegut hat einmal geschrieben, dass »außergewöhnliche Reisetipps Tanzstunden Gottes« sind. Wenn mir ein Wrangler bei *Dr. Quinn* nicht den Tip gegeben hätte, zu dem Cowboylyrik-Festival zu fahren, wenn ich nicht auf gut Glück in ein Flugzeug gesprungen wäre, wenn Zack nicht mit einem Silberschmied ausgeritten wäre, der ihn gedrängt hatte, sich an einen Ort zu wagen, an dem er noch nie gewesen war und zu dem er auch nie wieder zurückkehrte, dann hätten wir bis ans Ende unserer Tage vor uns hin gelebt und unsere Umlaufbahnen hätten sich nicht gekreuzt.

Doch hier sind wir. Was einmal lächerlich und unmöglich zu sein schien, ist zur Normalität geworden, obwohl, wie Zack es formuliert, »normal ein relativer Begriff ist«. Manchmal komme ich mir so ungeheuer exzentrisch vor, dass ich mich frage: Wie ist das passiert? Wieso bin ich so weit vom konventionellen Weg abgewichen? Ich vermute, dass ich schon immer exzentrisch gewesen bin, aber als ich jünger war, haben sich so viele Menschen wild und extravagant benommen, dass meine eigene Exzentrizität getarnt war. Heute ist sie voll zu sehen.

Wir leben in getrennten Wohnungen, was uns recht ist. Zacks Hütte in Topanga wurde vor zwei Jahren abgerissen, und wir fanden für ihn ein Studio zur Miete zehn Minuten von meinem Haus entfernt. Wir sehnen uns beide nach dem Alleinsein und freuen uns darauf, wenn wir uns drei- bis viermal in der Woche sehen. Dennoch ist es schon eine Weile her, seit wir wie früher ein Wochenende vergeudet haben. Wir müssen sie jetzt planen. Wir sind nicht mehr ausgehungert, wir sind wohlgenährt und übersättigt, obwohl wir uns eine lebhafte Erinnerung an diesen Zustand bewahren und auch weiterhin den Wunsch haben, uns wieder in ihn hineinzuversetzen.

Sophie und Gabriel haben ihren Frieden mit Zack geschlossen. Auf ihre Weise. Sie haben mittlerweile begriffen, dass er sie nicht verletzen will und dass er nicht fortgeht. Als ich das letzte Mal zu einer Besprechung in Sophies Schule ging, fragte mich ihr Französischlehrer: »Gibt es den Cowboy wirklich? Manchmal fragt man sich nämlich, ob die Kinder nicht übertreiben.«

»Es gibt ihn«, sagte ich.

»Nun, das schlachtet sie wirklich weidlich aus.«

»Wie meinen Sie das?«

»Sie erzählt ständig Geschichten über ihn und bringt die Leute zum Lachen.«

Gabriel arbeitet immer noch gerne mit Zack an irgendwelchen Projekten. Erst vor kurzem haben sie eine Alarmanlage in Gabriels Probenraum installiert, damit seine Band dort ihre Verstärker und Instrumente unterstellen kann. Beide Kinder gehen ihre eigenen Wege und sind weit weniger daran interessiert, Zeit mit mir zu verbringen. Gabriel hat gerade seine Fahrerlaubnis erhalten, und Sophie informiert sich im Internet über Colleges.

Die Zukunft ist heute noch genauso ungewiss wie damals, als wir uns kennen lernten. *Dr. Quinn* wurde im vergangenen Mai von CBS abgesetzt. Zack verkauft mehr von seinen Stücken – genug, um einen neuen Pick-up zu kaufen und Willie in Rente zu schicken. Aber jedes Zaumzeug, das er flicht, scheint anspruchsvoller, komplizierter und zeitaufwendiger zu sein als das letzte. Geld ist immer ein Thema. Im Augenblick wissen weder Zack noch ich, wohin unsere Arbeit künftig steuert.

Aber heute Nachmittag um vier fuhren wir in seinem Pick-up nach Malibu und ritten die gemieteten Pferde auf den Spuren der Chumash-Indianer. Wegen der El-Niño-Regenfälle glänzten die Hügel in einem herrlichen satten Grün, und erst die Wildblumen! Es gab wogende Felder mit gelben Senfblumen, weinroten Lupinen, scharlachroten Kastilleas. Einer Hand voll wilden Fenchels unter die Nase gehalten, war so belebend wie ein Bissen Meerrettich.

Auf dem Heimweg hielten wir bei Glady's an und aßen gedünsteten Hummer, der von Maine eingeflogen worden war. Zack fragte, warum man Hummer nicht in Pazifikgewässern aufziehen kann.

»Ich weiß es nicht. Es ist nicht ihr Lebensraum«, sagte ich.

»Meiner auch nicht, aber ich habe mich angepasst.«

Wir fuhren nach Hause, weichten uns in der Badewanne ein, stiegen ins Bett und machten uns auf den Weg zu unserem privaten Reservat, dieser friedlichen Bucht, wo wir lachen und albern sein können und uns geliebt fühlen und alles andere zu verblassen scheint. Das ist das Entscheidende. Nach fünf Jahren können wir den Weg immer noch finden. Manchmal dauert es länger, aber wir kommen immer ans Ziel. Vertraue dem Herzen.

Nachwort

Alfred Kinsey sagte einmal, dass es zwischen Heterosexuellen und Homosexuellen keine klare Abgrenzung gebe, sondern nur eine Kontinuität der sexuellen Vorlieben. »Die Welt lässt sich nicht in schwarze und weiße Schafe aufteilen«, schrieb Kinsey. »Es ist ein Grundsatz der Taxonomie, dass die Natur selten getrennte Kategorien aufweist. Nur der menschliche Geist führt Kategorien ein und versucht, die Tatsachen in bestimmte Schubladen einzuordnen. Die lebende Welt ist in all ihren Aspekten eine Kontinuität.«

Ich halte das für eine äußerst treffende Erkenntnis, wenn man sie auf die Kategorien Dichtung und Wahrheit, Romane und Memoiren anwendet. An einem Ende des Spektrums stehen Werke, die völlig frei erfunden sind, und am anderen Ende Werke, die vorgeben, wahr zu sein. Die meisten sind jedoch eine Mischung aus Wahrheit und Phantasie, und trotzdem wurde eine Linie gezogen, um das eine vom anderen zu trennen.

Ich habe lange auf dem gefährlichen Terrain zwischen diesen beiden Polen gearbeitet, wo wir solche Gebilde wie den Tatsachenroman und die romanhafte Autobiographie finden.

Als ich mit diesem Buch begann, glaubte ich, einen Roman zu schreiben. Ich erzählte mit den Worten einer Frau namens Caroline, aber ich war inspiriert durch etwas, was ich selbst erlebt hatte: eine Liebesgeschichte ohne Zukunft. Die Affäre war von Anfang an grotesk, unmöglich, lächerlich, eine Sache, bei der meine

Freunde die Augen verdrehten und sagten: »Sara, du hast vielleicht Mut.« Zack war ein Cowboy, der mit knapper Not die High School beendet hatte und in der Wüste lebte, wo er ein Handwerk aus dem neunzehnten Jahrhundert ausübte, aus Rohleder Zaumzeug zu flechten. Ich war Autorin von Büchern und Fernsehspielen mit Examina in Berkeley und Columbia. Wir spazierten, oder besser gesagt, hüpften in diese Affäre, wohl wissend, dass sie keine Zukunft hatte, und machten Minute um Minute weiter, weil wir es brauchten, und wir waren vollkommen davon überzeugt, dass wir uns nach kurzer Zeit ansehen und nichts mehr zu sagen haben würden, und das wäre es dann gewesen.

Dennoch hat sie Bestand. Die Affäre hatte eine Zukunft, die nun Gegenwart ist, und sie hat mich Dinge gelehrt, die ich über die Liebe, den Körper und das Herz und über die Art, wie wir uns an Menschen binden, die politisch, gesellschaftlich oder in jeder Beziehung nicht passen, vorher nicht wusste.

Nachdem ich dreihundert Seiten geschrieben hatte, wurde mir allerdings klar, dass irgendetwas noch nicht stimmte. Ich versuchte, den Roman umzuarbeiten, die Perspektive zu ändern, ihn anders zu strukturieren, ihn aufzugeben, ihn unter Bergen dringlicherer und finanziell lohnenderer Arbeit zu begraben, aber er klopfte immer wieder an und forderte meine Aufmerksamkeit. Ich wachte um fünf Uhr morgens auf mit einem Angstknoten in der Brust und dem Wunsch, nicht mehr mit diesem Buch kämpfen zu müssen.

Dann kam mir die Idee, die Geschichte mit meiner eigenen Stimme zu schreiben, aus meiner Erinnerung heraus, was nicht unbedingt bedeutet, dass alles genau so geschah. Ich versuchte, das Erlebte so intensiv wie mir möglich zu vermitteln, und mit diesem Ziel begann ich, Elemente hinzuzufügen und Dinge zu erfinden, die ich sonst auf keinen Fall hätte wissen können. Um das Privatleben meiner Kinder und meiner Exehemänner zu schützen, schuf ich Personen, die an ihre Stelle traten und so sprachen und handelten, wie sie es nicht getan hatten. Was dabei herauskam, ist im strengen Sinne weder eine Autobiographie noch ein Roman. Von beiden sind Elemente zu finden, und wenn das wie ein Kunstkniff klingt, dann kann ich nur sagen, dass ich diese Geschichte auf die beste und vielleicht einzige Art erzählt habe, die mir möglich ist.

Sara Davidson
Santa Monica, Kalifornien